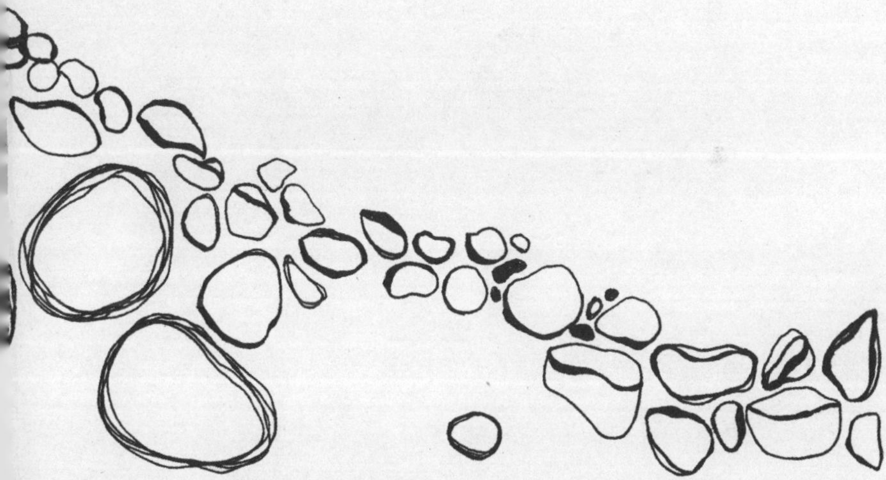

Confetes na eira

Confetes na eira

Franca Treur

Tradução: Cristiano Zwiesele do Amaral

São Paulo - 2012

Virgiliae

Nederlands
Literair
Productie- en
Vertalingenfonds

A Editora agradece o apoio da Fundação Holandesa para a Literatura.
The publishers gratefully acknowledge the support of the Dutch Foundation for Literature

Preparação: Isabel Malzoni
Revisão: Thaís Iannarelli
Capa: Adriana Melo
Indorzinho: Adriana Conti Melo - sem título nanquim sobre papel
Foto do autor: Christiaan Zielman

Dados Internacionais de Catalogação na Publicação (CIP)
(Câmara Brasileira do Livro, SP, Brasil)

Treur, Franca
Confetes na eira / Franca Treur ; tradução Cristiano Zwiesele do Amaral. --
São Paulo : Virgiliae, 2012.

Título original: Dorsvloer vol confetti

1. Ficção holandesa I. Título.

11-12076 CDD-839.313

Índices para catálogo sistemático:
1. Ficção : Literatura holandesa 839.313

Virgiliae um selo da: livros de Safra

Livros que fazem o tico, o teco
e a turma toda funcionar

A gente aduba, planta
e colhe palavras!

Livros de Safra
tel 55 11 3094-2511
www.livrosdesafra.com.br
Rua Simão Álvares, 663
cep 05417-030 São Paulo - SP

Uma choupana no pepinal

Os domingos de inverno são os que passam mais rápido. Às quatro, quando o pastor conclui a missa vespertina com as costumeiras bênçãos para toda uma semana, os sete saem em disparada rumo ao barracão com as bicicletas. "Qualquer hora eles ainda quebram uma perna", diz o pai. "Quer ver que isso ainda acaba em acidente?" Ele sempre diz isto: "Quer ver que isso ainda acaba em acidente?". Assim como: "O prejuízo do que vocês estilhaçarem por aí do meu bolso é que não sai!".

A aposta é ver quem alcança primeiro a trilha de paralelepípedos que leva à porta de casa. A primeira nota que o órgão entoa, encerrando os últimos salmos, é o sinal de partida. Para manter-se o decoro, o percurso do genuflexório ao barracão ainda é percorrido com passo firme; mas, assim que se veem montados nas bicicletas, os sete perdem toda e qualquer noção de limite. Vão ziguezagueando por entre a congregação de fiéis já dispersos, passando por cavalheiros de terno e gravata e damas de pensamentos devotos, abrindo alas por entre mocinhas que, assustadas com as bicicletas, saltam para o lado, e uns marmanjos com manha suficiente para fazer desequilibrar os ciclistas na sua passagem.

Após a curva, costeando agora as motas, finalmente podem pegar mais velocidade enquanto rumam em linha reta na direção das cristas loiras das dunas. No momento em que são ultrapassados pelo primeiro dos fiéis motorizados, sabem que deixaram atrás de si o Bosque da Peste: um grupinho de árvores onde nunca os deixam brincar por conta de umas vacas velhas que jazem enterradas ali, mortas de alguma doença infecciosa.

No caminho à beira do qual vivem sempre venta muito. Uma lufada marinha de salmoura que investe contra a testa e desmancha os cabelos em madeixas oleosas. Tendo alcançado o portão da propriedade, quem encabeça os ciclistas, ciente de que já não o podem ultrapassar, endireita as costas com um jeito propositadamente descuidado; uma mão metida dentro do bolso do casaco, folgadona. E *trá-lá-lá-lá*.

Katelijne sempre se queixa de que não vence porque pega mais vento contra do que os rapazes, por causa da sacola de plástico com o seu chapeuzinho dentro que, pendurada no guidão, às vezes esvoaça freneticamente. Também pela saia abaulada, assoprada pelo vento como esses toldos de lona com que se cobrem os silos no campo. "Tem também as suas vantagens", dizem os irmãos; mas, quando o pé de vento lhe empurra as costas e lhe sopra por entre as pernas, só ela sabe com que força tem de utilizar ambas as mãos para impedir que alguém veja as suas calcinhas brancas.

Sete crianças resfolegantes, os cabelos cor de areia; nos cantos dos olhos, um esboço de lágrima por conta do vento gelado. Três meninos, Katelijne, e mais três meninos, nesta ordem. A família Minderhoud. Amontoam-se diante da porta dos fundos para ver quem entra primeiro, nos calcanhares do pai, o único que tem a chave.

É evidente que cada um tem um nome, mas na aldeia são conhecidos coletivamente como "os meninos do Arjaon e da Rina", ao passo que os próprios Arjaon e Rina se referem a eles, por comodidade, simplesmente como "as crianças". "Crianças, não se esqueçam de que hoje à tarde vocês têm dentista; escovem os dentes direitinho!" "Crianças, em meia hora começa a missa; quero todo mundo com roupa de domingo."

Só mesmo quando o pai diz "Meninos, é hora de dar de comer às vacas" é que Katelijne sabe, tacitamente – aliás, como todos os demais – que ela própria pode deixar o avental e os tamancos onde estão. As ordens *dela* são dadas pela mãe; já os elogios são apenas para quando as tarefas são executadas sem necessidade prévia de ordens, como quando a mãe sobe ao andar superior e encontra as camas já feitas ou quando o banheiro reluz de tão limpo antes que a mãe a tenha mandado buscar a soda cáustica. A mãe, esta prefere não ter de gastar palavras em assuntos de natureza doméstica.

Quando o chamado é "Crianças, à mesa!", Katelijne é a última a se sentar, conferindo ainda rapidamente se não falta talher a ninguém. Durante a breve refeição, a conversa não tarda em desembocar nos temas de sempre: Braks, o ministro da Agricultura, porcentagens de gordura e proteína, os quinhentos florins que custa um bezerro, a atrelagem do trator – com ou sem jantes – para a viagem ao campo ou ainda o tanque de diesel, praticamente vazio. Conversas com essas temáticas, das quais é sempre excluída, passam em grande parte ao largo de Katelijne, cujos pensamentos navegam no seu mundo próprio, fortemente influenciado pela natureza do livro que tomou emprestado da biblioteca. Os rapazes não querem saber de ouvi-la pela simples razão de que, de acordo com os padrões deles, Katelijne jamais teria nada de interessante para contar.

Mas aos domingos não se trabalha: todas as conversas versam sobre o sermão – pelo menos durante o café que se segue à missa. Para os rapazes, é a ocasião de darem a palavra à irmã, que detesta, e não pouco, falar do sendeiro divino, um tema sempre delicado quando conhecido pela mente, mas não pelo coração. Para fortalecer o corpo, os biscoitos de queijo e gergelim são assados pelo pai, por ser domingo. Nos outros dias da semana, porém, a cozinha fica a cargo da mãe. Aos domingos, não é ao meio-dia que se almoça, já que, a essa hora, ainda não se fez nada que possa ter aberto o apetite. Daí se entende que os biscoitos das quatro sejam, então, devorados por sete lobos famintos.

"Outro sermão daqueles mixurucas e do tempo de Matusalém", diz a mãe, enquanto os grãos de gergelim lhe despencam sobre o planalto dos seios. Quando falta um pastor, o que quase sempre acontece – devido a uma carência sistemática no seio da paróquia –, alguém lê um sermão em voz alta. De preferência, sobre um passado longínquo, quando os tempos eram melhores e os rebentos do Senhor, mais numerosos.

"Pois é...", diz então o pai, com o bigode embebido de café. "Mas continua ainda hoje atual. Estou certo ou não?". A mãe confirma. É o costumeiro toque de arranque para o teste oral de verdade: "Crianças, quais temas foram abordados hoje?", pergunta o pai, apontando, como sempre, primeiro para os gêmeos. Que aponte o quanto quiser, porque esses aí é que não sabem de nada mesmo. O máximo que se lhes pode perguntar é quantos doces ganharam num dia, e ainda assim eles precisam dos dedos das mãos para contar. Depois é aos maiores que o pai se dirige, e Katelijne acode em socorro, na esperança de, para variar um pouco, receber algum olhar grato em recompensa. Como costuma acontecer, porém, quando algo deixa de ser novidade, ninguém percebe mais o gesto; mas ai dela se o deixar de fazer: ainda recebe de um ou do outro um pontapé na canela!

Se sabe listar todos os temas, o pai se convence de que ela efetivamente escutou o sermão, apesar de se tratar puramente de prestar atenção no início: costumam ser três os temas e, além disso, repetem-se com frequência. Agora, o que ela faz com os próprios pensamentos durante o sermão, e os pensamentos com ela, isso já é outra história.

A partir da segunda xícara de café, os pais põem-se a falar de assuntos outros que não o sermão, e é quando tem início a parte livre do domingo. O que quer que seja que acompanhe a palavra "livre", ao lado dela torna-se sempre melhor. Nas vésperas natalinas, os fiéis abarrotam a igreja e mal conseguem se conter, impacientes por ouvir o relato "livre" - incrivelmente emocionante se comparado às histórias de pastores de ovelhas e sábios da Anatólia -; aliviados, também, por permanecerem livres dos alemães[1]. Apesar de que, durante o verão, haja, na ilha, suficiente número deles fazendo turismo por aí, ocasião em que aproveitam para mostrar às esposas onde situou-se em outros tempos o seu quartel-general e contar quantas e quantas partidas de cartas não tinham jogado em tal ou tal *bunker* - "Você está lembrada de fulano ou ciclano, sobre quem eu já comentei?" - alardeiam com a voz rouca de tanta gritaria, antes de voltarem a se aconchegar sobre as toalhas.

Os menorzinhos - de menorzinhos daqui a pouco já não vão ter mais nada, porque de leite e ar livre, necessários para dar aquela esticada, eles dispõem em profusão - são os mais impacientes e os primeiros a calçar as botas; pastoreiam as vacas (*opa, epa, êia*!) até o espaço onde são confinadas à espera de serem ordenhadas. O pai enrola um cigarrinho e liga a máquina de ordenha. Os maiores vão depositando a ração do mesmo lado por onde as vacas logo sairão esvaziadas. Rogier, o mais velho, é o único a assistir o pai no fosso de ordenha exíguo, onde muito ajuda quem não atrapalha.

A mãe lê, enquanto isso, um fascículo da *Saambinder*[2], que a avó sempre lhe passa depois que ela mesma já leu (como, aliás, todas as revistas que o pai e a mãe leem), no qual se vê uma única e mísera ilustração, a de uma bíblia com as páginas abertas. Katelijne prefere mesmo ler a *Gezinsgids* ou a *Terdege*[3]. Essas também contêm ilustrações de bíblias, mas não só: além delas, há também as de animais, da rainha e dos príncipes.

A mãe pergunta à Katelijne regularmente o que acha dos príncipes, principalmente do maior, que aparece fotografado com um quepe enorme de marinheiro, mas Katelijne prefere ler a seção do folhetim a ver fotos de príncipes. Terminada a leitura, ela se manda para a casa da avó – para comer amendoins Duyvis –, que vive no mesmo terreno, sozinha. O avô de Katelijne chegou a conhecer os gêmeos, mas o Lourens já não. Morreu sem se ter convertido ao Senhor e, pelo que conta a avó, era o exemplo vivo – enquanto vivia, claro – do que acontece com quem dá mais valor a uma empresa do que à redenção da própria alma. É por isso que não libera os amendoins antes da leitura em voz alta de um trecho da Bíblia, quando não de dois.

Quem quiser se molhar, que ande na chuva[4]. Quem quiser a graça de Deus, que faça uso destes meios: ler a Bíblia, frequentar a igreja e as aulas de catequese. Isso não basta para consegui-la, mas predispõe o Senhor, na sua divina clemência, a fazer de vez em quando vista grossa.

Katelijne sabe que o maior agrado que pode fazer à avó é perguntar "E o próximo?", quando esta conclui a leitura. É o que faz a avó pensar que talvez exista uma pequena possibilidade de o Senhor já ter feito germinar uma sementinha no seu coração. Que milagre seria então, porque os rebentos do Senhor estão cada dia mais escassos. Ainda que o apreço da avó a faça sentir especial, não é sempre que Katelijne a encoraja a continuar a leitura. Já está careca de conhecer as histórias e, sinceramente, mais interessada mesmo é num punhado dos amendoins salgadinhos.

Os irmãos também aparecem por lá, alternadamente, os rostos ruborizados pela frescura do vento. É abrir a mão e esperar até que a avó a tenha enchido – "Credo, que mãos grandes vocês têm!", diz sempre, também aos menorzinhos, de onde se conclui que o diz só por dizer – para saírem outra vez em disparada de volta para as vacas.

Finalmente Katelijne se atreve a dizer à avó que acha "um pouco injusto" que os meninos nunca precisem ficar para escutar um trecho da Bíblia, e ela sim. A avó a mal-interpreta, e como! Concorda que é mesmo um pecado para os pobrezinhos.

De noite, à mesa, o pai não faz a habitual leitura da Bíblia, à qual, ao cabo de dois versos, ela já nem presta mais atenção; exceto se for um trecho mirabolante de verdade, sobre andanças no deserto durante as quais descem do céu codornas, pousando sobre o acampamento para saciar a fome dos filhos de Israel[5], ou sobre como jorra água de uma rocha simplesmente ao se falar com ela[6]. Gosta ainda da história do Balaão, o profeta pagão[7], que tinha ido amaldiçoar Israel, mas que, ao final, depois de a sua jumenta ter falado com ele, acaba por abençoá-lo; e da serpente de bronze, que salva a vida dos doentes quando nela fixam o olhar; também se compadece de Raabe, a prostituta que salvou a vida dos espiões de Josué com um cordão escarlate[8].

Entretanto, grande parte da Bíblia consiste de leis, provérbios e advertências, enfadonhos e incompreensíveis. E o pai não salta trecho algum, nem mesmo as listas quilométricas de nomes.

Estas são as gerações de Sem: Sem era da idade de cem anos e gerou a Arfaxade, dois anos após o dilúvio. E viveu Sem, depois que gerou a Arfaxade, quinhentos anos; e gerou filhos e filhas. E viveu Arfaxade trinta e cinco anos e gerou a Selá. E viveu Arfaxade, depois que gerou a Selá, quatrocentos e três anos; e gerou filhos e filhas. E o tal do Selá também gerou filhos, e os seus filhos, por sua vez, geraram os seus próprios, e assim por diante. Está toda lá, a genealogia, anotadinha.

"Quanto eles viviam naquela época, hein?", suspira o pai, com inveja, com nostalgia. As crianças sabem ao que ele se refere. Se existe no mundo alguém para quem um século de vida seria bem-vindo, esse alguém é o pai: trabalho é o que não lhe falta.

Mas, aos domingos pela noite, a Bíblia do Estado[9] permanece fechada, e a mãe lê uma passagem da Bíblia infantil. O pai, em princípio, não lhes autoriza o uso deste termo, Bíblia infantil, porque só existe uma Bíblia genuína, a verdadeira Palavra de Deus, e ela é para todas as idades. A mãe lê um trecho de *História da Bíblia narrada aos nossos filhos*, e a sua voz, em geral tão áspera, soa com a suavidade do algodão. Os meninos praticamente se esquecem de que já conhecem as histórias de cabo a rabo.

É em momentos assim, à luz amarelada da lâmpada filtrada pelo abajur de tecido, que Katelijne – de natureza sensível a esse tipo de coisas – sente o calor dos vínculos familiares. Mas muito não dura nunca essa comunhão, com tantas tetas bojudas à espera da ordenha.

As vacas têm prioridade. Foram criadas antes daqueles que as devem ordenhar.

Eis que um belo dia aparece na aldeia, destacado àquela paróquia, um pastor ainda jovem, o que dá à mãe muito o que falar. Se critica o fato de a sua mulher ter comparecido à primeira missa vestindo um casaquinho de lã vermelho (um vermelho bem velado, matizam alguns; não se deve mostrar tanta indulgência – está em jogo toda uma eternidade –, dizem os outros, os mais precisos), a crítica talvez tenha sido antes por causa do tronco empertigado com que ela se dirigiu ao primeiríssimo banco, que o casaco envolvia, do que por conta do vermelho deste último. A altivez prescinde da busca do Senhor. Além disso, a esposa do pastor parece ter saído diretamente de um catálogo de moda da *Wehkamp*, o que se pode dizer de poucas na aldeia, e o que, assim sendo, torna também o pastor um bocadinho suspeito.

"Não há nada mais bonito" – havia dito ele –, "do que passar durante a caminhada noturna por uma casa da qual se elevam em direção aos céus hinos de louvor ao Senhor". A mãe deve ter comentado na intimidade com o pai a respeito, porque ele também se mostra bastante indisposto contra o jovem pastor. "Se você quiser a minha opinião, eu acho é que ele se deleita em segredo", diz o pai, sem precisar com quê. Pode ser que tenha ouvido isso da avó, que, afinal de contas, é a mãe dele e também tem as suas reservas. "Ele apregoa sem muita convicção", havia dito ela, apesar de que depois tenha graduado um pouco as palavras.

Aos domingos pela noite, contudo, cantam exatamente nove salmos, um para cada. Os mais velhos, que já tomaram aulas de flauta doce, acompanham-nos alternadamente. As persianas, de fabricação artesanal, permanecem abertas de maneira que os que transitem do lado de fora possam não só ouvir os cânticos, como também ver a tão divinos cantores.

Já no verão, a história é completamente outra. Nos meses estivais, são três as missas no domingo, o que por si só já basta para preencher o dia de desassossego.

O pai e a mãe consideram duas missas, em princípio, suficientes. Mas é fácil demais simplesmente fingirem que é inverno. Isso porque tem dias que vem um pastor pela tarde, e outros pela noite, e escutar ao pastor tem prioridade sobre ouvir uma leitura. Ainda assim, o pai prefere mesmo comparecer pela manhã e pela tarde, salvo se o sermão da noite prometer ser dos bons.

A mãe tem preferência pela noite, provavelmente por ser-lhe mais fácil, o que aumenta o risco das crianças terem de acompanhá-los três vezes; como quando o pai considera, por exemplo, que não tenham estado quietos pela tarde ou quando não souberam listar os temas do dia; ou ainda porque jogaram bola, desrespeitando a prescrição de ócio no dia do Senhor. O que também ainda pode se dar é que tenham de acompanhar a mãe à noite pela pura e simples razão de ela não estar com vontade de ir sozinha.

Tudo começa com um *pretzel* amanhecido. "Eu é que não como esta coisa dura", diz Katelijne, recalcitrante. "Sabe o que eles comem lá na casa da tia Mattie, com o café, depois da missa do domingo? Pão doce fresco!". A mãe a chama de bruxinha ingrata. "Aliás, como é que você sabe que o pão deles é fresco? Por onde a senhorita anda metendo essas suas patas?". A acusação paira agora no ar sobre as suas cabeças como uma bexiga cheia de ar quente, à guisa de boas- vindas às enormes nuvens cor de chumbo que, partindo de lá do lado das dunas, já avançam para essas bandas, vigiadas atentamente por nove pares de olhos aflitos: o feno ainda não foi armazenado.

"Realmente não dá para confiar no homem do tempo", diz o pai, e é tudo o que diz, já que, no final das contas, sempre acaba entregando a Deus. Não se dirige a ninguém em particular, mas quem ocupa as cadeiras brancas de plástico, dispostas sobre a relva recém-cortada e irrigada, não pode deixar de ouvi-lo, cada um procurando uma resposta adequada que não existe. Esse tema não se abordou durante a missa da manhã: quem ainda fala de cultivo e trabalho pesado nestes nossos tempos modernos?

No sábado, o feno já estava praticamente seco. Mesmo assim, o pai ainda não quis prensá-lo. Pelleboer, o homem do tempo, tinha falado pela enésima vez de zonas de alta precipitação, mas não de nuvens, nem de meias nuvens. "Vou esperar um pouco", disse o pai. "Algumas horinhas a mais esturricando ao sol e na segunda o feno vai estar – ó! – no ponto". O que acontece é que o sol ontem à tardinha não se despediu muito amigavelmente.

Nas campinas limítrofes, estéreis, castigadas pela aridez persistente, onde mal se encontra algo de macio ou suculento, estão as vacas, sôfregas, junto ao arame farpado, de onde lhes chega o cheiro de grama recém-cortada. A grama é sempre mais verde na casa do vizinho.

"Morrer segundo a lei divina", diz Katelijne. "Número um: a lei maldiz o pecador. Número dois: a lei dana o pecador. Número três...". Falha-lhe a voz. "Mas agorinha mesmo eu ainda sabia", diz, aflita. Maldizer, danar e... Qual era mesmo o terceiro tema? Balança os pés de um lado para o outro, e a beira da cadeira se lhe enterra na carne logo atrás dos joelhos.

"A lei mata o pecador", diz, aliviada.

O pai assente. "Você ainda se lembra do texto?".

Katelijne põe-se a pensar. Era um fragmento do *Livro de Gálatas*, mas não precisa mais dizê-lo, porque passa um carro e todos voltam o olhar para a rua lá fora, onde, em geral, pouca gente transita. Os menorzinhos erguem-se nas pontas dos pés para enxergarem por cima dos arbustos.

"É a Koosje com o cachorro", constata o pai, esticando o pescoço como uma garça. O cachorro segue ao lado do carro, correndo na berma com a língua de fora. Alguém comenta que é maldade dela dirigir tão rápido, um comentário redundante, já que todos os dias ela passa voando e já é ponto pacífico que ela tem mesmo pé de chumbo no acelerador. Mas é que dizê-lo em voz alta sempre dá uma sensação de alívio, assim que não falta nunca quem diga que é uma maldade e que a preguiçosa da Koosje, essa sim é quem deveria levantar o traseiro do banco para fazer exercício.

Outras destas afirmações eternamente recorrentes: fulano, enquanto viver, quer estar longe da "ardeia"; beltrano não quer malgastar um único dia da vida "na selva de pedra" ou trabalhar em escritório; leite de caixa é um nojo de beber; o melhor momento para espalhar o estrume é quando o vento sopra na direção da aldeia.

"Eu não me importaria de dirigir o carro dela", diz Rogier, o irmão mais velho, todo prosa. "Com ela correndo do lado de fora até despencar. E podem ter certeza que *eu* não ficaria nos trinta por hora, não senhor!". Isso tampouco é novidade na boca dele.

"Ainda tem muito chão para você fazer dezoito", diz Katelijne.

"E você acha que eu não sei dirigir? Não dirijo trator?", rebate o irmão.

Ela tem de dar o braço a torcer. Ele já dirige pelo terreno da propriedade e no campo. Na rua ainda não, porque precisa primeiro tirar a carteira de motorista de trator e, para isso, não tem idade. Mas dirige melhor que o pai. Já aconteceu de esse se esquecer de descer a pá carregadeira na hora de entrar no galpão para descarregar e passar pelas porteiras, que são bem do estilo da região – um vívido contraste entre o branco da ombreira e o negro dos painéis de madeira –, e têm altura para dar passagem a, no máximo, um cavalo encarapitado sobre as patas traseiras.

Mas, dos males o menor. Não é como se o galpão de armazenagem propriamente dito soubesse disso. Ele nunca sabe de nada. Durante a guerra, esteve até mesmo inundado por um bom tempo; ninguém diria. Só se nota uma linha correndo logo acima das grapas oxidadas. Na parte que vai dali até o chão, as dobradiças apresentam outra coloração pela ação corrosiva do sal. Só isso.

"Pode até ser, mas que ontem você estava dirigindo por aí que nem galinha decapitada, isso estava", diz Christiaan, o segundo irmão na escadinha dos mais velhos, que frequenta uma escola para crianças com dificuldade de aprendizado, mas que passa o resto do tempo buscando defeitos em Rogier.

A produção hormonal de rivalidade em Christiaan equivale à sua produção de suor, ou das suas fezes diárias, que deposita religiosamente aos pés do irmão mais velho na esperança de que um dia consiga fazê-lo nelas escorregar. Faz isso para conquistar o seu espaço na ordem absoluta (a do pai, na qual, há anos, Rogier é indiscutivelmente o líder). É pela mesma razão que, ele esses, dias vem trazendo para casa todos os parafusos, porcas e pregos não tortos que "acha por aí".

Essa história começou faz uma semana. O Rogier chegou em casa com um parafuso que tinha encontrado na rua. Brilhando de novo.

"É um autoatarrachante", disse o pai, dando-lhe um peteleco. "Aqui, está vendo a pua nele?". Enfiou-o no bolso das calças, lançou a Rogier um olhar de consideração e disse: "Pode ter certeza que algum dia ainda vai servir para alguma coisa".

No dia seguinte, eis que aparece Christiaan e coloca sobre a toalha de PVC da mesa um parafuso-borboleta. Três dias mais tarde, vem com uma cavilha fixada numa porca. Tudo novo em folha e ainda brilhando. Estava na cara — ninguém duvidava — que os objetos haviam sido surrupiados da sala de ferramentas da escola técnica especial. O pai ainda lhe disse que agora já estava bom, que ele parasse "temporariamente" com essa história, mas Christiaan respondeu, indignado, que o que ele fazia "temporariamente" era só ficar de olhos abertos por onde andava.

"Sei... No trajeto da parada de ônibus até em casa?", havia soltado Rogier, o que, como não podia deixar de ser, terminou em briga, igual ao que acontece agora, depois de Christiaan proferir as fatídicas "que nem galinha decapitada".

Os menorzinhos colocam-se do lado de Rogier e começam a dar contra os joelhos de Christiaan, apertados dentro das calças de domingo de cor bege, e não dos *jeans* que ele deixa para usar nos outros dias da semana. Katelijne, categórica, toma partido de Christiaan, menos por ele ter razão do que por se tratar dele, Christiaan, que sempre acaba levando a pior. Jeroen, o terceiro na ordem decrescente dos irmãos, inclina-se a apoiar Rogier e os seus argumentos – salvo no que diz respeito às vacas brancas e vermelhas, já que Jeroen é o único da família mais afeito às negras. Tem as suas próprias ideias, em vez de adotar as dos demais. Entretanto, mais importante que as suas ideias é a habilidade que ele tem para tratar com animais desassossegados. Já aconteceu de o pai precisar acalmá-los, e nessas ocasiões Jeroen caiu do céu.

A mãe pergunta se foi na igreja que eles aprenderam a se bicar desse jeito, acrescentando que gostaria, por uma vez que fosse, de poder tomar tranquila o seu café, ao que o pai exclama: "Já chega!". Passa então um segundo carro do lado de fora, devagar. Um Passat, de acordo com Rogier, sempre o primeiro a reparar nessas coisas. O registro da placa é alemão.

"É um boche[10]", diz Christiaan.

"Com um bigode de Hitler", inventa Rogier na hora.

"Isso todos eles têm", diz o Christiaan, crédulo o suficiente para cair em qualquer armadilha. Deixa-se fazer a cabeça muito facilmente. Se Jeroen lhe diz à noite, na cama, que ele ainda não "rezou a reza",

Christiaan salta de imediato dos lençóis e, de joelhos, põe-se a entoar "Vou para cama que estou com sono", como se não já o tivesse feito cinco minutos antes.

"Por que ele não volta para 'Bocháfrica'?", pergunta Lourens, o que soa duplamente engraçado, vindo da boca de um pimpolho de nem quatro anos completos.

"Quem é que lhe ensina esse tipo de coisas?", exclama a mãe, mas rindo ela também, o que faz que a alegria na família seja geral.

O sol começou no meio tempo a parecer-se cada vez mais com uma gema de ovo de uma galinha posta a dieta sem folhas, o que por si só já é um mau agouro. Não se deve olhá-lo de frente, porque aí é quando ele se torna inclemente e lhes cresta todo o verde. Na Bíblia, bastaram as preces de uma única pessoa com fé, chamada Elias, para fazer chover após um período longo de seca. Mas o inverso não se aplica, infelizmente. Pelo que parece, nove cordeirinhos do Senhor sobre uma relva de tamanho médio tentando acelerar o tempo pelo manejo das agulhas de um relógio – até o ponto em que trabalhar recupere o seu caráter de dever sagrado e deixe de ser proibição – não são suficientes para fazer mudar a situação, de maneira que se verão obrigados a assistir, de braços cruzados, ao espetáculo da chuva que converterá o feno potencialmente perfeito numa substância incolor, apodrecida e embolorada, da qual nenhum animal se aproxima e que fermentará perigosamente no paiol.

Logo depois das badaladas do meio-dia, às doze e quinze para ser preciso, o pai manda todo mundo para a cama de maneira que ele próprio possa recolher-se, assim como a mãe. A maioria deles tenta realmente pegar no sono, em vez de ler na cama, como acontece no verão. Roncam pesadamente, na esperança de que o pai não os desperte às duas e eles, assim, escapem pelo menos da missa da tarde. Quase nem vale a pena tentar, porque o pai não faz cerimônia em arrancar-lhes os cobertores. Mas, uma vez, o truque deu certo, e o que dá certo uma vez pode dar duas. A Katelijne, que não consegue mesmo dormir durante o dia, porá o livro de lado dez para as duas para fazer de conta que cochilou.

Apoiada sobre os cotovelos, tem à frente de si um exemplar de *Elske, a filha do tocador de realejo*[11], presente de Natal, usado na escola e já lido pelo menos três vezes; mas os livros emprestados da biblioteca, esses ela já terminou, de maneira que tem de se arranjar de outro jeito. Muito concentrada ela não está, por causa do buraco que se faz sentir no estômago. E como, porque é do tamanho de um *pretzel*.

Sabe que a mãe não tem nada de gostoso em casa. "Bicar porcaria, nem de noite nem de dia", reza o singelo adágio. Sem atinar com o que mais fazer, porém, acaba entrando furtivamente na cozinha (o quarto dos pais fica bem em cima). Com as solas dos pés descalços grudando no chão de ladrilhos – *plaf, pluf, plaf, pluf* –, quase tropeça nos baldes ao lado da lavadora que a mãe usa para apanhar o excesso de água de enxágue: por estar ainda limpa, pode ser aproveitada para esfregar o chão ou para a descarga da privada. As portinholas dos armários da cozinha rangem acusatoriamente, e as latas de biscoitos desenterradas produzem o tinido típico, oco e metálico. Vazias, elas também.

Nesse caso, então, um sanduíche. Apanha da geladeira cautelosamente o pote de manteiga – cuja tampa sempre se solta quase com um sopro – como se ele fosse um aviãozinho desviando, na sua rota, da lata de pasta de amendoim. Se já faz um barulho dos diabos quando se bate nela com a faca os pulsos do Código Morse, o que dizer então de quando se choca contra o chão de pedra? A lata de pão da Brabantia então, rilha que só; também, é mais velha que Matusalém. Agora só falta a Nutella que, como era de se esperar, deve estar atrás de tudo, lá no fundo. Após dez minutos de acrobacias, tem sobre a mesa tudo de que precisa, exceto a faca.

Assim que puxa a gaveta dos talheres, passa um carro, que reduz a velocidade antes de subir pela rampa até a porta da casa. Visitas no dia de descanso são tão raras quanto as guloseimas nas latas, além do que agora chegam em muito má hora. Katelijne vê o inocente recipiente de plástico branco converter-se num cálice de tentações, vê também uma faixa rançosa sobre a manteiga e percebe o quanto o pão ele próprio se envergonha pelo fato de ser um objeto de desejo, convidando como o faz ao pecado da gula.

Haverá ainda alguma maneira de escapar às palmadas certeiras no traseiro?

Katelijne, expedita, sai pelas portas da varanda em direção à rampa, onde uma mulher acaba de sair do lado do passageiro. Tem os cabelos curtos, batom nos lábios, brincos e veste calças. Detrás do volante há um homem, e, no banco traseiro, um menino de uns dez anos com cara de beterraba e uns olhos castanhos grandes demais. Trata-se do mesmo Passat de agora há pouco.

"A sua mãe está por aí?", pergunta a mulher, em alemão.

"Quê?", pergunta Katelijne.

Como se intuísse que o pai e a mãe estivessem em algum lugar por ali, a mulher despede pelos ares: "Seus pais estão em casa?", palavras estridentes que roçam as madressilvas e as videiras a meio caminho da janela com as cortinolas de crochê e o buquê de flores secas.

"Não", diz Katelijne, baixinho. Ergue o olhar. Algo ou alguém se move por detrás das cortinas. O cochilo do domingo à tarde só se sacrifica muito a contragosto e em prol do sermão corretivo, mesmo que isso também não seja qualquer garantia (da mesma maneira que oitenta anos de disciplinar visita à igreja não significam nada para o destino da alma no além).

O olhar da mulher, insatisfeita, vai de Katelijne para o carro, e se fixa mais acima, no céu, que dá mostras de compreensão da situação deles ao adotar a cor da areia com que se reveste o solo dos picadeiros. Não vai demorar muito para os charcos de água da chuva tornarem quaisquer terrenos intransitáveis, para homens e cavalos.

Une as pontas dos dedos de uma mão com as da outra, formando uma cabana alegórica. "Precisamos montar a barraca antes de começar a chover. Mas todos os *campings* estão lotados. Será que poderíamos colocar nossa tenda aqui fora por uma noite?", pergunta, agora em holandês. "Ficaríamos muito agradecidos a você", diz, apontando para o gramado ao lado da rampa, onde se encontram a balança e o cercado dos coelhos, com dois exemplares Lotharings, de pelo preto e branco, dentro.

Será que ela entendeu bem: eles queriam acampar na propriedade? Mas se o pai e a mãe até proíbem tocar-se no assunto! Nada de estranhos transitando na propriedade, dizem.

Katelijne faz que não com a cabeça. Impossível.

"Ele está doente", diz a mulher, apontando para o menino no banco traseiro, o qual, com uns olhões imensos, devolve à Katelijne um olhar de cachorro triste; ela, não acostumada com uma atenção tão direta, de repente se dá conta que está de camisola.

"*Er ist krank*", repete a mulher, em alemão.

Krank. Algo como "enfermo", em holandês antigo. Tenta desfiar a palavra com os ouvidos. O próprio Senhor a utilizou. *Estive enfermo e me visitastes, disse Ele. Em verdade vos digo que quando o fizestes a um destes meus pequeninos irmãos, a mim o fizestes.*

Existem bíblias em que tudo o que o Senhor disse literalmente está grafado em vermelho. Quem contou isso foi o professor.

Katelijne aponta para a quadra. "Tudo bem, mas então para aquele lado ali", diz, dando-se por vencida, que é como se sente, como se existisse algo mais forte do que ela própria que a fazia concordar.

"Ah, muito obrigada! Quando é que os seus pais voltam?"

Katelijne, sem entendê-la, sente o olhar da mulher avaliando-a dos pés à cabeça. Quer explicar que está de camisola porque... Por que mesmo? Afinal, quem é que se mete na cama durante o dia?

"Eu também *krank*", diz, indicando o ursinho cor-de-rosa estampado na camisola à altura do umbigo. Quando dá por si, já soltou a mentira: na sua fantasia, eis que os pais desaparecem do posto de vigia por detrás das cortinas para encontrar-se, de repente, dentro do carro, como que endemoninhados em busca de socorro para a filha, que precisa com urgência de um médico. Agrada-lhe a cena: a mãe encorajando "Vá com calma, Arjaon! Mais devagar!", ao que o pai responde, irado, que, se precisar, vai até a lua para salvar a filha.

"Entendi", diz a mulher, cujo olhar frio se enche de repente de compreensão, o que à Katelijne agrada mais, verdade seja dita. "*Wann kommen deine Eltern wieder*?".

Isso a Katelijne não entende. "Lá", aponta outra vez. "Perto daquela balança".

A mulher entra no carro, onde estão o marido e o menino, e lá se vão eles para perto da quadra. De volta à cozinha, Katelijne acaba de preparar o sanduíche; afinal, depois de tanta caridade, é hora de pensar em si mesma. Esconde-o por debaixo da camisola, onde ele não quer saber de parar no lugar – tem de prendê-lo com o elástico das calcinhas – e põe-se a preparar outro. Tampas e armários fechados, a mesa limpa de migalhas: nenhum indício incriminador.

Mastigando diante do reposteiro da miúda janela do seu quarto, acompanha os movimentos do homem ao desdobrar a lona da barraca. A mulher diz algo e apanha uma ponta. O homem dá de ombros, a mulher balança a cabeça, apontando para as nuvens carregadas, prestes a rebentarem como um suculento tomate amadurecido pelo sol. Viram a tenda em ângulo reto.

O menino está sentado de joelhos, com os cotovelos apoiados sobre o painel do porta-malas, e tem algo na mão que parece ser um cubo mágico, como o cubo de Rubik. Mais uma vez crava um olhar incisivo na Katelijne, que agora recua, mas só por uns breves instantes. Apenas Deus e a sua própria consciência a sabem por detrás da cortina.

Katelijne tem a leve suspeita de que o pai e a mãe, por natureza já tão desconfiados em relação a estranhos, ficarão furiosos. Mas sabe que não tem alternativa. Os peregrinos a caminho de Emaús também não reconheceram o Senhor ao trilharem ao Seu lado e ao convidarem-no a entrar em sua casa. Pois imagine só que vexame tê-Lo enxotado sem saber!

Nesse meio tempo, a barraca foi armada. O homem maneja as cordas, amarrando-as no suporte da balança ou prendendo-as nas cavilhas enfiadas no chão. Trata-se de uma tenda alta, quase quadrada, da cor dos caramelos de café de Haia, com zíperes castanho-escuros.

Deixam o menino sair. Veste *jeans* e um pulôver com listras amarelas; aproxima-se, com seu travesseirinho debaixo do braço que não dói. Leva o olhar até a casa, onde se encontra Katelijne, no quarto pequeno, espiando por detrás da janela, e desaparece com o pai para dentro da tenda. A mãe segue-os, carregando um cobertor.

A Katelijne já se cansou de estar postada ali, com os pés descalços sobre o linóleo gelado, mas sente-se responsável como um salva-vidas pela segurança dos banhistas numa piscina aberta. Precisa sentar-se num nível mais elevado. Junto à janela se encontra uma cômoda herdada da antiga cozinha da avó, que Katelijne usa para guardar roupa. Só que é impossível sentar-se nela porque falta o tampo; no lugar dele há uma toalha de banho azul-clara. Quando a Katelijne puxa a toalha de lado, dá de cara com suas roupas de baixo, os *collants* de algodão e as meias enroladas.

Levanta a cadeira da escrivaninha (cuja carreira também teve início na cozinha da avó) e a posiciona sobre a cama, mas o conjunto balança demais, além de ficar muito longe da janela. Encosta-a então contra o parapeito dessa última e faz sobre ela uma pilha com os livros tirados de uma das prateleiras. Sentando-se no topo, ainda chega a ver nitidamente o alemão saindo do curral com uma garrafa, cheia de água que ele deve ter tirado da torneirinha. A mulher sai agachada da tenda e diz algo ao marido, apontando para a casa; esse faz que não com a cabeça. Deixa no chão a garrafa, que ele até agora segurava diante de si como espólio de guerra; pelo que tudo indica, outro assunto faz-se mais premente. O menino sai da tenda e se intromete na conversa. Os pais levam a ele um olhar sério, ouvem o que tem a dizer e assentem, enviesando a cabeça. O menino avança alguns passos, deixando os pais a alguns metros atrás de si, e começa a abaixar as calças. A mãe precipita-se na sua direção, mas ele a empurra para longe: quer virar-se sozinho. Como se os pais não estivessem ali – e preocupados –, o jato amarelo descreve no ar uma semielipse, indo dar contra o cercado dos coelhos.

Apesar dos pesares, faz-se sempre bem em ser hospitaleiro, pensa Katelijne. Mesmo depois de os hóspedes regarem o cercado de coelhos dos anfitriões com urina e irem, em seguida, sentar-se na sua balança para comer uma banana, com a maior tranquilidade do mundo.

"Você quer nos explicar o que está acontecendo?". Na soleira da porta aparece o pai, descalço, as pernas brancas e tortas de fora, realçadas pelo azul-escuro das meias e arvoradas pelas cuecas folgadonas. Leva o olhar surpreso a Katelijne, que continua sentada sobre os livros junto à janela. Vê então, através do vitral, o carro com chapa alemã e a barraca onde a família acabou de se recolher outra vez, porque no meio tempo começou a chover tão forte que ficou tudo ensopado, como papelão quando cai nalguma poça; se não tudo, pelo menos, com certeza a barraca e o feno.

"Eles vieram se abrigar da chuva. Não encontraram outro lugar e têm um filhinho doente". As palavras felizmente lhe saem da maneira ensaiada.

"Isso foi obra sua? Por que você não chamou a gente?".

Katelijne leva a bronca do século, principalmente da mãe, que veio juntar-se ao pai, com as meias-calças bege-escuras já vestidas por debaixo da camisola, e que, em condições normais, jamais se adiantaria ao marido sem antes consultá-lo. A sua ira é intensa e se acende tão rápido que é como se já tivesse estado fervendo desde antes.

"Assim eu não vou conseguir ir à missa", diz o pai. É o reinício da cólera. Será que a Katelijne não parou para pensar no quão presa fica uma pessoa ao ter estranhos em sua propriedade?

"Para você tudo é muito simples, não é?".

"Você se esqueceu de que essas pessoas também têm de ir ao banheiro? E agora, como ficamos?", solta a mãe, horrorizada, antevendo as manchas cor marrom deixadas pelos alemães no esmalte da bacia sanitária dela.

"Inclusive durante a noite", diz o pai. "Nós vamos ter de deixar a porta aberta esta noite. Isso é, se nós os aceitarmos".

A mãe não se mostra a favor, mas o pai – aquela velha história – acha muito chato mandar embora. Fica decidido que a mãe vai agora à igreja acompanhada de Katelijne e dos meninos, enquanto o pai permanece em casa com Lourens. Aí de noite eles veem o que fazem.

Os gêmeos dão gritos de alegria por poderem ir de carro, mas, no meio tempo, a chuva praticamente cessou, de maneira que a mãe decide na última hora ir pedalando mesmo. Assim, chegam faltando dois minutos para o início da liturgia, banhados em suor, com manchas de água em certos pontos da roupa, respingada pelas gotas que caíam das árvores no átrio. Já não dá mais tempo de se pentearem. Quando a Katelijne e a mãe – mexe de um lado, mexe do outro – acertam os chapéus diante do espelho no átrio, abre-se ao lado delas a porta do consistório. Um cortejo de cerca de dez homens avança em fila indiana passando por elas, em negro, a cor, como aprenderam, da sua alma perante o Senhor. O escriba, incomodado, lança pelo rabo dos olhos um olhar à desalinhada e incompleta família Minderhoud. O queixo triplo empresta ainda mais seriedade à sua desaprovação.

Katelijne espera que o sermão verse sobre o bom samaritano, o que ainda lhe ocorreu no caminho, mas, infelizmente, o tema do dia são os rebentos de Judá, expulsos de Canaã pelos babilônios por haverem atentado contra a lei de Deus. Na sua maior parte, resignaram-se a ficar onde estavam e acostumar-se a viver entre os ímpios babilônios. Somente alguns continuaram temendo a Deus; um ou outro filho de Sião ainda chorava de saudades do templo[12], mas também por não lhes ter sido outorgado pelo Senhor, por conta dos seus pecados, o milagre que esperavam ver operado:

> *Não deveríamos chorar, já que o Senhor se ausentou de nossa pátria? Não deveríamos chorar, agora que os governantes já não levam mais em conta o Senhor e Seus mandamentos; agora que vilipendiam Suas leis, descumprem o descanso mandatório em Seu dia e usam Seu nome em vão? Não deveríamos chorar por haver tão poucos filhos de Sião genuínos, lacrimosos de verdadeira saudade? Agora que só sobrou um aqui, outro acolá, como uma choupana em meio ao pepinal?*

É isto mesmo, pensa Katelijne, atinando na mesma hora com a aplicação prática do sermão: temos de nos transformar numa choupana no pepinal[13], o que significa oferecer teto a quem sob ele se queira abrigar. Afinal, de que outra maneira podemos mostrar ao mundo exterior o quanto choupana somos? A Katelijne decide abordar o assunto daqui a pouco, na hora do café, mesmo porque, até agora, não teve a ocasião de trazer à pauta qualquer questão bíblica.

Olha de relance para a mãe, ela também demasiadamente imersa nas aplicações práticas que o sermão lhe possa oferecer para responder ao olhar da filha.

"E nós, Seus filhos amados, que damos humildemente mostras de genuíno arrependimento ao congregar-nos nesta hora vespertina", lê o conselheiro paroquial, com um timbre extra de dramaticidade na voz, o que, na prática, significa que já estão a ponto de chegar ao "amém". Os meninos, que ouviram a missa refestelados sobre o genuflexório, também pescam a deixa e se endireitam, de prontidão não só para levantar-se para a ação de graças, como também para ver quem será o primeiro a fazê-lo.

"O que de mais carecemos é a experiência dos verdadeiros filhos de Sião. Mães e pais, rapazes, moças e crianças, vocês que neste momento me ouvem, quão sublime não seria poder clamar: 'Falhamos ao Senhor da maneira mais ignóbil, afastamo-nos do caminho do bem. Nós, ao exemplo de nossos antepassados'! Assim, que possamos sempre nos prostar perante a infalibilidade e o amor de Sua Palavra Sagrada! Amém".

Ao alcançar a trilha à frente da casa, ao lado de uma mãe calada, dá-se conta de que tanto a barraca como o Passat desapareceram.

"Encontraram outro lugar para ficar", diz o pai. "Eu tinha dito que eles poderiam passar a noite aqui, mas só se não achassem nada mesmo".

Katelijne quer saber para onde foram, mas o pai diz ignorar, e o faz com um tom tão atravessado que ela nem se atreve a mencionar a choupana no pepinal; decide guardar essa para a avó, porque ela, pelo menos, entende uma tal linguagem.

No final, acaba que os meninos também querem saber de tudo tim-tim por tim-tim, e Katelijne se deleita com a atenção e o poder que tal conhecimento lhe confere. Dispara pelos ares, com calma, a sua munição: uma sucessão de detalhes que os pais tampouco conhecem (uma raridade, de maneira que o melhor mesmo é ser parcimoniosa quando a ocasião se apresenta).

Autoparabenizando-se, depara-se com oito queixos caídos, caídos sob o efeito das *suas* palavras.

"Jura que ele mijou no cercado?"

"Que asqueroso!"

"Só podia ser mesmo um boche".

A Katelijne, pela atuação de moto próprio, recebe a justa sanção: ir para a cama logo depois de jantar durante toda uma semana, retificada pela mãe já na segunda-feira a "ir para a cama imediatamente depois de lavar a louça".

No dia seguinte, por infortúnio, nenhum dos rapazes mostra interesse em conhecer mais detalhes sobre o menino alemão. O feno tem de ser virado e seco (tem-se que tirar dele o maior proveito). Os papéis desempenhados por cada um voltam a ser os estabelecidos, os de sempre. Isso em prol do bem-estar evidente da parte majoritária da família.

Os gêmeos encontram um cubo mágico junto à balança, do qual Katelijne se apoderará em questão de dias, quando houver arrefecido o interesse geral pelo objeto, escondendo-o por detrás das roupas na sua cômoda sem tampo – a que veio da cozinha da avó. À noite, na cama, com a luz intermitente do farol esgueirando-se por uma frincha nas cortinas, acariciando-lhe as faces com a suavidade com que uma mãe faria com o seu bebê adormecido nos braços, é quando a Katelijne o traz à luz. Mexendo e virando os quadriculados coloridos, viaja em pensamentos na companhia do menino pálido e do adesivo de joaninha colado no vidro traseiro do carro.

Dentes-de-leão

Quando o avô ficou indisposto ao curvar-se sobre o fosso do esterqueiro, tinha acabado de pescar o pequeno Peter de dentro do estrume. Korné, tido pelo seu histórico como ligeiramente mais apalermado que o irmão gêmeo, estava em pé com o narigão sobre a porcaria e dois dedos na garganta.

O pai estava ocupado numa baia, ensinando um bezerro recém-nascido a beber leite, e não se deu conta de nada. Foi só quando saiu e viu o Peter parado ali, com estrume escorrendo dos pés à cabeça, que correu na direção dos gêmeos. Viu o avô retorcido num ângulo estranho, dependurado na barra do misturador de chorumeira. A primeira coisa que fez foi espantar os gêmeos para longe dali. "Chame a mamãe!", pediu ao Korné, gritando, mas parece que ele não se moveu para não perder nenhum detalhe da cena: o pai alçando o avô e o deitando logo ao lado do fosso. Os tamancões de madeira do avô – calçava quarenta e sete – ficaram para trás, dentro do estrume centrifugado, até que acabaram por bloquear o misturador. As hélices emperraram e a alavanca da tomada de força que ligava a máquina ao motor estacionário do trator quebrou. Por desgraça, não estava conectada a nenhuma embreagem, mas, ainda assim, o pai nem ligou, porque a essas alturas já lhe tinha ficado claro que o avô provavelmente não se recobraria mais.

Meia hora depois, estacionava na rampa à frente de casa uma ambulância, da qual o avô, porém, nunca chegou a fazer uso. Só o fez o pequeno Peter, que teve de passar uma noite no hospital. A mãe não quis despachá-lo como estava, coberto de esterco malcheiroso até as orelhas. Antes dele entrar no veículo, enxaguou-o com a mangueira do curral, enrolando-o depois rapidamente num lençol.

Ninguém entendia como era possível que o Peter tivesse sido tragado pelo esterqueiro. Tinham até vindo investigar lá da inspeção, e não encontraram qualquer irregularidade. A boca do fosso era obstruída por três chapas protetoras de ferro, uma disposta ao lado da outra. Somente uma delas estava aberta, para dar passagem ao misturador. Este estava acoplado ao motor do trator e centrifugava o estrume a fim de que não empelotasse. É sabido que, justamente durante a centrifugação, são liberados gases potencialmente perigosos.

Entretanto, Katelijne bem se lembrava de ter explicado aos gêmeos, uma ou duas semanas antes, que os dentes-de-leão que eles viam no prado desapareceriam para dentro do buxo das vacas, percorrendo os quatro compartimentos gástricos – primeiro o rúmen, em seguida o retículo, depois o omaso e, por fim, o abomaso – para serem excretados de novo por meio das fezes lá no curral. "Olhem bem através das grelhas que vocês vão ver ali". Tinham-se, então, ajoelhado todos diante do coche para procurar com os olhos as flores amarelas, mas os gêmeos logo começaram a reclamar que não viam nada.

O que foi que aconteceu mesmo então?

Katelijne disse então que não era verdade, que tinha inventado tudo (reconhecer que estava errada não era um dos traços mais marcantes da sua índole).

Ela explicou que as flores eram maceradas pelas vacas e que não sobrava nem um pedacinho para contar história (isso estaria mais conforme à verdade, como se subentende, da mesma maneira que também é verdade que as vacas não gostam de comer dentes--de-leão: são amargos demais para o seu paladar).

A Katelijne disse, então: "Vamos esperar até o dia em que o papai usar o misturador. Vocês vão ver então que elas sobem à superfície pela ação das hélices. Sabe o que acontece depois? Elas são sugadas pela mangueira do esterqueiro, indo parar no tanque de chorumeira e, daí, de novo nos campos, agora como adubo. É onde elas voltam a crescer" (Isso não era verdade, mas era mais ou menos o que ela tinha dito. Que idade teria na época? Uns seis anos, talvez sete). O problema com as palavras é que se perde o controle sobre elas, uma vez proferidas. São liberadas e podem ir para onde bem lhes entender.

Pouco depois nasceu Lourens.

O avô continua sendo, no seio da família, mesmo após tantos anos, um dos assuntos prediletos. Na Páscoa, quando se serve o pão doce de uvas passas, sempre há à mesa quem se lembre da cabra, pois essa era, por excelência, a piada pascalina do avô: "Mas vejam só: a cabra estava de novo com pressa na hora de defecar! Onde já se viu tão pouca uva passa no pão doce?".

Não costumava passar-se nem um mês após a Páscoa até que alguém dissesse que o avô já teria no meio tempo comido as suas "primeiras" batatas da estação. O avô sempre se adiantava aos demais com os legumes. Na verdade, em tudo adorava adiantar-se aos demais, fazia disso um verdadeiro esporte: os "primeiros" pés de alface, os "primeiros" morangos e nabos, além, claro, do "primeiro *primo*gênito" homem. Considerava os fertilizantes químicos uma das grandes invenções dos tempos modernos, e já em fevereiro puxava uma extensão para conectar à eletricidade os radiadores logo abaixo das janelas da estufa com os pés de alface.

Também se comenta o fato de o avô ter começado na vida como um mero camponês, até que juntasse dinheiro suficiente para comprar o seu próprio terreno, com vacas e tudo o mais. Pouco a pouco, foi incrementando o número de cabeças de gado que possuía. Entretanto, quando chegou à oitava vaca, elas adoeceram uma após a outra, a ponto de terem de ser sacrificadas todas. Demorou um ano para que o avô conseguisse comprar outra vez uma primeira vaca, ano no decurso do qual os avôs não sabiam como fazer para pagar as contas.

Dessa época data também a história do presunto sobre o capacho. Tinha sido numa noite com uma tempestade tal que os avôs haviam decidido saltar da cama. Lá estavam eles, sentadinhos no sofá, embrulhados nos casacos vestidos sobre os pijamas, os pés enfiados nos sapatos dominicais, prontos a disparar para fora de casa assim que se produzisse o primeiro relâmpago. Não seria a primeira vez que uma fazenda arderia numa queimada provocada por uma tormenta como a daquela noite. Na propriedade deles mesmo já havia acontecido de caírem raios sobre o *trailer*. Rezavam, rogando a Deus que poupasse as suas vidas – o que Ele acabou por fazer – e que, como vinham pedindo havia já algum tempo, fizesse também encolher a pilha de contas por pagar sobre a consola da lareira. Na manhã seguinte, encontraram um presunto sobre o capacho da porta da cozinha.

"Mas não é mesmo um milagre?", exclama a avó, ao contar o relato. "O Senhor sabe sempre exatamente do quê nós precisamos. *Não há bem que sempre dure, nem há mal que nunca acabe*".

O avô, porém, contava uma versão bem diferente, na qual não figurava nenhuma tempestade.

Certa manhã, tinha se levantado para ir tirar a porcaria do viveiro. Já estava com os tamancos calçados e boina vestida. Ao abrir a porta da cozinha, quase tropeça num presunto sobre o capacho. "Hum, aproveitável", pensou, voltando para levá-lo à cozinha. Cortou uma fatia e torceu o nariz. Mais salgado que bacalhau desidratado. Foi quando percebeu que se tratava de um porco morto pela peste suína, pois eles costumavam ser cozidos em salmoura, na esperança de que ninguém se desse conta das manchas na pele. Ficou sabendo na sequência que o pastor – cuja redenção de alma supostamente já estava mesmo garantida no caso de um desenlace fatídico – tinha sido o primeiro a receber um talho do presunto. Tão generoso anônimo ainda havia ficado esperando para ver se o pastor subiria ao púlpito para a missa do domingo.

É uma história que o pai gosta de narrar (na versão do avô), após o que a mãe sempre exclama "Pode ir parando aí!", se diante da família reunida.

A Katelijne participa o mínimo possível de todo esse lero-lero sobre o avô, porque, uma vez que este entra na sua cabeça durante o dia, não volta mais a sair até altas horas, enquanto matuta afundada no travesseiro. Dizem que os mortos não falam, e pode até ser que tenham razão, mas a sua imagem tampouco desaparece das nossas retinas. Em geral, a Katelijne o vê em decúbito dorsal, os braços frouxos jazendo ao lado do corpo e as pernas paralelas, como uma lebre morta. Um pouco de longe, porque também não é que ela, quando a desgraça aconteceu, estivesse exatamente "debruçada" sobre o corpo. Quando a desgraça aconteceu, estava, na verdade, em casa, passando as batatas pelo espremedor, porque era um domingo. Quando o Christiaan finalmente conseguiu alertar a mãe, Katelijne seguiu com ela, avistando então o avô a certa distância, jazendo no solo.

Evoca ao avô mentalmente num cenário de chapas onduladas reluzentes como pano de fundo, ainda que não haja nenhuma no esterqueiro. Trata-se na verdade das chapas cintilantes do cercado dos coelhos, que também já há muito não existe mais. À noite, na cama, porém, não resta dúvida: tudo continua existindo.

Começou quando Rogier tinha por volta de três, quatro anos. O avô estava construindo uma gaiola elevada, sobre apoios: com gaze grossa na parte anterior, um comedouro para a grama e uma cobertura de ardósia por cima de tudo. Comprou, então, dois exemplares novinhos de Lotharings de pelo branco e preto. No entanto, porque a gaiola ainda estava alta demais para o pequeno Rogier e os coelhos pesavam cada um quatro ou cinco quilos, era o próprio avô quem se encarregava de dar ração e água e limpar por dentro a gaiola, tanto que, no final, acabou transformando-se num passatempo mais seu do que do neto.

No tempo de um suspiro se tinham acumulado sobre a palha tantos chumaços de pelo preto e branco arrancado que o avô concluiu que não lhe haviam vendido dois machos como tinha pedido, mas um casal. Viu-se obrigado a construir uma segunda e uma terceira gaiola; o número de gaiolas ia crescendo progressivamente, assim como o de coelhos: primeiro umas embaixo das outras, depois dispostas lado a lado, com o corredor passando pelo meio. Quando chegou à décima quinta gaiola, o avô decidiu construir uma espécie de cercado de chapas laminadas e tubos de PVC em volta do conjunto.

O resultado tinha claramente aparência de improviso e, se há algo de que o pai tem horror, é a falta de conformidade no que quer que se encontre nos limites da sua propriedade. Por essa razão, o cercado teve de desaparecer, logo após a morte do avô; foi feita uma senhora fogueira e tudo acabou indo arder nela – quer dizer, as gaiolas, que já estavam mesmo corroídas pela urina. As chapas poderiam servir para algo no futuro.

Ainda rondam por aí umas fotos nas quais se dá para ver um pouco como era.

Tinha sido a avó a aparecer com elas, alguns anos após a morte do marido. Arrumava a escrivaninha do avô quando deu com um envelope contendo fotografias. A julgar-se pela sua qualidade mediana, deviam ter sido tiradas com a pequena câmera que tinha o avô.

A avó tinha separado as fotos para os gêmeos. "Não eram vocês que gostavam tanto de coelhos?", perguntou. Fizeram que sim, claro! Ainda estavam lembrados do cercado de coelhos do avô. E de como ele lhes havia ensinado a distinguir o macho da fêmea. Não que ainda hoje os soubessem diferenciar: no caso dos coelhos, nunca é fácil, se não se tem prática suficiente. Tem-se de apertá-los nalgum lugar específico para o dito cujo ficar visível, ou não, tinha-lhes ensinado o avô.

"Aqui, distribuam certinho entre vocês", disse a avó.

"Obrigado!", agradeceram os gêmeos.

Examinaram as fotos. Algumas haviam sido tiradas perto demais ou estavam mexidas, mas a maioria delas até que tinha saído bem, exceção feita a um ou outro par de olhos vermelhos. Só tinham mesmo eram algumas marcas de dedões.

Em todas as fotografias se via o macho sobre a fêmea, copulando.

Os gêmeos olharam as fotos com atenção, comentando inicialmente os desenhos na pelugem, calando-se depois. Fizeram em seguida duas primorosas pilhas de trinta, talvez quarenta fotos, uma para cada um. A avó se mantinha ao lado em silêncio, observando, alerta, sentada na beiradinha do outro sofá, as pernas, que então já tinham começado a inchar, paralelas, o envelope amarelo vazio nas mãos. "Selecionei as melhores", disse, mais para si mesma do que para os netos, "mas não achei nada grande coisa. Podem ficar de presente". Logo em seguida acrescentou: "De qualquer maneira, seria pena jogar no cesto com os papéis velhos", esfregando a sola do pé de um lado ao outro no chão como se estivesse apagando uma bituca de cigarro.

Na cabeça da Katelijne, as fotos fundiram-se com a imagem do avô à beira do esterqueiro. Se quisesse, tinha como ajustar a nitidez das imagens, como se faz com um par de binóculos: justamente porque não o fazia, os contornos do avô se confundiam na sua memória numa nódoa escura e alongada contra o clarão do fundo. Uma imagem, aliás, que não por isso lhe doía menos nos olhos, mas que, desta maneira, deixava-se mais rápida e eficazmente espantar por outras, mais nítidas. Se isso não acontecia rápido o suficiente, punha-se então a cantarolar "*O pintarroxo bicando contra a janela: 'Deixe-me entrar. Deixe-me entrar*'". Costumava funcionar. Cada vez que ele lhe aparecia, compreendia melhor que a arte da fantasia é um empreendimento arriscado e jurava a si mesma que não se atreveria de novo.

Glória

Cheiro de manteiga feita em casa é característico dos recintos compartilhados pela família. Não a manteiga que se compra nos mercados móveis[13] da SRV, e menos ainda aquela substância falsificada vendida em potes de plástico, que só recebe o nome de manteiga porque o chocolate granulado gruda nela, mas que, de resto, não tem indício nenhum de sua origem láctea. Não esse, mas sim o cheiro de manteiga genuína, feita de autêntico leite batido, gordurosa como arenque desovado marinado, cremosa como mel silvestre e, após um dia coalhando, tesa como os testículos de um carneiro de um ano de idade. Esse é o cheiro que se espalha por toda a casa, inconfundível, sem par, único. O cheiro "não de trabalho, mas de labuta".

Na cozinha, não. Nela prevalece mesmo o cheiro de legumes queimados na panela e fígado cozido; de manhã, porém, o cheiro predominante é de aveia. Vão-se alternando com uma regularidade tão persistente como familiar – qualidades que frequentemente se encontram e coincidem, pois igual atrai igual. Entretanto, na sala de estar, na área de serviço, no corredor e em cada patamar, todos os membros da família dão a sua contribuição pessoal à formação do buquê geral, ainda que se trate somente de umas moléculas soltas (e exclusivamente em forma gasosa), entrelaçadas de maneira harmoniosa. Se acontece de tocarem-se uns nos outros, é com a mediação espacial do saleiro da Jozo ou com o corta-queijos em mãos, ou ainda por alguma trombada sem querer. Não são muito físicos nem chegados ao toque, talvez por não simpatizarem com o conceito do corpo, dadas as suas convicções religiosas.

Katelijne, que lê, nos livros emprestados da biblioteca, histórias sobre moças da idade dela que recebem abraços das mães (ao mesmo tempo, as suas melhores amigas) sob qualquer pretexto, nos pequenos e nos grandes infortúnios, acaba fixando-se em quaisquer demonstrações de afeto por parte da sua própria. Infelizmente, na maior parte das vezes não é Katelijne o objeto de uma tal afeição: são-o as plantas e os arbustos no jardim e, quando muito, algumas raras vezes, os lóbulos dos gêmeos, que ela acaricia com o indicador por oferecerem-se assim, tão macios ao toque e ligeiramente rosados, principalmente de noite, vestidinhos nos seus pijamas, lendo juntinhos o catálogo de touros.

Apesar dos seus noventa e cinco quilos, a mãe está em perfeitas condições de cuidar do jardim. Quando os dias começam a ficar mais longos, findo o inverno escuro, os jacintos se sucedem às campânulas e as mulheres da aldeia procedem à primaveril lavagem das cortinas, a mãe apanha a mangueira de alta pressão do curral a fim de tirar as manchas verdes de sedimentação das lajotas. Se Katelijne se aproxima dela nesse momento, recebe ordens de ir apanhar o carrinho de mão e transportar toda a porcaria de flores mortas até o esterqueiro. Ou, então, manda-a buscar uma enxada, o regador ou o aparador de grama; muitas vezes, também a manda embora só por mandar, porque, como ela própria diz, sabe muito bem se virar sozinha.

Katelijne bem que gostaria de estar à altura das expectativas da mãe; esta continua aparando as sebes e cortando o gramado, imperturbável, vigorosa, com o dorso luzidio de uma vaca, sem jamais tornar conhecidas quaisquer eventuais expectativas.

E quando tudo volta a desabrochar, primeiro as tulipas e os heléboros, depois os ribes, as pulmonárias e as glicínias sobre a fachada; quando todo o verde rebenta por fim, em meio ao gáudio dos raios de sol, num arco-íris gigantesco sob a égide da condescendência divina perante o mundo, e até mesmo as mudas de estequia, plantadas ao acaso aqui e acolá, parecem vingar acima de qualquer expectativa – resumindo, quando as horas de dedicação e trabalho são esquecidas porque o jardim tem a aparência de, já todo pronto, ter acabado de ser desembrulhado de uma embalagem de presente –, é só então que a mãe se predispõe a demonstrar o seu orgulho e o seu grande amor a quem quer que dê mostras de interesse. Infelizmente, porém, essa casta de pessoas vem escasseando mais e mais a cada verão que passa.

"O jardim se transformou para você num objeto de adoração", diz o pai, a cujo olhar agrada mais a visão de couves-lombardas e das carreirinhas com pés de batatas, ervilhas e feijoeiros. Trata-se de um *hobby* apenas tolerado, e a mãe passa maus bocados com a indiferença do marido, que jamais lhe solicita uma visita guiada pela trilha coberta de cavacos de madeira, criação dela própria, que serpenteia ao longo das margaridas-do-cabo e por debaixo das faias vermelhas que eles plantaram juntos num passado remoto.

Dos sete rebentos, só mesmo Katelijne junta a coragem suficiente para fingir interesse, pedindo que lhe mostre onde estão as cravinas e as salicáceas e as damas-entre-verdes e as bergênias, perguntando se aquelas outras não eram mesmo as alguemilas. "Não, essas daí são vincas, e as outras, aspérulas, que a gente costuma chamar de 'donzelas de palha'" – "Ué, mas se elas não têm nada que lembrem uma mulher! Os nomes são mais bonitos que as plantas". – "E veja só que lindas as lisimáqueas! E essas outras, que a gente conhece também por 'heléboros fétidos': o nome e o cheiro dizem tudo, não é? E os prunos então? Já tive parecidos no passado. Bem maiores que esses, se bem que eles também não deixam muito a desejar, não é?", e a Katelijne não consegue parar de pensar que a mãe teria preferido estar contando tudo isso ao pai, aos meninos ou mesmo a um desconhecido.

Porque a mãe, tratando de enterrar no chão o bebedouro velho das vacas à guisa de laguinho, estava justamente aventando a possibilidade de franquear a outros amantes do paisagismo o acesso ao seu maravilhoso jardim: só não o fazia porque considerava que à raiz de tal gesto se encontravam a soberba e o desejo de ostentação.

A mãe é dessas pessoas que, despontando qualquer raio de sol, corre para fora e, ajoelhada sobre o colchonete de borracha, enfia as mãos calejadas na terra molhada. Ou a enxada, no chão. Não se reconhece na figura da filha, que, até mesmo durante uma jornada de trabalho, não se importa de ficar lendo na cama e não para de reclamar que acabou todos os livros que tinha para ler. Não reconhece essa compulsão da Katelijne por deixar também seu próprio rastro olfativo, sua necessidade de compartilhar uma iniciativa comum, ter a sua quota da torta, em vez de servir apenas para reparti-la aos demais, muni-los de garfinhos e, uma vez recolhidos os pratos, lavar a louça. Mas quem sabe a mãe até se dê conta disso tudo, apenas não lhe preste atenção na esperança de, assim, matar o mal pela raiz, acostumada como está a ver o brio como falta de humildade, inerente à natureza humana?

"Faça algo de útil", diz a mãe. "Os sapatos de ir à igreja ainda têm de ser limpos; por sinal, você já passou as camisas? Ou então vá cortar a grama; eu deixo, contanto que você apare bem os cantinhos".

Por essas e outras razões é que a Katelijne toma cuidado para não reclamar muito, preferindo ficar invisível, sorrateira, dissimulada. Não sente a menor necessidade de enfiar os dedos na terra e arrancar certas plantas pela raiz só porque são assinaladas pelos livros como sendo ervas daninhas.

"Você não tem o nosso sangue", diz o pai. "Deve ter sido trocada na maternidade".

Leva-a para um canto e lhe diz que deveria ajudar mais a mãe. A coitada já tem uma casa enorme para cuidar e vive se queixando com ele sobre a filha.

Katelijne fica a tal ponto exasperada que o mundo lhe gira em volta da cabeça. Então não é ela a única em casa que arregaça as mangas para fazer alguma coisa e até lhe compra do próprio bolso presentes de dia das mães, enquanto que os moleques não se dignam a fazer mais do que atulhar num pote de marmelada um monte de dentes-de-leão e malmequeres e chamar de presente?

"Fazer o quê? Quem manda ser a única filha?" Além disso, tem de entender que, como todo mundo, tem a sua parcela de responsabilidade em manter a casa funcionando. O pai apanha-a pelo braço e a leva até a cozinha, onde ela se depara com uma pia coberta de raspas de queijo, esponjas estragadas pelo uso e panelas pegajosas de crostas da comida que a mãe preparou antes, em tão pouco tempo e tão a contragosto. Leva-a em seguida até o banheiro e pede que analisem juntos o esmalte da privada, mas ela escapa da pegada do pai, porque sabe bem o que tem lá dentro.

"A pia e a privada", diz ele. "É por elas que se sabe se uma mulher é boa dona de casa". Olha ao redor de si a fim de averiguar se há mais algo por fazer, mas sendo ele um homem mais chegado ao ar livre, o seu olhar desvia-se diretamente para a porta dos fundos, que dá para o seu próprio território, a sua parcela de labuta.

Katelijne limpa, esfrega e desmancha a sujeira com soda cáustica e vinagre até que a tampa da privada brilha e a superfície da pia readquire a sua cor original: agora é ela quem vai e apanha o pai com as suas garras de dedos desengordurados e o conduz até a pia, que reluz de tão limpa.

"É isso aí!", diz o pai. "Pelo menos você entendeu o espírito da coisa", ao que Katelijne cora de tanto orgulho. Prepara-se então para atacar o resto da casa. Espana o pó de tudo com umas calcinhas velhas da mãe, sem elástico e cheias de pequenos furos. As teias de aranha junto ao espigão, essas ela remove com um vasculho. Contempla cheia de satisfação o enxágue imundo, uma vez findo o trabalho. Conta-o aos pais durante a refeição; afinal, ela é um motor que só funciona mesmo com a combustão de elogios. Só o pai toma a deixa; para a mãe, as tarefas domésticas carecem de qualquer interesse.

"A mocinha aí até que é bem capaz", diz o pai, de onde Katelijne depreende que a mãe havia afirmado o contrário. Graças ao encorajamento por parte do pai, ela se mostra ainda mais enfurecida no manejo das calcinhas. Até o momento em que o motor, tanto tempo privado de combustível, falha e recusa serviço, em longo prazo arrancando só aos trancos e após ter levado uns bons safanões.

"Turrona que nem pau de guáiaco", queixa-se a mãe: que vá passar uns tempos na casa de algum parente numa cidade bem longínqua. O que significa que ela será a única da família a um dia sair de férias.

Certa vez, tinham ido passar um dia em família lá em Haia, mas ficou mesmo só nessa uma vez, porque os meninos iam arrastando-se ao lado dos demais com uma tromba que parecia que estavam sendo levados à forca, e metiam a cada cinco minutos as mãos por debaixo da camiseta para checar se a carteira continuava lá. Quando o pai, após grande espera, sugeriu por fim irem tomar uma cerveja nalgum lugar, "num espaço aberto desses", a mãe replicou que podiam muito bem passar sem, já que em casa "espaço aberto era o que não faltava". O desenlace foi que acabaram tomando suco de maçã no carro mesmo, enquanto regressavam pela ponte da Zelândia[14]. Chegando eles em casa, a avó lhes diz que "quem nasceu na margem de cá não tem nada que ir buscar na margem de lá". O mais longe que ela própria havia ido tinha sido o hospital em Vlissingen, ou talvez ainda aquela única vez que foram passear ao longo do bulevar do Miguelito[15].

"Que delícia que você veio passar uma temporada com a gente!", diz a tia da cidade longínqua, servindo-lhe um chocolate quente e uma fatia de bolo. Quando Katelijne faz menção de ajudar na cozinha, a tia lhe diz que não precisa; é justamente em casos assim que Katelijne se predispõe a ajudar, porque não se trata de obrigação, mas sim de uma cortesia.

De noite, a luz de um poste de iluminação incide no quarto onde dorme Katelijne como se este fosse um galinheiro cheio de galinhas recalcitrantes com necessidade de serem estimuladas a fim de pôr os seus ovos. Ela, porém, não precisa de estímulo nenhum, porque, onde está, faz tudo por vontade própria, refestelada como uma princesa na cama de casal do quarto de hóspedes, sobre um colchão de molas espiraladas despontando logo abaixo da superfície.

Ouve a passagem estrondosa dos trens ao longe, e não consegue pegar no sono de excitação. O que é que as pessoas tanto fazem de noite? Que lugar é esse para onde têm de ir a tão altas horas? E ela que achava que todo o mundo estava metido na cama depois da meia-noite, com exceção às vezes do pai, quando tem de assistir ao parto de alguma vaca.

Brinca com as primas, que sabem tão bem dizer o seu nome. Diz à tia, que se interessa por tudo o que ela tem para contar, que em casa não a deixam usar calças e a tia pergunta por que não.

"Porque é roupa de homem, e Deus se horroriza com a visão de mulheres em trajes masculinos."

"Você acha, por exemplo, que calças cor-de-rosa são roupa de homem?"

"Hum... Um pouco, sim", confessa, arrependida de não ter procurado algo mais inteligente a dizer.

A mãe telefona na noite do segundo dia. Morreu a bisa, a mãe da vovó. Já havia um tempinho mesmo que andava ruim das pernas. O enterro seria dentro de quatro dias, e a previsão era de que Katelijne ficasse nove dias com a tia. A mãe lhe diz que ela não fará falta no enterro, até porque não há ninguém para buscá-la.

"Que tempo está fazendo aí?", quer saber a mãe.

Vai às compras com a tia e acaba levando uns chinelos brancos e vermelhos, pagos do próprio bolso. Em casa, calça os tamancos; na escola, as sandálias; e, aos domingos, os sapatos fechados de cordão. Quando tem calçados os chinelos, não para de olhar para os pés, que também chamam a atenção dos demais. A tia compra um sutiã numa linda embalagem cilíndrica de plástico transparente, mas, após o jantar e durante o café, reclama que não lhe serviu.

"Se é assim, por que você não o dá para Katelijne?", pergunta o marido. "Daqui a pouco ela vai estar precisando mesmo".

"Para mim?", exclama Katelijne, sobressaltada.

Menos mal que a tia lhe abre um sorriso tranquilizador, como quem diz: Eu não tinha dito a você que seio é coisa de mulher crescida, e crescida você está só quando já pode prestar exame para tirar a carteira de motorista?

Katelijne conhece a vizinha, que usa *collant* e camiseta *extra large*, a tal que tem banquetas de bar no quarto com lajotas brancas, um televisor e um sofá de couro negros enormes. Nas prateleiras de livros escuras não se vê livro algum, mas sim fitas de vídeo e a fotografia igualmente escura de um homem sentado, risonho e com uma pança gigantesca. São todos pertences do novo namorado, ele também enorme e negro, mas que nunca coincide de estar em casa ao mesmo tempo que a Katelijne.

A vizinha – que se chama Glória – é a mãe de um jovenzinho magricela, tão desajeitado e de movimentos tão entrecortados que parece um bezerro recém-nascido tentando equilibrar-se sobre as patas. O único bebezão rosado da história é, na verdade, a própria Glória, e não o filho, mas um bebezão com um olhar adulto de cor cinzenta. Nele se lê algo de trágico que Katelijne sempre espera que tenha desaparecido cada vez que ela abre a porta e entra, mas que sempre continua lá, mesmo quando o rosto da Glória sorri. Significa muito para ela, lê a Katelijne no seu olhar. Nenhuma das suas roupas tem dessas golas ásperas, fechos, botões ou zíperes metálicos. Só veste algodão cardado com a cor cinzenta e com minúsculos fiapos desbotados. Ela diz que sempre "dá uma levantada" com as visitas da Katelijne, que, além do mais, não apenas gosta de ir vê-la, como fica também bastante tempo e vai com frequência. Tem rancor ao mesmo tempo que ciúmes do filho dela, um pirralhinho que só chora e que não quer saber de parar quieto no colo da mãe. Com a presença de Glória, que a enlaça num abraço consolador enquanto ela aumenta um bocadinho as dimensões da dor em relação à morte da bisa, acaba esquecendo-se que chora pela morte desta e põe-se a chorar por tudo e por todos, mas principalmente para que aquele braço ao redor dos seus ombros permaneça mais um pouquinho onde está. Diz que fazem troça dela na escola, o que é mentira, mas não das mais deslavadas, pelo menos é o que espera. "E por que é que alguém faria troça de uma moça tão legal como você?", pergunta Glória.

Glória possui um único livro, do qual Katelijne, alçada sobre uma das banquetas de bar, lê um trecho em voz alta: *Os contos dos irmãos Grimm*. Sabe muito bem que os pais não gostam que ela leia contos de fada, mentiras que só a afastarão da verdade, mas acaba conseguindo não pensar no assunto.

"É a tal da senhora Holle", diz Glória.

A Katelijne não consegue saber se ela a está escutando ou não. Ela própria acredita saber como é o rosto da senhora Holle: uma batata murcha com dois alfinetes espetados nela.

Um dos contos que ela sempre procura ao folhear o livro é a história de uma moça que, enfiada num camisolão de cor cinzenta e de tamancos, tem de triar lentilhas por ordens da madrasta e das suas filhas. Quando estas são convidadas a um baile – Glória diz que baile é como uma festa, o que faz sentido, já que o que se faz nele é dançar – a fim de dar o golpe do baú em certo príncipe, atiram aos borralhos mais alguns punhados de lentilhas. Somente quando a pobre moça as tiver separado todas é que pode ir ao encontro das irmãs. Entretanto, a moça acaba recebendo ajuda de umas pombas e, contrariando as expectativas, chega em tempo para o baile, com um lindo vestido e os sapatos que as pombas fizeram com que caíssem da copa das árvores. As pombas mostram grande bondade para com ela, sabendo que depende do seu auxílio. No baile, é só para ela que o príncipe tem olhos. Não dança com nenhuma outra. Se outro cavalheiro a convida para o baile, o príncipe responde: "Ela é a *minha* parceira de baile".

A Katelijne conhece muito bem a razão pela qual a história está mal contada: não há pomba que faça aparecer peças de roupa e sapatos num passe de mágica. Isso seria paganismo. Além do mais, dançar é uma atividade que não condiz com o estilo de vida deles, fazer-se o centro das atenções, muito menos. Não que não lhe pareça divertido.

É isso o que se chama de "tentação".

Katelijne pendura para a Glória as roupas por secar no sótão. Os raios do sol, infiltrando-se pela claraboia, iluminam um feixe de partículas de poeira que enfoca diretamente o armário aberto que contém as roupas velhas da Glória. Katelijne desce as escadas vestindo uma regata com estampa de tigre e um saiote tão curto que mal cobre as calcinhas. Há também os sapatos de saltos altos e pontiagudos. Katelijne tenta descer os degraus com eles, mas tropeça nos últimos, caindo de flanco à soleira da porta do quarto de Glória.

"Ai, minha carneirinha! Você se machucou?".

Dor ela não sente nenhuma, e Glória vai logo dizendo que ela está divina naquela roupa. E que se parece com ela própria quando era menor. E que lhe vai fazer um penteado para dar o toque final. Apanha uma escova e, penteando a franja, transforma-a num topete enorme, que ela até fixa com laquê. De resto, os cabelos estão presos num rabo-de-cavalo.

"Agora só falta o batom", diz, "e o delineador de olhos". Acrescenta que ela está uma "lindeza"; que ela marcasse as suas palavras: uma "lindeza".

Quando aparece diante da tia, esta desata a rir. Diz que é uma pena que tenha acabado o filme da máquina fotográfica, que o penteado lhe ficou até bem jeitoso, mas que o pai que não a veja assim; diz também que ela ainda dará muito trabalho aos rapazes quando for moça. As priminhas a observam com admiração, desejando ser ela.

Na semana seguinte, ao voltar para casa na Zelândia, sente que deixou atrás uma parte de si e põe-se a escrever longas cartas à Glória, que, nos primeiros seis meses, responde religiosamente a cada quatro cartas recebidas. Não antes de passado muito tempo, reconhecerá na falta desse pedaço deixado para trás a dor de um coração partido e, naquele verão, um período em que não bastava a si própria. Mantém ainda um certo diário íntimo, a cujo papel confia o seu desejo de se mudar para uma cidade em que ela possa ouvir os trens passando ao longe.

Afinal, a quem mais expor os seus tão estrambóticos desejos?

De volta à casa, dá com um saco de lixo enorme na área de serviço. Katelijne aperta-o de mansinho com a ponta do pé, e sente que mal cede à pressão. Dá então um puxão nos cordões plásticos com que se fechou a boca do saco de lixo.

"Pode ir tirando as patas daí", diz a mãe, chegando à área de serviço e farejando no ar alguma arte da Katelijne, da mesma forma que esta fareja o conteúdo do saco de lixo.

"São os trajes folclóricos da bisa?".

"São", suspira a mãe. "E eu agora o que faço com tudo isso?"

"Não daria para ajeitar lá no sótão?", sugere Katelijne. "No armário, com os nossos casacões de inverno, sabe?"

"Você primeiro trate de ir tomando o seu leite." A mãe a trata como se ela estivesse voltando da escola, e não de uma temporada de nove dias fora de casa. "Já chegam os seus irmãos, que hoje nem tocaram nos copos". Katelijne compara na cozinha os copões de leite entre si e acaba apanhando o menos cheio. Na superfície, já se tinha formado aquela película marrom-amarelada e, sobre ela, uma mosca flutuando que nem mais se debatia. Ouve os passos da mãe escada acima e aproveita para esvaziar o leite pelo ralo da pia.

"E você por que é que tem sempre de deixar a torneira aberta?", pergunta a mãe ao descer. "É um descuido sistemático seu".

"É que eu bebi um pouco de água para tirar o gosto nojento de leite da boca", diz Katelijne. "O leite fica mesmo rançoso, tanto tempo parado e fora da geladeira. Não é a primeira vez que eu digo isso".

A mãe diz que quer ir pedalando até o mercado de Moesbosch, porque estão com uma promoção de plantas aquáticas: todas as combinações, quatro pelo preço de três, e pergunta se a Katelijne não quer acompanhá-la. Apanha a bolsa de feira de cima do mancebo e abre um sorriso cordial para Katelijne, que hesita, ciente como é de que essa sorte de sorrisos jamais é gratuita.

A mãe levanta um pé e o apoia sobre a janela redonda e de vidro oco da máquina de lavar roupas, a fim de amarrar os cadarços dos sapatos sem salto. Estica a meia-calça branca. "Seria a ocasião de você me contar no caminho que tal foi a sua temporada de moça viajadora!"

"Eu sei, mas não", diz Katelijne, subitamente peremptória, por saber que de casa a Moesbosch são cerca de quarenta e cinco minutos de pedalada e de que, uma vez lá, a história seria a mesma de sempre: a cupidez da mãe em relação à mercadoria, a procura das plantas, a comparação entre elas, enquanto Katelijne as carregaria de uma estufa à seguinte; no final, acabaria devolvendo-as do seu lugar, assim que a mãe se mostrasse escandalizada com os preços exorbitantes. Diante do caixa, mudaria de ideia, pedindo para a Katelijne entrar na fila enquanto ela correria até a seção dos perenifólios: talvez voltasse a tempo, mas talvez não.

"Acabei de entrar por essa porta. Queria relaxar, ficar um pouco à vontade".

Pela janela da cozinha, acompanha a mãe com o olhar até que ela se transforma num ponto, após percorrer a quarta pradaria: uma frutinha do bosque, negra contra o fundo da folhagem cerrada do jardim.

Nas prateleiras mais altas do armário, encontra a sacola entre os casacos de inverno.

Acima de tudo se encontra um não-sei-quê branco, embrulhado à parte numa sacola de plástico transparente. É a coifa rendada que fazia jogo com os trajes folclóricos que a bisa vestia antes de adoecer e ficar acamada.

O câncer avançou a passos largos pelo seu corpo. Os médicos queriam receitar-lhe morfina para aliviar as dores, e algumas tias do lado "frio" da família, as aparentadas por casamento, eram inteiramente a favor, por ser mais digno; mas, ao ver da avó, do pai e da mãe da Katelijne, o homem não era a medida de todas coisas. O problema com a morfina era que ela abre uma porta para a morte, sobretudo se consumida em grandes dosagens. "E agora me digam o quão digno é encurtar o tempo da graça divina de uma pessoa!", tinha dito a avó, quando a bisa não desceu para o jantar. "Não é a nós que cabe determinar a hora da morte da coitada", opinava o pai; assim, acabava prevalecendo o juízo do lado "caloroso" da família.

Katelijne retira cautelosamente a peça alva de dentro do plástico. Trata-se, na verdade, de duas peças de brocado branco engomado, um barrete para prender os cabelos e uma touca maior com a forma de uma concha dupla. A bisa era a única que ainda vestia uma coifa assim. As senhoras idosas da aldeia só vestem o barrete, mas a bisa atinha-se aos costumes de onde vinha, Zuid-Beveland. Apesar de destoar das demais, trajou-o toda uma vida, e com orgulho. Quem contou à Katelijne foi o pai, através do qual também sabe que se tratava de uma ótima pessoa.

Os pespontos dourados na orla, junto à linha da pele, desapareceram; devem ter sido herdados por alguém. Afinal, os corais-vermelhos da bisa já tinham ido para a mãe. Foi há alguns meses que ela apareceu com eles: seis voltas de corais-vermelhos com um remate em ouro no fecho. Numa súbita manifestação de intimidade, mostrou-os à Katelijne: as contas eram de um castanho alaranjado, como uva silvestre, só que de coloração mais vívida, cintilante, cada conta com uma conformação algo distinta à das demais. "O pescoço da bisa tinha ficado frágil demais para aguentar tanto peso", diz.

Katelijne se inclina a acreditar: a pele frágil da bisa ia descascando-se como cebola.

"Fui eu mesma que tive de ajudá-la a tirar o colar, que a coitada não tinha forças nem para mover os dedos".

Os corais-vermelhos agora se encontram numa caixola de pátina no quarto dos pais. Apesar de tudo, teria sido melhor se a mãe houvesse herdado a cafeteira de cor baunilha, aquela com a estampa da organização "Não à violência!". Ou algumas panelas. Joias outras que o anel de casamento ela não usa. Considera algo estranho um indivíduo vestir um colar de miçangas na ciência de que – assim o quer Deus – acabará sendo devorado pelos vermes, virando pó.

Katelijne desenterra da sacola um trapo verde acobreado com motivos florais que lembra haver visto cingir o peito da bisa, o único ponto em que as suas vestimentas adquiriam algo de cor, por cima de suas três ou quatro saionas negras e o avental branco e preto. De pé, veste todas as peças sobre o vestido, umas sobre as outras. A faixa triangular esverdeada apresenta vincos engomados. A bisa os levava nas costas; as duas pontas do tecido ela passava por cima dos ombros, atando-as por detrás das alças da saia.

Tudo ali tem o mesmo aroma acanelado que pairava na sala dianteira onde a bisa, sentada ao lado do calefator, recebia as suas distintas visitas. O chá era servido em louça de porcelana, e a própria bisa bebericava o seu café como se de aguardente de Genebra se tratasse. Havia sempre a presença de outras senhoras: familiares, aparentadas e vizinhas. Gostavam muito de vir, tinham afeição à bisa, e traziam sempre alguma ocupação manual com agulhas, porque a bisa não falhava em reclamar se alguém tinha as mãos à toa. Algumas delas tricotavam uns remendos com que, chegando em casa, faziam colchas de retalho destinadas aos pobres da Romênia. A Katelijne gostava de deixar-se estar ali entre elas. Às vezes também tricotava, mas em geral ficava lendo as histórias d'*O Peerke e os seus camaradas* ou então d'*O Jaap Holm e companhia*. Não entendia como as mulheres conseguiam observar o trabalho das companheiras enquanto os seus dedos, ágeis, faziam todo o trabalho.

A própria bisa não fazia tricô nem crochê. Faltavam-lhe dois dedos na mão esquerda, e os restantes estavam acometidos pelo reumatismo.

Todas as vezes que a Katelijne se posta diante do espelho, leva um susto com a semelhança entre a bisa e ela; é quando lhe vem aquela vontade de vestir a coifa branca grandona. Enrola os cabelos e os enfia no barrete, com um resultado bastante satisfatório. A coifa em si é mais dificultosa, porque não fica parada; enquanto ela tenta ajeitá-la descobre que, se fecha os olhos, consegue imaginar a palma da mão da Glória acariciando-a à altura da clavícula, ou então a da tia.

Dirige-se ao quarto dos pais e retira os corais-vermelhos da caixola. Já não cintilam da maneira tentadora como o faziam no dia em que a mãe aparecera com eles em casa. Em algumas das miçangas se vê uma coloração esbranquiçada, mas que quase não se faz notar, posto o colar. À soleira da porta, gira sobre os calcanhares, em dúvida quanto aos chinelos. Acaba optando pelos tamancos da mãe. Ela própria não ganhou um par novo desde que os seus ficaram pequenos. A mãe simplesmente odeia quando Katelijne pega os dela. Diz que a razão pela qual o seu último par estragou foi porque a Katelijne ficava pateando com eles sobre a grelha do curral. O estrume contém uma substância que corrói as solas de borracha, disse. Mas a Katelijne não tem culpa no cartório: que possível interesse teria ela em expor as solas à ação das grades?

A cada passo que dá, registra pelo canto dos olhos algo de branco movendo-se no seu campo visual, como algum ser alado acompanhando-a para o que der e vier. Lembra-se dos dois anjos protetores do pastor Smytegeldt de Middelburg, que o impediram de ser arrojado sobre o parapeito de uma ponte. Será que os anjos fariam o mesmo com o mais comum dos cidadãos?

Escuta uma gritaria vinda do pátio traseiro da casa: seguramente, os meninos. Soam como se envolvidos num braço de ferro de cordas vocais. Apostam também para ver quem urina mais longe. A mãe diz que estão irremediavelmente corrompidos, e que jamais poderão viver numa aldeia, que são, de maneira geral, cheias de vizinhos. Têm sorte de viver em uma fazenda. É o que todos dizem: "Com tanto espaço para brincar, dentro e fora!". Entretanto, fazem-no com a expressão de quem diz "E o que foi que vocês fizeram para merecer isso?".

Rogier, Christiaan e Jeroen encontram-se montados sobre o fosso forrado do silo, que, na verdade, nada mais é que uma montículo de grama cortada. Parecia que tinha-se feito o ensilamento no dia anterior. Estranho que ela não tivesse percebido nada.

Os silos já haviam sido recobertos por uma lona de plástico branco, prontos para receber os blocos de cimento que o pai traz com o trator. Três pares de braços brandem no ar, indicando que ele avance um pouco mais. Como três antenas móveis de uma gigantesca lagarta branca. Uma faixa de terra negra está por ser despejada pelos lados, em toda a sua extensão, de maneira que o bicho fique imobilizado até o inverno, quando será descascado e comido.

"Deu!", gritam os meninos, estendendo os braços com as mãos abertas, e o trator para ao encostar junto ao silo. Com o manejo de uma alavanca, o pai iça a caçamba com os blocos de cimento até que esteja arvorado um metro acima do silo. Desliga o motor, e eis que se faz um silêncio repentino; só se ouvem os movimentos das pernas do pai sobre o talo do guindaste. Sobe pela caçamba – *tif-tof*, fazem os tamancos dando contra a ferragem – e, deslocando-se sobre ela, salta cuidadosamente para cima do silo. Todos prendem a respiração porque, se ele pisar com força e fizer um furo no plástico, a forragem entra em contato com o oxigênio do ar e estraga. O pai apanha um bloco com ambas as mãos, mantém-no à altura da virilha, e avança a passos curtos, expeditos, mas cautelosos, na direção de Jeroen, entregando-lhe o bloco. Jeroen, com o mesmo andar espasmódico do pai, avança também um trechinho, ainda que com bem menos estabilidade, e passa por sua vez o bloco a Christiaan. O irmão torce o tronco num movimento giratório o mais ligeiro possível, dá um derradeiro passo e dispõe o maciço, ágil, mas cautelosamente, ao lado dos outros sobre a lona. Está na cara que não há nada que ele goste mais de fazer que pousar os maciços pesadíssimos com o máximo de agilidade possível sobre o silo.

O pai, no meio tempo, também já havia confiado um bloco ao Rogier, o elo da corrente que tinha de fazer a ponte entre os demais. Esse aí foi outro que tomou gosto pela coisa.

Um bloco para Rogier e um bloco para Jeroen e Christiaan. E outro. E mais outro, e assim sucessivamente. Vão pegando o jeito, e os movimentos tornam-se mais céleres e ritmados; Katelijne começa a gingar no compasso, de tão contagiante que é, e tão intenso o seu desejo de participar. Rodelas de suor nas camisetas abaixo das axilas. Essa noite ninguém escapará de um banho. Entretanto, ninguém ainda a notou ali, ao pé do silo.

Escala pelo trator até alcançar a altura dos demais. Percebe o grande e oblongo tabuleiro formado pelos blocos sobre a lona branca. Todas as vezes que passam um bloco às mãos de Jeroen, que tem uma diferença de menos de um ano com Katelijne, o pobre afunda um pouco mais sob tanto peso.

"E se eu fosse agora buscar mais blocos?", pergunta Rogier ao pai quando a caçamba se esvazia.

"Êi! E o que é que *você* está fazendo por aqui?", pergunta à Katelijne, espantado, ao galgar a cabine. Vê os seus trajes, pergunta se são da bisa e deixa-se cair sobre o assento do condutor. Diz que, "do jeito que ela está", não há como não notá-la, espalmando as mãos ao lado das orelhas para indicar o volume da cabeça da irmã dentro da coifa. Katelijne diz então que vai permanecer curvada, mas Rogier apanha-a de jeito pelo braço e a empurra na direção da portinhola aberta de maneira que ela se vê obrigada a apear do veículo. Ainda se encontra de pé sobre o estrado quando Rogier engata a marcha e as rodas se põem a girar.

"Você não vê que isso é perigoso, seu filho duma égua?!", exclama Katelijne e dirige-se ao galpão, ainda rezingando, exasperada, na esperança de encontrar ali os gêmeos, que devem estar rondando a área, ociosos. Provavelmente na companhia de Lourens. Ultimamente só andam em trio. "Os três mosquiteiros", dizem os pais. "Cadê os três mosquiteiros? Com certeza estão aprontando alguma". Também diziam isso antigamente em relação aos maiores. O trio sozinho já significa encrenca; na companhia da Katelijne, porém, a encrenqueira acaba sendo ela.

Encontra-os no galpão, brincando de "a-vaca-que-pariu". Korné faz o papel da vaca, atado pela nuca e de quatro na baia de maternidade, com o pescoço sobre o cocho. Abaixo dele, em decúbito ventral, encontra-se o Lourens, de onde a Katelijne conclui que é o Korné quem está parindo. Ela própria gostava antigamente de brincar de "a-vaca-que-pariu" com os maiores.

Peter, no papel do fazendeiro, debruçado acima da calha de evacuação, inspeciona o traseiro do Korné, à procura das primeiras patas saindo pelo devido orifício. Afasta um pouco as pernas do Korné, descobre com as mãos as patinhas que Lourens debate por debaixo e dá-lhes um puxão.

"A posição da cria está correta", diz, solene. "Já dá para sentir as patas e a cabeça".

"O que é que você acha das minhas roupas?", pergunta Katelijne.

"Lindas", diz Peter, lançando-lhe um olhar fugaz. Não pergunta de onde ela as havia desenterrado. Korné e Lourens também não.

"*Muuu*!", muge Korné.

"Ele é a vaca", esclarece Peter. "Só fala por mugidos".

Como se ela não tivesse percebido. Observa como Peter amarra a clave de madeira com as cordas extratoras nos pulsos do Lourens, dependurando-se nela de costas.

"Ai!", geme Lourens.

"Êi, assim você estraga a brincadeira!", reclama Peter, irritado. "Os bezerros não berram antes de nascer".

Já que a Katelijne está mesmo por ali, pergunta-lhe se não quer ajudar a puxar.

"Desse jeito os cordões machucam demais", diz Katelijne. "Ele tinha que estar na posição invertida, porque aí é só enlaçar a corda nas botas."

"Mas não é a cabecinha que sempre sai primeiro?"

Katelijne diz que os bezerros às vezes nascem na posição errada. Assim é como ela costumava fazer antigamente.

Korné ergue-se para que Lourens mude de posição. Peter ata os cordões ao redor das botas. Assim funciona melhor. Katelijne e Peter puxam Lourens de entre as pernas afastadas do Korné e por cima do coche.

Peter levanta uma das pernas do irmão. "Uma novilha", constata, ao que Lourens protesta.

"Que novilha que nada! Eu sou é bezerro".

"E alguém perguntou alguma coisa a você?".

Katelijne confirma que se trata mesmo de um bezerro. "Que espécie de fazendeiro você é, se nem sabe diferenciar uma novilha dum bezerro?".

Peter não acha nada engraçado.

"Você é quem sabe", diz. "Mas, como bezerro, você vai ter de ser vendido. Não diga que eu não avisei!". Katelijne e Peter apanham o bezerro pelos pés e pelas mãos e o levam à dianteira do Korné. Sendo a "vaca-que-pariu", ainda tem de lamber a cria para limpá-la, mas não demonstra a menor disposição em fazê-lo.

"A mãe não reconhece a cria", diz Peter, preocupado. "É claramente por isso que os pulmões não se abrem. Vamos ter de friccionar na altura do peito". Com um frasco imaginário, destila algumas gotas pelas narinas do Lourens. Katelijne e ele apanham ramalhetes de palha, que se põem a esfregar sobre o macacão azul de Lourens.

"Ele vai sair dessa", diz Peter à irmã. "Agradeço muito, mas pode deixar que agora eu me viro sozinho".

Apanha um balde e a banqueta de ordenha para retirar o colostro da "vaca-que-pariu".

Katelijne regressa à casa, desanimada, caminhando lentamente. Desveste as roupas da bisa e as enfia de novo no saco plástico. Volta então para onde se encontram os meninos a fim de instruí-los a não dizer nada à mãe ou ao pai sobre os trajes da bisa.

"O que é que você dá em troca?", pergunta Rogier, no tom de quem faz negócios.

Katelijne lhe oferece quatro caramelos trazidos da casa da Glória.

"Quero mais", diz ele.

"Mas é que ainda tem de sobrar para os menorzinhos".

"Mais".

Katelijne dá-lhe mais um, dizendo que agora já chega.

"Isso é o que nós vamos ver", diz Rogier, enfiando os cinco caramelos de uma só vez na boca.

Pela noite, Katelijne ajuda a mãe a carregar baldes e mais baldes de água ao jardim, a fim de finalmente encher o laguinho. A mãe enche um balde de zinco com água da cisterna, levando-o pela alça de ferro. Despeja o conteúdo em outro balde, com que despacha a Katelijne, a quem a alça corta a carne dos dedos.

"De aniversário, vou querer este ano uma mangueira de jardim", declara a mãe. "Diga ao papai quando estiver chegando perto da data!"

"Você vai pôr peixe aí?", pergunta Katelijne, mas a mãe diz que com as rãs já se dá por contente: tinha lido que elas aparecem sozinhas.

"A única coisa que me preocupa é o Lourens", diz. "Vai que ele dá um passo em falso."

"Ele já não é mais nenhum bebê."

Já não se dá mais para ver o fundo do laguinho pela quantidade de plantas aquáticas. A Katelijne imagina um poço penetrando as entranhas da terra.

"A senhora Holle jaz aí embaixo", diz Katelijne entre dentes.

"O quê?", pergunta a mãe, desconfiada. "Que minhocas andaram metendo outra vez na sua cabeça?"

"Nada, nada."

Manda vir o pai. Esse, em contemplação, esfrega o queixo com o indicador e o polegar, e diz que eles têm em casa a tela utilizada para vedar o galinheiro, com que se poderia cobrir provisoriamente o laguinho enquanto fosse necessário. Katelijne nota pelo esgar da mãe que prefere não ter o tanque coberto com tela, mas acaba concordando sem chiar.

"Neste caso, as rãs vão ter de esperar um pouco", diz, e Katelijne imagina a cena: um sem-número de rãs circundando o laguinho, à espera de apoderar-se do novo território.

Uma vez desenrolada a tela, os três se levantam a um só tempo, por pouco não colidindo as respectivas cabeças. E a mãe põe-se a fariscar. "Que cheiro é esse?", pergunta. "Parece mofo. Se eu fosse você, tomaria hoje à noite uma senhora ducha".

É quando a Katelijne dá início à sua correspondência com a Glória.

Canícula

A cozinha tépida da avó exala vapores como o bocejo de quem acabou de acordar. Katelijne, desprevenida, torce involuntariamente o nariz ao entrar. Um gesto praticamente imperceptível, mas que à avó não escapa.

"Pois é, meu bem, você já ouviu falar de 'canícula'? São os piores dias. Hoje de manhã estava um horror de tanta traça que havia".

Informação desnecessária, porque Katelijne já tinha notado as manchas acinzentadas cobrindo o jornal que a aguardava sobre a lavadora (É o que a avó usa como mata-insetos: cada traça morta é uma a menos).

A casa da avó, antiga como só, transforma-se num verdadeiro paraíso para os peixinhos-de-prata, chatos e acinzentados, com uma profusão de caudas e predileção por armários de cozinha. Culpa da umidade que a inundação deixou nas paredes. Em 1944, os Aliados abriram as comportas de Walcheren com o objetivo de desfazerem-se dos alemães, tarefa levada a cabo com sucesso. As sequelas do ato, porém, pesaram sobre os habitantes, cujas casas tanto as paredes interiores como as exteriores exumavam o bolor de água infiltrada, que jamais voltaria a secar. Na saleta logo acima do porão, no papel de parede, vingam os fungos.

A avó passou quase toda uma vida lutando fervorosamente contra a umidade, mas no final teve de entregar os pontos. No momento em que se viu vencida, as suas pernas já estavam comprometidas, inchando e adquirindo cada vez mais vincos, ao exemplo das camadas que crescem a cada ano no tronco das árvores. Na loja de roupas da aldeia, foi avisada de que já alcançou o tamanho máximo de meias que se conseguiam do fornecedor a varejo.

"Que avisem o quanto quiserem", diz a avó, "o que eu quero saber é como eu fico *agora*".

Arjaon e Rina, por mais palavras que gastassem, não conseguiam fazê-la ir consultar um médico – médico, nem morta, porque a sua própria mãe nunca tinha precisado de um doutor, e olhe que chegou aos noventa! Não lhe ocorria nada mais a fazer do que passar os finais de tarde sentada na cadeira junto ao radiador, mesmo durante o verão, para que se evaporasse toda a umidade que tinha de evaporar. Mas, da mesma maneira que as traças não morrem queimadas, não lhe encolhem as pernas, de maneira que continuam persistindo o cheiro de bolor e as traças, que a avó combate com o jornal dobrado e, algumas vezes, com um fascículo da *Saambinder* ou da *Gezinsgids*; sejam quais sejam, leituras altamente recomendáveis, tanto ao Arjaon e à Rina como aos meninos.

A família já se acostumou às manchas acinzentadas espalhando-se sobre o papel do jornal que vai parar em casa, uma vez lido pela avó (o que nunca tarda muito em acontecer, já que a avó só acompanha o folhetim e as colunas de nascimentos e óbitos). Katelijne se enoja, pois sabe muito bem como tais manchas surgiram. O pai diz que reserve tanto nojo para a manteiga e os fricandós, já que as vísceras de uma traça não possuem nada de bizarro.

O melhor seria mesmo que a avó utilizasse para tal fim o anexo desportivo do PZC[16], que ela não libera porque estaria incitando os meninos ao fanatismo do esporte (afinal, a assinatura do jornal é dela). A primeira coisa que faz pela manhã ao retirar o jornal da caixa de correio é abri-lo sobre o congelador, fazendo os anexos desportivos deslizarem para dentro do cesto de lixo.

Arjaon e Rina, no meio tempo, conseguiram um médico para examinar a avó.

Protestou inicialmente, dizendo reiteradas vezes que a mãe tinha morrido com noventa anos, mas acabou sentindo-se lisonjeada em ser o centro das atenções por conta dos males que a achacavam ("é nessas horas que se vê uma pessoa mudar da água para o vinho"), e mostrava a toda e qualquer visita a sua panaceia pessoal. O médico prescreveu-lhe caminhar pelo menos dois quilômetros ao dia, mas ela acredita percorrê-los na soma das suas atividades diárias: ir à caixa de correio e voltar, pendurar a roupa por secar e visitar o banheiro.

Desde então, as suas pernas deixaram de inchar, mas o inchaço tampouco regride. A circulação de fluidos vitais não apresentou qualquer melhora digna de nota. As pernas que carregam o peso do tronco curto parecem pertencer a outra pessoa. "As minhas pernas-alheias", diz, com sentido de humor, puxando os *ee*, fenômeno típico do zelandês. E: "Contanto que não piorem...". Dispõe, porém, de uma mesinha-bandeja que ela, coberta por uma manta que quase alcança o chão, desloca, furtando à vista as suas "pernas-alheias", sobretudo quando as visitas são do sexo masculino.

A Katelijne vai com frequência buscar os jornais recém-impressos e entregues, porque adora passar pela casa da avó, a qual, se a situação permite, decreta um intervalo nos seus afazeres para deixar-se estar ao seu lado à mesa da cozinha, ou então no quarto, como se ela fosse uma moça adulta.

Nas noites de verão, elas se sentam do lado de fora da casa, no banco branco de madeira com as pernas alaranjadas de ferro forjado. Mantêm o olhar fixo nas dunas, que se destacam nitidamente contra o fundo; e num casal de patos selvagens, que batem as asas em meio aos salpicos; e nos bezerros pastando, para ver se eles já estão "ficando cheinhos". Enchem os pulmões com uma lufada de ar impregnada do cheiro de grama recém-cortada, e Katelijne espera secretamente que a avó lhe conte outra vez sobre a noite em que ela nasceu.

A avó às vezes se informa sobre os progressos na escola, mas o que quer realmente saber é se o professor impõe respeito suficiente e se é da "velha guarda". Conta então que, antigamente, ela própria tinha paúra do professor. Se ele vinha de repente postar-se por detrás dela, conta, então era encrenca na certa. A que tipo de encrenca ela se refere nunca ficou muito claro. Diz apenas que se alegrou de poder interromper os estudos aos onze.

Diante delas, adeja, serelepe, uma borboleta-branca-da-couve, ou passa então algum filhote de raposa.

Às vezes, nem mesmo abrem o bico; não por isso ficam menos à vontade uma na companhia da outra.

"Você está vendo a chuvarada lá longe?", pergunta a avó. "Para os lados de Weskappel já dá para ver os castelos de nuvens. Uma boa queda-d'água seria agora mais que bem-vinda, para dar uma refrescada e dar um empurrãozinho na lavoura de seu pai."

Katelijne pergunta se há alguma outra novidade.

"A filha mais nova do Melse abraçou a Igreja Dissidente[17]", conta a avó. "Sônia, esse é o nome dela. Recebeu o nome da avó, que a gente tratava por Suus, mas que já faleceu. Ela se manteve a vida inteira enxuta e saudável, até morrer no ano passado durante o sono". A avó se cala, baixa o olhar com reverência e permanece nessa posição um intervalo, durante o qual não se ouve nada além da agonia da morte, lá dentro da cozinha, de uma mosca cujas asas se prenderam por uma beirinha no apanha-moscas de cor ocre.

"A Suus fez bem em ir desta para a melhor", prossegue. "Se ela tivesse ficado sabendo da tal história com a neta, sabe?, teria ficado horrorizada. Para a Kee foi uma tragédia".

Ou seja: ela andou falando com a Kee. Quando isso acontece, pode-se esperar alguma novidade. Trata-se de uma amiga da avó, que se chama Kee Dommisse e mora na aldeia – na rua por onde se tem de passar obrigatoriamente para ir às compras –, e a quem um passarinho verde volta e meia está segredando algo. Pela localização da sua casa, acaba sempre sabendo de tudo.

"A Kee falou com ela. Anda toda prosa", diz a avó. "E não para de falar no Senhor".

Katelijne imagina que então a coisa deve ser séria mesmo.

A avó afirma que palavras da boca para fora não convertem ninguém a Deus. "Ele tem de crescer primeiro", diz. "Ele" entendido como "o Senhor", e "crescer", como "aumentar de tamanho". "Ele tem de crescer para o ego dela diminuir. Nada mais simples, e fim de conversa". A avó é da opinião que a Sônia se apropriou indevidamente do Senhor. Diz que é isso o que acontece quando uma moça passa toda uma eternidade se enganando. Mesmo que isso lhe proporcione agora uma vida melhor, a avó acha que acabaria bastante menos mal se passasse o tempo combatendo a sua corrupção inata, mesmo que, no final das contas, não esteja entre "os escolhidos" do Senhor. Assim, pelo menos fica sabendo o que a espera. É mesmo a cara da avó não entusiasmar-se com surpresas.

Gosta de alertar: vê-o como "o seu sagrado dever".

Entre outras coisas, alerta contra os católicos apostólicos romanos, que acreditam que suas boas ações representam algo aos olhos de Deus, enquanto deveriam saber que a própria vontade do homem não conta nem um milésimo: por si só não se pode fazer muito.

A avó, na condição de freguesa consciente, não faz compras na loja de departamentos V&D por pertencer a um católico, alerta como é. E quem é que gosta, por natureza, de viver do pão alheio? Os evangélicos e os católicos vão para o inferno com o seu paraíso imaginário: disso a avó não tem a menor dúvida.

"O que eu quero dizer, meu bem, é que a bem-aventurança não se alcança apenas com a vontade, se você não fizer parte dos eleitos. Eu desejo a você que sinta isso algum dia na pele", diz, tamborilando com as pontas dos dedos a toalha plastificada da mesa.

Katelijne nunca sabe o que dizer nesses momentos. Então se cala e, abestalhada, fixa os olhos no vazio.

A avó diz ter sido igualzinha, antigamente. Conta que, como a Katelijne, não queria saber do Senhor e fazia o que lhe dava na telha.

Katelijne ainda tenta retrucar: não acha que só faça o que lhe dá na telha. Mas a avó prossegue: "Porque quem não está do Seu lado está contra Ele". Será que ela ainda sabia disso? Só há dois caminhos a trilhar: fica a cargo de cada um a escolha. Diz que, a partir do momento em que o Senhor começou a refreá-la nos seus impulsos pagãos, passou a comer o pão que o diabo amassou.

Katelijne assente. Lembra-se da história e sabe como continua: após semanas ruminando, eis que a avó abre a Bíblia e lê o episódio do fariseu e do cobrador de impostos, que foram ambos rezar no templo. O fariseu agradecia a Deus por ser ele um homem tão bom, ao contrário do cobrador de impostos, que só recolhia dinheiro dos demais. Este, porém, ficou a olhar a certa distância, sem ousar elevar o olhar aos céus. Disse apenas: "Ó, Senhor! Sede misericordioso comigo, humilde pecador". Ao que o Senhor responde que quem se engradece a si mesmo será rebaixado, e quem se rebaixa será engrandecido.

Foi quando a avó se tornou, aos olhos de Deus, uma cobradora de impostos. Já lhe repetiu a história um bom número de vezes. Para os pecadores e os cobradores de impostos existe a remissão. Para quem acredita poder pensar por si próprio, não.

"A Kee conta alguma novidade?", pergunta Katelijne.

"Koosje está internada. Tiraram do corpo dela tudo o que dava para tirar. Diga à sua mãe, que assim ela manda um cartão de melhoras. De resto, nenhuma novidade, pelo menos não que eu saiba."

Não precisa nem dizer que a mãe esquecerá de enviar o cartão. Não é muito boa com essa espécie de assuntos. Além disso, não acredita que um doente possa recobrar-se com um mero cartão de melhoras. "Se eu parar algum dia no hospital, não quero receber cartões", diz. "Vocês já estão avisados".

São muitas as coisas de que eles já estão avisados. Um exemplo é ela não querer nenhum espalhafato ou festa se uma vaca render dez mil quilos de gordura e proteínas. Já lhe basta, pendurada na cozinha, uma fotografia da dita vaca. Diz também que nunca participará de nenhum desses passeios vespertinos para pessoas da terceira idade, nem que lhe paguem!, e avisa ainda que não voltará a bater à porta da loja daquele cachorro de judeu que vende casacos e sapatos a preços exorbitantes, porque ele engana o freguês diante dos próprios olhos. Como virar-se então, daí em diante, é uma questão que a mãe nunca aborda.

A avó olha pela janela da cozinha. Katelijne segue o seu olhar. A avó diz que o Wannes deve estar para chegar a qualquer momento: ele só ia colher uma porção de batatas, porque as dela já haviam acabado outra vez.

"Espero que venha ainda hoje, porque amanhã ele vai visitar o irmão no Eben Haëzer."

Wannes, aliás Jewannes – que ele só diz ao atender o telefone – é o cunhado solteiro da Kee: desde que o avô faleceu, é o responsável pelas batatas da avó. Planta, monda, irriga e, quando as batatas estão no ponto, colhe-as com uma forquilha. Durante o inverno, faz a cada duas semanas uma apuração rigorosa no plantio a fim de detectar a presença de males e brotos. Mais não precisa fazer, porque isso significaria ter de vir com ainda mais frequência, e ele não é do tipo de homem que se dispense com um simples "bom-dia" e um "mande lembranças". Com exceção de quando se trata da sua própria cunhada, para quem, aliás, quebra toda espécie de galhos.

De acordo com o pai, foi a maneira que ele achou de frequentar casas de senhoras.

"O Wannes se *de-lei-ta* quando me pode ser de alguma serventia", diz a avó.

Para bicos do lado de fora da casa, a avó tem outros quebra-galhos. O seu próprio cunhado, Sam van Ko, toma a frente da enxada. Sempre com as mesmas calças de cotim negro, faça sol ou faça chuva. Em teoria, também se ocupa dos outros legumes, mas, como tem problemas de vista, acaba não dando conta do recado. Numa semana semeia as cenourinhas e, na seguinte, acha que é erva daninha e as capina de novo.

Katelijne gosta de bater papo com Sam van Ko, porque ele sempre lhe pede uma descrição minuciosa do que ela aprendeu na escola, principalmente nas aulas de religião. Se Sam van Ko tivesse podido continuar os estudos, teria optado pela teologia. A avó considera uma perda de tempo tanta conversa fiada, porque "aí ele se desconcentra de vez e não presta mais atenção no que está fazendo". Suspeita, além disso, que Sam van Ko seja simpatizante dos evangélicos. A avó diz aos quatro ventos que quem lhe é de mais serventia é mesmo o filho, Arjaon, que é quem vem retirar o lixo, faz a maior parte dos consertos e controla o pluviômetro após cada pancada de chuva.

Depois ainda tem o jardim, de que cuida Jeroen – e não a mãe. No Jeroen, pelo menos, ela consegue mandar; ele nunca aparece com sugestões tais como substituir as violetas por véus-de-noiva ou relógios pirâmide e modernidades afins. Jeroen também cuida de aparar a sebe (no que ele leva três dias). Já quem maneja o cortador de grama é Christiaan, que, na sua opinião, dá-se melhor com as máquinas. Ninguém sabe de onde ela foi tirar essa ideia, porque, de todos eles, foi Christiaan quem até agora mais prejuízo causou. Sem contar que nunca chega aos cantinhos do gramado.

O capim e os titímalos quem arranca do desvão entre as lajes é Katelijne, e o faz com uma faca pontiaguda. Recebe para isso uma moeda de dois florins e meio.

Não que a avó esteja idosa: ela só não se aguenta mais muito tempo nas pernas, por conta da umidade. Ainda assim, acha que ainda tem muito chão para chegar ao ponto de ter de viver num anexo do casarão.

Alguém se aproxima de bicicleta. Ambas voltam o olhar.

"Não é o Wannes, e sim a própria Kee", diz a avó, suspirando como se indisposta para receber a amiga, que só aparece quando lhe convém. Ainda assim, Katelijne sabe muito bem que a avó a devia estar esperando.

"Espere aí, hoje é quinta-feira. Ela só pode estar trazendo o peixe", diz a avó, consultando o calendário pendurado ao lado do telefone. Trata-se de um calendário com imagens de interiores de igrejas. Nele, a semana não começa pela segunda-feira, como no calendário do Rabobank, mas pelo domingo, já que foi num domingo de Páscoa que o Senhor ressuscitou. Devem-se começar as contas pelo dia da ressurreição, pois foi só então que o Senhor fundou a Sua Igreja.

Às vezes acontece de Wannes buscar linguado para as damas lá no mercado de Middelburg, e de Kee vir trazê-los, aproveitando assim para dar um passeio.

O santo da Katelijne não bate com o de Kee, porque, sempre que ela vê Katelijne, não para de sondá-la querendo descobrir se o seu coraçãozinho já bate secretamente por alguém. A avó recomenda-lhe paciência, lembrando que o marido de Kee está internado no centro geriátrico – o Eben Haëzer, em Middelburg –, onde, como é de conhecimento público, berra e xinga quem pode por causa da demência. Kee, na verdade, só se atreve a visitá-lo às sextas-feiras pela noite, quando lhe leva uma panela de canja para o domingo, e faz isso com bolotas de algodão nos ouvidos.

O marido também foi, no passado, fazendeiro. A doença fez mudar muito o seu caráter, mas não o ofício. Quando não consegue fazer valer as suas vontades, desce a lenha nas enfermeiras, sobre os flancos, como se de vacas se tratasse, além de que atualmente já não lhe dão mais garfos, porque ele os utiliza como aguilhão de tanger gado.

Kee entra a passo firme, sem cumprimentar, com as costas tão encurvadas (de tanto esfregar chão em apartamentos de temporada, na época em que era bastante mais nova, antes de se converter) como são arredondados seus óculos e o coque. Tem os mesmos cabelos da avó: grisalhos com faixas descoloridas aparecendo sob o coque apertado. Diz que não sopra a mais leve brisa e que lá fora está infestado de borrachudos. Raras vezes na vida pegou um calor assim, e olhe que não são poucos os dias que ela já deixou para trás.

Deixa o peixe cair com um *ploft* sobre a superfície da pia.

"Esses aí são dos bons, recém-pescados", diz a avó, meneando a cabeça na direção de Katelijne. Um meneio quase imperceptível.

Não sobra dúvida de que ela teria preferido ter a avó só para si, pensa Katelijne. Essa aí não faz mesmo cerimônia em ir ficando.

"Que tal se formos para a cozinha?", diz a avó. "Lá está mais fresquinho".

"Quer dizer então que a sua mãe também acabou indo ao encontro da eternidade?", pergunta Kee, uma vez instalada. Diz que é verdade que não frequentava muito a bisa, mas que elas nem por isso deixavam de se cumprimentar ao se cruzarem na rua.

Enquanto isso, o pêndulo do relógio frísio faz: *tique-taque, tique-taque*.

"Você ainda enxergava para ela algum raio de esperança?".

A avó suspira. Não, pelo que ela pôde constatar. E até agora ainda não passou ninguém pela sua casa que possa jogar alguma luz sobre o caso. "Igualzinho ao que aconteceu com o Ro", diz, taciturna.

Quando fala do Ro, refere-se ao avô, como a Katelijne muito bem sabe. Após um óbito, às vezes há quem – sempre um convertido – diga poder testemunhar que o falecido chegou são e salvo do lado de lá (ou seja, que tenha se mostrado um escolhido de Deus). Julgam sabê-lo pelos indícios que apontam nessa direção: um texto da Bíblia que não sai da cabeça, o mesmo que o finado leu em voz alta pela última vez. Ou o versículo que se salmodiou ao redor do seu leito de morte. Quando o avô se sufocou com os gases do esterqueiro, porém, não havia ainda indício nenhum. Apesar de saber que o faz em vão, Katelijne, ao exemplo da avó, não deixa de acalentar a esperança de que ainda venha alguém trazer-lhes essa informação.

"Sei", diz a Kee, pelo visto por falta do que dizer.

"O Ro não parava de falar em predestinação. Pelo que ele dizia, tinha sido contagiado pelo Hod. Com a mamãe era a mesma história, constantemente", e aqui a sua voz se abranda, como se estivesse a ponto de revelar um terrível segredo. "Só que ela era apegada demais às joias e às coisas terrenas".

"Pois é, Ka... E então nós não somos feitos todos da mesma matéria?".

A avó concorda. Diz, então, à Katelijne: "E você não quer ir pondo água para ferver? Pode trazer uma xícara para a senhorita também".

Na cozinha, Katelijne enche a chaleira e a põe no fogo. Procurando os fósforos entre os objetos sobre o peitoril da janela, esbarra nas caixas de remédios dispostas em fileira, e aproveita para reordená-las. São sete. Organiza-as por ordem de tamanho: primeiro o Rogier, depois Christiaan, Jeroen, ela própria, os gêmeos e Lourens. Das caixas para os gêmeos, uma é um pouquinho maior. Esse aí é o Peter, pensa Katelijne. Peter nasceu com seis dedos num dos pezinhos. Só por conta disso já se considera superior ao irmão Korné. Os dois dedos maiores os médicos fundiram num só, torto, com dois ossinhos, como um ovo com duas gemas. Por mais estranho que pareça, isso nunca lhe valeu nenhuma zombaria.

"Psiu, Kee!", ouve da cozinha a avó dizer. "Eu separei nata para você. Quer que eu peça para Katelijne trazer num pires à parte?"

"Hum, se você for mesmo jogar fora, eu aceito."

Sempre que a avó vai buscar leite no curral, na mesma hora o ferve na panela até aparecer aquela película espessa, que ela remove e põe num prato de sopa para quando venha a Kee. Katelijne apanha o prato da geladeira e o leva para Kee, diante da qual o dispõe com um garfinho.

"Não se preocupe, pode dar aqui direto!", diz Kee, estendendo o braço.

"Você não quer um pouco de açúcar em cima?"

"Não posso. Prescrição médica. Só a nata já está ótimo."

Come com vontade. A avó dá uma piscadela na direção da Katelijne, mas não está muito claro o que quer dizer com ela. Quem sabe se não é por vergonha de que a amiga coma película de nata, pensa Katelijne, ainda que ciente de que a avó adora poder fazer alguém feliz com algo que de outra maneira se desperdiçaria.

A chaleira dá sinal de vida. Katelijne tamborila sobre a superfície da pia, enquanto olha para fora e vê os cedros do Líbano, como o pai chama as árvores altas nos limites da propriedade, ainda que elas não passem de salgueiros-chorões.

O salgueiro-chorão não se parece em nada ao cedro: este aspira aos céus, espichando-se na vertical, enquanto aquele já é de natureza mais telúrica e cresce cabisbaixo. Desprovido de galhos, como consta na Bíblia, de folhagem umbrosa e tronco alongado. A mãe sempre faz chacota do marido por conta disso. "E ainda diz que estudou Biologia!", diz. "Você só entende do que é comestível."

Quem conta um conto acrescenta um ponto: o homem tende sempre a aumentar as dimensões de tudo, começando por si mesmo.

A chaleira começa a apitar.

"E então, você chegou a viver de novo esses seus momentos de gozo espiritual?", ouve a avó perguntar à Kee na sala. O voz dela soa diferente do normal: mais suave, aliciante. À Katelijne, não agrada nada essa voz. Quando fala nesse tom, a distância entre elas é a de toda uma eternidade.

"Por isso mesmo que eu telefonei, Ka. Eu pensei com os meus botões: tenho que ligar para Ka, que ela entende dessas coisas".

A avó responde com modéstia que sim, já caiu na graça de Deus, "mas só um tiquinho".

"O quê? Você? Não diga isso, Ka. Você já viveu essa plenitude, já foi absolta pelo tribunal de consciência. Não é a todos os filhos do Senhor que acontece algo assim".

"Pois é, você consegue imaginar? Eu, a maior das pecadoras, sentenciada à pena capital. Até que veio o Redentor, que assumiu essa culpa e se postou entre o Pai e eu. Foi quando eu fui 'absolvida' das minhas dívidas e da punição".

Momento de avó secar uma lágrima, bem sabe Katelijne.

Ouve-se um soluço. "Se você soubesse o quanto desejo que você experimente isso um dia!".

Katelijne entra com o chá. Kee já deu conta do prato de nata.

"Nesta semana mesmo, sabe, Ka? Foi tão especial".

Katelijne olha para a avó. Vê a sua fisionomia ir mudando, como se Kee estivesse falando de alguma guloseima especialmente gostosa.

"Eu tinha tido uma semana péssima", prossegue Kee, "e não sabia mais para que lado me virar. Foi quando eu pensei: Kee, se você não sabe mais o caminho, é porque esse caminho se encontra na *Blíblia*", pronuncia *Blíblia* em vez de Bíblia. "Peguei e disse a mim mesma: o caminho *é* a *Blíblia*. Então, Ka, decidi ler. Abro numa página qualquer e leio: 'A minha graça te basta'".

"Coríntios dois, versículo nove", lembra-se a avó: "'A minha graça te basta, porque o meu poder se aperfeiçoa na fraqueza'".

"'De boa vontade, pois, gloriarei-me nas minhas fraquezas, para que em mim habite o poder de Cristo'", continua Kee. "Foi quando eu pensei: o Senhor sabe exatamente o que é melhor para mim, e eis que me invade uma força, uma coisa prodigiosa, impossível de pôr em palavras".

A avó diz que são momentos de plenitude, daqueles que às vezes perduram dentro de nós semanas a fio.

"Pois é", diz Kee, entre soluços, "mas o que é doce, cedo acaba." Tenta enxugar as lágrimas nos olhos por detrás das lentes, sem tirar os óculos.

A avó de repente se lembra que ainda tem em casa as natas da manhã, que ela separou num pires e deixou em cima da lavadora para esfriar. "Ande lá, Katelijne! Você não quer trazer para nós?".

Kee diz então que adoraria, mas que é melhor não.

"Se eu comer demais, fico com o estômago pesado".

Pergunta à Katelijne se ela às vezes também sente o peso dos próprios pecados.

Katelijne olha para os dedos do pé. O que diabos dizer a *isso*? Talvez que de vez em quando luta contra o sono, com medo de ser levada pelo Senhor durante a noite?

Assopra a xícara.

"Quer dizer então que a mocinha não quer se expor?", diz Kee, acrescentando que as folhinhas verdes também caem da árvore e que, quando isso acontece, costuma ser tarde demais.

Katelijne solta a xícara, que desliza por entre as mãos.

"Minha filha, que porcaria é essa?", exclama a avó, assustada, diante de mais umidade ainda na casa. Salvo em ocasiões de luto e conversão, mantém sempre um olhar vigilante no carpete. O que explica despachar Katelijne à procura de um trapo na mesma hora.

Katelijne vê-se junto à pia, e olha ao redor de si como quem já não se lembra do que foi fazer ali. Lânguida, apanha um trapo por detrás da torneira. Uma traça tenta em vão escalar pelo ralo. Cai sobre as costas uma vez atrás da outra. Katelijne a acompanha com o olhar alguns instantes, para então esmagá-la com o guardanapo.

"O seu tempo de graça já se esgotou", sussurra, impiedosa.

Visita

"Já está na hora de chamar o Sekker", diz o pai, sem erguer a vista. "Acabou a cartolina." Apanha da pilha a última tira ainda em branco da cartolina de embrulhar camisas e, em seguida, outra, já preenchida, que ele dispõe sobre a cartolina à guisa de régua. Com uma esferográfica – *cratch, cratch* –, traça nela, com mão firme, um monte de linhas azuis. Umas cinco na longitudinal e pelo menos umas trinta na vertical, até que surge uma tabela comprida.

É uma tabela para as vacas, na qual o pai preenche quando elas pariram pela última vez, quando voltaram de uma visita ao touro e precisamente quando, no futuro, deverão parir outra vez. No lugar que o pai ocupa, a mesa está pontilhada de azul e coberta dos riscos de quando a caneta escapou.

"Era só o que nos faltava!", exclama a mãe. "Você não vai amargar a nossa noite por conta disso, não é?".

"Não-não ó-ó-olhe pa-para mi-mi-mim! Ê-ê-ê-eu não-não tê-ê--enho tem-tem-tempo", apressa-se em dizer Rogier, estudando para os exames à outra extremidade da mesa.

Katelijne, sentada entre um e outro, explode numa gargalhada. Rogier é mesmo incrível em imitar vozes. As suas especialidades são a voz de Pelleboer, o homem do tempo da rádio, e a de Willemse, o presbítero, que despeja sermões pela boca como os grandes compressores de ar que ele carrega durante a semana. O Willemse, não o deixam mais imitar à mesa, porque nunca dá certo sem cuspir saliva.

Sekker Cijsouw, o vizinho – cujo nome de batismo é Zacarias –, teve na vida muito pouca chance de falar para poder fazê-lo bem, portanto, na verdade, qualquer um consegue imitá-lo facilmente. Questão de falar fanho e gaguejar um pouco.

"Qua-quando ê-ê-está na-na ho-hora de planta-a-a-ar as mi-minhas ba-ba-ta-t-a-as?", continua o Rogier, referindo-se ao fato de que a vida de Sekker se constitui de couve no inverno e alface no verão, o que o absorve tão completamente que não consegue fazer nem uma horinha na agenda para visitar os amigos num finzinho de tarde.

Sekker Cijsouw, que vive com a mãe idosa numa casa tosca de lenha, não dispõe de instalações para lavar a própria roupa; na verdade, não dispõe de comodidade alguma, nem chuveiro e nem banheiro, só um cubículo do lado de fora com um balde de desperdícios que ele volta e meia despeja sobre os seus morangos, "porque aí é quando crescem uns morangões todos redondos".

Uma vez ao mês – um esquema que os Minderhoud montaram há muito tempo para auxiliar os vizinhos – vai buscar a roupa suja uma furgoneta branca, que uns dias depois a entrega limpa, de maneira que o Sekker possa sempre luzir uma camisa tão alva quanto escuro é o seu semblante, no qual, desde que Katelijne se deu por gente, tudo tem a cor do antracito: a penugem sobre os pômulos, as madeixas compridas penteadas para um lado, formando um alpendre saliente sobre os olhos, com uma mechinha molhada colada à cara. Até mesmo os seus dentes, ou melhor, os que deles restam, apresentam uma coloração entre antracito e amarelo-escuro.

As camisas trazidas da lavanderia vêm protegidas por uma espécie de cartolina resistente, que o Sekker vai guardando para os pais de Katelijne até ser convidado outra vez para tomar café, quando as traz, acompanhadas por uma caixa de morangos, se calha de ser época. Ou então dessas maçãs vermelho-amareladas docinhas, cujas marcas de bicada a mãe dele retira com uma faquinha bem afiada. A própria só manda mesmo lembranças: deseja jamais voltar a sair de onde está.

"Pois é, ia mesmo acontecer mais cedo ou mais tarde", diz o pai, como se de uma vaca no cio se tratasse, pronta para acasalar no mesmo dia. "Pedimos para ele vir às três?"

"Com que sede você vai ao pote, homem!", diz a mãe. "Esta tarde eu não estou: tenho que levar os gêmeos para o coro de Natal".

"Amanhã, então?"

Uma rajada violenta dá contra a vidraçaria. Até mesmo a mãe, que não é de se deixar impressionar, tem um sobressalto.

"Mas que tempinho, que tempinho!", diz ela. "Assim não se chega a lugar nenhum com compostura".

Olham para a paisagem de um azul cinzento por detrás do vidro da janela, no qual veem refletida a lâmpada acesa sobre a mesa da cozinha. Onde já se viu, luz acesa em pleno dia!

Que aconchegante vai ser estar pela tarde na igreja, pensa Katelijne. Do lado de fora, a fúria da tempestade; dentro, cantoria ao som do órgão.

"Com os pneus chiando, aí venho eu!", ouve-se lá da sala, onde Lourens e os gêmeos brincam de fazendeiro com as miniaturas de trator e os animais de plástico. "*Vrum, vrum, vrum!*"

Katelijne diz que também quer cartolina nova, que a dela já praticamente acabou. Folheia um exemplar de *Perseverança*, publicação da Fundação Bíblica Reformada, e o arroja com um baque sobre a pilha de publicações religiosas que ela já consultou. Nada, de novo.

Está à procura de ilustrações para o trabalho escolar, que deve versar sobre os reformadores suíços. Do Calvino, a barba severamente aparada e a boina dupla, não faltam imagens; do Zuínglio[18], porém, até agora, nada. Imagina que ele não tivesse a paciência suficiente para fazer-se retratar. Quem sabe até não achasse o trabalho mais importante.

"E você quer cartolina para quê?", pergunta o pai, de chofre.

“Sei lá, para usar. Para a escola”. Não conta que dobra a cartolina para escrever; menos ainda revela o conteúdo do seus escritos: dobra-a pela metade e depois insere as folhas alinhadas de ficheiro que ela contrabandeia da escola.

O pai não usa, mas devora a cartolina. Uma vez ao ano tem de atualizar as suas listas, porque tal novilho no meio tempo virou vaca, e tal outra vaca pariu outra vez, ou então porque se desfez de alguma cabeça com produção de leite insatisfatória. Precisa da cartolina bem mais do que ela.

‘Você ainda tem sobrando?”, pergunta o pai.

“Sobrando o quê?”.

“Cartolina! Não se faça de desentendida”.

“Não tenho”.

O pai diz que está na cara dela que está mentindo e a manda buscar a cartolina *i-me-di-a-ta-men-te.*

Katelijne reclama. “É só pedir para o Sekker que ele dá. Não tem vez que ele não diga: ‘Aqui, leve mais essas para casa’”.

“Escute aqui, mocinha! O que é mais importante, essas suas besteiras ou as vacas? Do leite, a gente depende para sobreviver”.

“Faça o que o seu pai está mandando, meu bem!”, intromete-se a mãe. Como não podia deixar de ser, toma partido do pai. Esses dois são mesmo unha e carne.

“E rapidinho, que eu estou esperando”, diz o pai. “A vida não é penico para ficar sentado o dia inteiro esperando”.

Com uma languidez extrema, levanta-se Katelijne. Passa primeiro pelo banheiro, onde lava as mãos, mas não as enxuga, para deixar uma mancha borrada na cartolina.

“Eu vomitei, e espirrou nas folhas”, diz, enquanto o pai apanha a cartolina das suas mãos, voltando-lhe um olhar de quem acabou de ouvir algo em latim.

“Por acaso você achou que eu ia ficar com nojo, achou? Um pouquinho de vômito do sangue do meu sangue?”, replica o pai, por fim, pegando-a com os dedões calosos pelo cangote, no que sempre imprime força demasiada. "Hein, senhorita?"

"Ai! Assim dói!"

O pai não afrouxa o aperto: belisca ainda mais forte. "Você realmente chegou a pensar que eu fosse ter nojo, minha filha?"

"Ai! Ui! Ai!", grita Katelijne.

"Arjaon, já deu, que você subestima a força que tem!", diz a mãe.

"Nem chega a ser vômito de verdade", diz Katelijne, despeitada ainda, apesar de que, de alguma maneira, tenha-lhe feito bem ouvir o pai dizer "sangue do meu sangue".

Almoçam beterrabas. A própria Katelijne teve de ir buscá-las da caixa de areia no galpão, cobrindo a cabeça com um casaco velho para proteger-se da chuva fustigante. Dá um trabalho do cão preparar beterraba para nove pessoas: primeiro limpar, depois cozinhar, deixar escorrer em água fria como se faz com ovo, descascar e, por fim, ralar. A cada passada pelo ralador, a beterraba tem de ser colocada debaixo da torneira, porque senão pela os dedos. Apesar disso, comem com frequência, porque se trata do prato predileto do pai.

A caçarola gigante, vendida como ultrarresistente, mas que já tem o cabo partido, está cheia pela metade de beterraba ralada. No fundo, encontra-se a camada de um líquido vermelho-cereja, da cor do sangue de gente jovem e bonita, e não daquele sangue que escorre quando se machuca o joelho e que logo se transforma numa crosta marrom- escura. Parecido ao vermelho do "chorinho" de sangue que as vacas ainda secretam no momento em que já estão limpando o bezerro com lambidas, e que com tanta paciência aguardam os gatos junto aos bretes, já horas antes do parto.

A beterraba ainda não está exatamente no ponto, mas todos já estão à mesa.

O pai brinca de cavalinho com Lourens nos joelhos, que considera já ter passado há muito da idade de se divertir com besteiras desse tipo, mas o pai não parece importar-se com isso. Lourens é sempre o alvo dessa espécie de brincadeiras. Os meninos estão sempre jogando-o dos braços de um para os do outro, num vai-e-volta incessante; é só a mãe virar o pescoço. Vão aumentando cada vez mais a distância que os separa, e, quando os mais velhos já tiveram a sua dose, os gêmeos ainda estão com toda a pilha para dar seguimento ao joguete.

Christiaan estala as juntas dos dedos, enquanto o seu olhar se volta, cobiçoso, para as panelas. Dá uma garfada na almôndega.

"Não comece ainda!", exclama o pai, peremptório. "Se eu nem fiz a prece ainda! Nós somos homens ou porcos?".

"Eu estou com fome".

"Fome, sei. Você não sabe o que isso quer dizer, rapaz". Os meninos já sabem o que esperar.

"Lá em casa, antigamente", começa o pai.

"*Quando o papai comia uma maçã, a gente brigava pelo caroço*", prosseguem os meninos, em uníssono.

"Exato", diz o pai. "E agora eu quero todo mundo de mãos dadas e olhos fechados".

O pai declama o Pai-nosso.

A mãe pergunta quem vai querer acompanhá-la esta tarde ao coral.

"Coral é coisa de mulherzinha", diz Rogier, cuja voz começa a soar em falsete.

"Que ideia!", diz Katelijne, melindrada.

"Por quê? Você vai, a mamãe vai. Já são duas, ou será que eu estou enganado?".

A palavra "mulherzinha" ele não se atreve a repetir, o covarde.

"Eu não vou nem que a vaca tussa.", diz Katelijne, que tinha, sim, intenção de ir.

"Ah não?"

"Não."

"Ah não?", repete a mãe. "Gozado, eu achei que você fosse". Ela própria só frequenta esse tipo de eventos no inverno, quando a terra já foi lavrada, as plantas mais sensíveis cobertas com palha e tela metálica, e os vasos de terracota encontraram um porto seguro na despensa de inverno do pequeno galpão.

"Está claro que ela está louca para ir", diz Rogier.

Katelijne diz que coral é coisa de garotos cretinos com voz de taquara rachada.

Os gêmeos de repente também não querem mais ir. A mãe tenta apaziguá-los.

"Será que vocês nos vão deixar comer em paz?", exclama o pai. "Aqui, Katelijne, pode pegar mais, você que comeu com tanto gosto". Pega com uma colher um pouco da sua própria beterraba e a deixa cair junto às batatas da Katelijne.

"Pode ficar que eu não quero", diz Katelijne com petulância.

"Quer sim, pode comer que eu deixo".

"Eu já disse que não quero". Tenta devolver a beterraba, mas o pai retira o prato, de maneira que a comida vai parar primeiro sobre as suas mãos, e depois sobre o linóleo da mesa.

"Olhem só que porcaria", exclama a mãe.

"Também, não é à toa, só se come beterraba nessa casa", diz o pai, lambendo os dedos antes de esfregá-los nas calças. De repente se faz um silêncio estranho na cozinha. Cessa o ruído dos garfos arranhando a louça. Ouve-se apenas a chuva investindo contra as janelas. Levam o olhar ao linóleo emporcalhado e, em seguida, ao pai, que enfia o garfo na almôndega e pergunta qual é o problema.

"Que história é essa de repente? Você sabe muito bem que a gente prepara especialmente para você".

"Então podem ir parando de preparar, que eu estou enjoadíssimo".

"Eu estou passada", diz a mãe, espantada. "Você enjoa e desenjoa das coisas rápido demais."

Ele quer saber de onde ela foi tirar tal ideia.

"Sem ir muito longe", gagueja ela, "quando você veio em casa pela primeira vez, disse que beterraba era a sua comida preferida."

"Se eu disse isso foi porque tinha sido preparada pela sua mãe", diz, erguendo os braços. "Não podia fazer essa desfeita à coitada."

Os meninos desatam a rir.

"O que eu queria ter cozinhado era couve-verde", diz a mãe, com um sorrisinho amargo, "mas ela só fica boa mesmo depois da primeira geada. Por que você não disse antes? E eu aqui, ralando. Você tem ideia do trabalho ingrato que é?"

"Quem ralou a beterraba fui eu", lembra Katelijne. "E vocês podem ter certeza que também foi a última vez. Se bem que ainda há um bom número delas na caixa de areia do galpão."

"Pode dar para os coelhos", diz o pai.

Terminada a refeição, Katelijne sai correndo para descarregar algumas beterrabas no cercado. Os coelhos branco-e-preto ficam com círculos roxos em volta do focinho, como se contagiados por uma doença transmissível por beijo.

"A gente ainda tem café, mulher?", pergunta o pai, que parte do pressuposto que a mãe esteja sempre na sala. "Eu trouxe visita."

"Sou eu. Já estou indo", diz Katelijne, que vem expedita ao ouvir vozes à porta dos fundos. "Os cavalheiros aceitam café?", pergunta, arregaçando as mangas, contente com outro comensal, porque isso significa um biscoitinho extra com o café e uma atmosfera mais descontraída, o que é sempre bom.

Apesar de formarem uma boa penca, nenhum membro da família é muito falador, de maneira que, na maior parte das vezes, não trocam palavra alguma durante o café: o único intercâmbio entre eles é, primeiro, ir passando uns aos outros as xícaras servidas e, quando vazias, passá-las de volta, fazendo os gestos acompanharem-se de, quando muito, um ou outro "toma lá" ou "dá cá";

durante a semana, sem mesmo erguer o olhar do jornal ou da revista de algum grêmio.

"Café? Que maravilha!", diz o comerciante de gado, que entra na cola do pai. "Se não for pedir muito da senhorita aí".

"Para onde que foi a mamãe?", quer saber o pai, não afeito ao fato de ignorar o paradeiro da mãe. Katelijne revira os olhos. "Como é possível que você tenha esquecido que ela foi para o coral?".

O pai assente com uma sacudidela da cabeça e vai-se sentar à mesa da cozinha, na única cadeira estofada, que tem também apoios de braço forrados, a cadeira pela qual brigam e se esfolam os gêmeos quando querem pintar com os lápis coloridos.

O comerciante puxa uma cadeira de madeira, afastando-a da mesa até conseguir sentar-se nela, e é como se ele segurasse a própria pança no colo, que, de tão estufada, ameaça rebentar a carreira de botões logo acima do umbigo. Sem falar no assento, que range como se fosse ruir sob o peso; tanto que Katelijne, receosa, prende a respiração. O próprio, porém, que declara *en passant* adorar comer carne de porco, abre com a maior tranquilidade do mundo os últimos três botões das calças e começa a enrolar um cigarrinho, o que parece esconjurar de repente toda e qualquer espécie de perigo.

"Não me acordem no meio da noite por nada neste mundo, só se for para comer "salchicha"! Juro que eu sou capaz de matar por uma", diz o comerciante.

A Katelijne não duvida nem por um segundo da veracidade das suas palavras. É só olhar para a forma arregaçada dos seus lábios comilões. Suspeita que ele durma de boca aberta, expectante, para o caso de haver sobrado alguma salsicha à mulher.

"Olhe lá, que vinte e dois mil e quinhentos de preço não está nada mal para uma novilha e um bezerro macho. Os preços não têm estado altos nos últimos tempos. Na feira já não me dão mais quase nada por eles". Fala com ardor sobre "ficar com algumas cabeças dos ruivos" e "declarar um bom número dos amarelos ao fisco."

Cada vez que solta o ar, espalha pela superfície da mesa um pouco mais de tabaco.

"Vinte e dois mil e quinhentos, aliás, é um ótimo preço, mas só para a novilha, porque, se você parar para pensar, ela já vem com um bezerro dentro de brinde. Aí você coloca mais quatrocentos pelo futuro touro e pronto! É só meter a carga no caminhão".

"Isso mesmo, paizão!", pensa Katelijne. Mas o comerciante discrepa.

"Assim não dá para conversar. Eu já estou até vendo: isto aqui não vai dar em nada! *Ene-a-dê-a*! Enfim, pelo menos eu desfrutei do delicioso café que a senhorita aí preparou". Brinda a Katelijne com uma piscadela, que a deixa levemente corada.

"O senhor aceita açúcar e leite?".

"'O senhor?' Isso é o que eu chamo de boa educação. 'O senhor', você disse, hein? Até mesmo no banco já não se usa mais há anos. Pode pôr no café tudo a que eu tenho direito. Eu sou dos que dão prejuízo. Ha-ha-ha!"

O pai pergunta como vai a saúde do comerciante, que tem cara de quem possui muito o que contar a respeito.

"Já faz um bom tempinho que a gente não se vê".

"É, eu sei. É a minha mulher, que tem andado achacosa nos últimos tempos e não quer que eu saia de perto dela".

"E o que é que ela tem?".

"Ela andou aí um pouco perturbada e deu muito trabalho".

"Que chato".

"É, mas a vantagem é que, agora, quando eu chego em casa, atrevo-me de novo a entrar. Antigamente eu primeiro tinha de atirar da porta o boné para dentro. Quando ele não voltava como um bumerangue, entrava eu". Faz um intervalo, à espera de que terminem de rir da piadinha.

"Hoje ela recebeu visita, daí eu pensei: por que não aproveitar para ir ver o Arjaon?".

"Pois fez muito bem", diz Arjaon.

A mãe, que detesta a laia dos "visitantes-para-o-café", está hoje com sorte de ter saído de casa, pensa Katelijne. "Fazem de propósito", diz, queixando-se de que volta e meia aparece um vendedor ou um transportador de alguma firma desconhecida. "Como eles sabem que a gente serve café, mudam a rota expressamente para passar lá em casa".

"Você acha estranho um homem ficar, de vez em quando, com vontade de tomar um cafezinho?", diz, então, o pai. "Então não somos nós que passamos o dia inteiro fora de casa, ferrando as costas com trabalho duro?".

"Quando você começa, não para mesmo, hein?".

O pai acha que é o mínimo. Foi a educação que teve. Mas para ele é fácil demais falar, ele que não faz mais do que afundar o peso corporal na sua tão cômoda cadeira e, esvaziada a primeira xícara, estender o braço e dizer: "Ops, aqui, mulher! Pode levar mais esta e mandar vir outra cheia".

Hoje estão até com sorte, porque, de todos os homens, aquele senhor ali era de longe o mais divertido.

"Então, falando de mulher, outro dia eu estive na casa do Kees 'Caminho Torcido'. Sabe, aquele que tem a chácara pegada nas dunas? Claro que sabe! Pois é, ele só tem ainda das MRIJ."[19]

"Só das ruivas? Espere aí, você se refere ao Kees que perdeu a mulher no ano passado?", pergunta o pai.

"Esse mesmo. Quer dizer que você conhece, então. Ele ainda apareceu outro dia com uma mulher, belga, pelo que eu sei. Ou será que ela veio de por aí nas redondezas? Não estou lembrado exatamente. Nas primeiras semanas a tal mulher fazia de tudo para agradar o marido, até que ela começou a desaparecer mais e mais nos fins de semana. Mas, fazer o quê? Ele tinha a chácara para cuidar e as vacas para ordenhar e, óbvio, não podia ir com ela".

Incrível a mulher não ter pensado nisso antes, pensa Katelijne. Se uma mulher gosta de sair de férias, erra ao decidir casar com um fazendeiro. Com um fazendeiro, que lamba os beiços com uma meia horinha que ele consiga fazer de intervalo para trocar uma lâmpada.

"E a talzinha ainda choramingando, complicando tudo, defendendo as escapadas de fim de semana, alegando que 'arco sempre armado ou é frouxo ou quebrado'. Conhece a expressão? Enfim, a ladainha você também já conhece. Por sinal, boa proposta. Que tal vinte e três mil pelo bezerro e pela novilha juntos, e não se fala mais no assunto?".

"Vinte e cinco mil, e nem um centavo menos", diz o pai.

Katelijne, inquieta, põe-se a fazer os cálculos: em menos de cinco minutos, o pai já abateu cento e cinquenta florins do preço, ao passo que o comerciante só subiu cinquenta. O pai e a mãe deveriam ter combinado o contrário: ele, levando os gêmeos ao coral, e ela, regateando. A mãe, pelo menos, quando finca os pés, não arreda um centímetro. Sabe o preço exato de tudo: desde os biscoitos até as roupas, passando pelas bicicletas, pelos sapatos sociais e até pelo barbeiro, porque Christiaan agora inventou que não quer mais que a mãe lhe corte os cabelos.

O pai, quando diante de um estranho, transforma-se na hora em outra pessoa. Deixa de ser o pai severo que é para parecer-se mais a um espectro desbigodado sobre o qual se pode pisar incólume. "A malta dos comerciantes também tem de ganhar o pão de cada dia", diz, então, e põe-se a, como sempre, abordar a questão da família dos coitados.

"Então eu acho que nós estamos falados", diz o comerciante de gado, brandindo no ar as manzorras. São iguaizinhas a dois mini úberes bojudos de tanto leite, abaulados como a carteira dele no bolso do colete acolchoado de couro.

"Bom, eu termino então de contar a minha história e depois vou andando. Como eu ia dizendo, a mulher não queria saber de fechar o bico, dizendo que, no final das contas, nem tudo pode ser sempre só trabalho, e o Kees – você sabe que coração ele tem: esse aí não faz mal nem a uma mosca –, ele aí então pensou: 'dou dinheiro para ela e ela que se vire para arranjar algum passeio com a irmã durante um fim de semana qualquer'. Ele leva a dita cuja até a estação; elas tinham combinado de ir a Paris. De repente, a mulher lhe pede para descolar mais algum dinheiro extra, um valor com três ou quatro dígitos, porque Paris é o tipo de cidade onde todos os hotéis são cinco estrelas, e vai que acontece um imprevisto e elas não encontram um lugar barato para ficar. O que sobrasse ela lhe devolveria, subentende-se; era mesmo só para ter de reserva. 'Vixe, lá se vai o meu dinheiro!', pensou o Kees. 'Bom eu também não quero que vocês passem necessidade, não é?' Pega então e vai até o banco fazer mais uma retirada, de mil florins. Aí foi aquela despedida melosa, cheia de 'vou ficar com saudades' e 'você não quer ficar até o trem apitar?', sabe como é. Depois, ele ainda até ficou arrependido de não ter ido junto, porque, vai-se lá saber se ela não acaba encontrando um francês bonitão que lhe diga '*vuzete belle*.'"

Bebe um gole do café. "Olhe, eu estava aqui pensando comigo que o café da donzela aí você devia é cobrar também, porque nada é de graça. Vinte e três mil e quinhentos, e eu já levo a mercadoria. É pegar ou largar."

"Vinte e quatro e quinhentos, e você leva a mercadoria."

"Com você realmente não dá para fazer negócio. É caso perdido, com pê maiúsculo. Voltando ao tema, para encurtar: o Kees chegou em casa, aliviado de ter saído tudo nos conformes, com carona e tudo. E descobre o quê? Que a casa tinha sido assaltada por algum gatuno na ausência dele. Tudo o que tinha valor foi roubado, não sobrou poeira para contar história, nem mesmo os vestidos e as ligas da ex-mulher dele. A questão agora é saber se por acaso não foi arranjo da própria mulher, porque a fulana decidiu no meio tempo que também não quer mais saber dele".

"Benza Deus!", exclama o pai, desconcertado. Diz que atualmente qualquer precaução é pouca. "Aliás, você costuma trancar o seu caminhão?"

“O meu caminhão? Neste fim de mundo? Boa sorte para quem tentar roubar. Seria uma verdadeira façanha. Não, não mesmo. Eu deixo até a chave no contato, sem qualquer receio”, diz o comerciante de gado.

Ligas, pensa Katelijne, fazendo um esforço – mínimo – de imaginar o que são: uma espécie de broche, como uma presilha dourada e enfeitada para os cabelos. Quem deles daria pela falta de uma liga a mais ou menos se alguém as levasse?

“Aqui: o que você acha de a gente então dividir a diferença?”

“Vinte e quatro mil? Vá lá, fechado”, diz o pai, com o seu sempre apurado sentido de justiça. “Mas então eu quero que você já leve a mercadoria. Pode ser?” Selam o acordo com um aperto de mão.

A Katelijne se levanta com um salto. “Aliás, pelo café são ainda cem florins”, diz ela, esfregando com a manga, nervosa, a superfície da mesa.

“O que diz a princesa?”, pergunta o comerciante de gado, olhando para ela, desprovida da docilidade submissa do pai.

Ela diz que pelo café são cem florins, de maneira que se chega à soma total de vinte e quatro mil e quinhentos florins.

“Vocês, também, hein! Vou-te contar! A filha herdou a astúcia do pai, bem se vê”.

Katelijne fica parada, olhando. “A questão continua sempre sendo o café”, diz.

O comerciante de gado ri, nervoso. “Já vi tudo: aqui não há nada que não tenha um preço. Ninguém aprecia mais quando você aparece para contar uma história ou uma anedota qualquer. A única coisa que conta na nossa sociedade é o dinheiro. Na Idade Média, pelo menos, tinha quem pagasse para ouvir a contação de um bom relato”.

“Atualmente ninguém mais paga por uma boa história.”

“Katelijne...”. O pai começa a achar que ela está passando das medidas.

Katelijne até já vê diante de si a cara da mãe dizendo: "Ele acha que consegue fazer passar por verdade as histórias que conta, mas eu, ó, já saquei o homem de primeira!".

Mas, quando o comerciante de gado traz à luz a carteira, conta nove notas de duzentos e cinquenta florins, mais três de cinquenta. "Então", diz, pondo-se em pé com um gemido e voltando a fechar os três botões superiores das calças, "já carregamos os bichos no caminhão?".

Segue expedito até a saída, como se temesse que Katelijne estivesse a ponto de furtar-lhe os tamancos, abandonados como estavam junto à porta dos fundos.

Katelijne observa o pai juntando e desamassando as notas, antes de metê-las no bolso traseiro das calças. Enquanto leva as xícaras de café vazias de volta à pia, faz um voto maldoso: que o comerciante de gado passe por uma boa lombada ou valeta e crave dolorosamente os dentes na língua.

Pega-pega: boche contra judeu

Na primeira série, é Katelijne, de todos os alunos, quem aprende com mais facilidade. Aprende o que pedir de presente de aniversário e conhece o momento propício para fazê-lo. Sabe quando está na hora de pedir uma gargantilha de contas, quando um caderno de poesias, um *Go Go Ball* ou um relógio. Sabe que no décimo aniversário se pede uma edição compacta da Bíblia do Jongbloed[20], aquela com as folhas finíssimas que nem papel de seda de enrolar cigarro, mas firme como a linguagem em que está escrita; deverá acompanhá-la à igreja até quando, dois anos mais tarde, e concluído o primeiro grau, for substituída por um exemplar novo de exatamente a mesma Bíblia. A velha fica sempre para ser usada na escola.

Katelijne teria preferido um livro de contos de fada, mas sabe que nem adiantava pedir.

Aprende com as colegas de classe como jogar sozinha com uma bola de tênis, que se atira contra uma parede: primeiro com uma só mão, depois com ambas; depois, fazendo-a passar por debaixo das pernas, enquanto se bate palmas ou se gira piruetas. Assombrada, pergunta-se como as meninas sabem qual é a ocasião de trazer bolas de gude, a "meleca-de-Smurf" – sabão em pó misturado com xampu, num saco plástico de embrulhar sanduíche, e que é gostoso de apalpar –, ou então uma corda elástica comprida. Cada acessório desenterrado do bolso do casaco a enche de mais assombro, porque encerram em si um conhecimento que ela não possui, mas quer possuir e, de preferência, logo.

O elástico comprido vai parar nas canelas de duas meninas, que mantêm as pernas afastadas e se encontram a dois metros de distância uma da outra. Katelijne põe-se então a saltar para dentro, para fora, para um lado e para o outro da corda elástica, na qual, quando o taco do sapato se prende, a Katelijne estica antes de voltar a soltá-la, fazendo-a ricochetear; pula de uma posição à outra, gira pela última vez sobre os calcanhares, ao exemplo do que fazem as demais, e pensa, será possível que seja só isso, ou será que elas ainda têm algum trunfo escondido na manga?

Aprende também o que é necessário para impressionar e fazer-se valer num grupo. A grande maioria fica inteirada desse tipo de coisas através das irmãs mais velhas, das primas e, às vezes, até mesmo por alguém na rua. Na rua, fora do horário letivo, paira a sombra de muitos acontecimentos, sem que a Katelijne tenha nem mesmo um lampejo de ideia sobre a sua natureza. Na rua que conduz à aldeia, diante de uma casa com televisão acesa, pesca fragmentos de uma conversa, um encontro marcado para sentar-se do lado de fora, junto às janelas, terminado o jantar.

As garotas, cujos pais exigem que o *playground* fique aberto também aos domingos, contam sobre as brigas na escola cristã-protestante, na qual as meninas vestem calças, e os meninos, abrigos de moletom. A Katelijne, porém, não consegue descobrir se trata-se de uma briga para valer.

Entreouve também que existe uma ponte curta, em determinado lugar, por onde elas não devem passar, porque foi aí que alguém foi estuprado certa vez. Não sabe nem a que lugar se referem nem o significado de "estuprar"; as garotas não entraram em detalhes, cochichando como se fosse um segredo, e guardado a sete chaves.

A partir de agora, cada ponte, até mesmo cada prancha sobre uma valeta que ela cruza se afiguram como o local de um "estupro" em potencial, e Katelijne começa a entender cada vez melhor que os mistérios embelezam o mundo, da mesma maneira que o fazem os arranjos florais e as grinaldas em dias de festa na rua.

E não fica só nisso: aprende igualmente que existem maneiras e maneiras de subir no conceito dos demais, e que, quando aparece de repente com alguma história descabida sobre a sua família "distante e invisível", ninguém lhe dá ouvidos, nem crédito algum. Um segredo que faça jus ao nome tem de dizer respeito a pessoas que todos eles conheçam, alguém da aldeia, por exemplo, indivíduos de quem ela pouco ou nada sabe.

Um belo dia, não volta para casa após ter dado o sinal na escola; fica na aldeia para brincar com a classe, como haviam combinado no recreio, em peso, de boche-pega-judeu. A animação se respira no ar, como os cheiros corporais logo após a aula de educação física. Antes de a festa começar, são constritos a ouvir algo de História Eclesiástica, e lhes falam da Noite de São Bartolomeu, ocasião na qual mais de mil huguenotes foram executados em Paris devido às suas convicções religiosas.

"O sangue dos mártires é a semente da Igreja", diz o professor, que não só adora contar sobre as perseguições aos cristãos como também o faz como se tivesse sido testemunha ocular, principalmente os relatos em que são enterrados vivos ou acabam queimados na fogueira. Acontece de terem a barriga estripada diante dos próprios olhos. As pessoas apresentam uma curiosidade inata para ver no outro como elas próprias são por dentro.

De todos os métodos de suplício, o de utilizar os cristãos ainda vivos como archotes de jardim afigura-se à Katelijne como o mais cruel. Imagina a si mesma pendendo lá de cima, enquanto o fogo se alastra, começando pelas suas roupas. Todos se burlam dela, porque a veem na situação, nua em pelo.

Quando dá o sinal, as meninas ficam sendo os judeus e Katelijne, que desconhece as possibilidades de esconderijo da área, é a primeira que os doze rapazes acurralam, sob grande protesto, arrastando e empurrando-a contra a porta da casinhola com os transformadores de tensão, para onde, ao ouvir gritos, corre na mesma hora um empregado da SRV, a fim de verificar se está tudo em ordem. Aí a deixam vigiada pelo trouxa mais otário da classe, um que anda fazendo na escola uma megabola de massinha de modelar. Cochicha-se entre as garotas que ele aumenta ainda mais o seu volume com meleca de nariz.

Ela sente o seu bafejo sonoro apitando-lhe no ouvido. Com duas mãos meladas de suor, o palerma não quer saber de afrouxar o aperto em que tem os punhos imobilizados de Katelijne, momentos em que não trocam uma única palavra, respirando apenas o cê-cê um do outro, que só se rarefará perto do finalzinho da tarde, diluído em toda uma gama de odores culinários, que os alcançarão desde as fileiras de casas germinadas. Só libera os seus punhos do aperto quando aparece o pai dele de bicicleta e o manda de volta à casa para jantar.

"O que foi que você aprontou desta vez?", quer saber a mãe, ao avistar os sulcos cravados nos braços da filha.

"Nada, por quê? A gente só brincou de boche-pega-judeu na aldeia". Pronto, agora os pais vão querer saber dos detalhes. Katelijne, que de repente nota os olhos arregalados de curiosidade dos irmãos voltados para ela, discorre ardentemente sobre "cair na clandestinidade", "marchar", "passar a vizinhança a pente fino" e "torturar a fim de arrancar segredos". As estrias nos seus braços emprestam ao relato suficiente dose de credibilidade. Toma cuidado para não dizer que, na verdade, acha muito mais emocionante brincar de pega-pega no celeiro, apoiando-se nas vigas do teto para saltar de uma tulha a outra.

Só Rogier manifesta desprezo, dizendo que não lhe entra na cabeça que alguém consiga divertir-se assim, brincando aí pelas ruas da "*ardeia*".

Os pais querem saber se o professor está ciente da brincadeira.

"Agora você passou dos limites", diz a mãe, que, para o espanto geral, pega o telefone e disca o número do professor. No dia seguinte, o professor passa a manhã inteira lendo trechos de um livro sobre os campos de concentração. O que infligiram aos judeus não deve nem ser motivo de chacota nem servir de brincadeira.

Nessa tarde brincam de "bode-bode-quantos-fios-tem-o--teu-bigode".

Ganha uma melhor amiga, a Suzanne, que conta à Katelijne que lhe dão quatro balas de Frutella sempre que vai à missa e que consegue chorar sob encomenda. "Mas eu nem começo, porque senão abro o maior berreiro e depois não consigo mais parar", diz. Pergunta à Katelijne com quantas balas subornam a ela para assistir a missa.

"Duas balas de Mentos e três de alcaçuz", mente Katelijne, ao que a outra assente, satisfeita.

Na casa da amiga, o quarto cor-de-rosa compartilhado por ela e pelas irmãs mais velhas é como Deus manda, constata Katelijne, com quebra-luzes, cortinas de motivos florais, estatuetas em gesso de corujas e ursos, e fotografias delas próprias quando nenês. Cada uma delas também possui uma tela de pano com os seus respectivos nomes de batismo e peso ao nascer bordados à ponta de agulha. Dormem as três no mesmo quarto. A cesta de lixo embaixo da pia exala um odor que lembra vagamente o de um passarinho morto já tendo passado um bom tempo no sol.

O quarto não se pode comparar ao da Katelijne, que tem cobertores de lã castanhos, lençóis de flanela e algodão, cortinas da cor da lousa da escola e *posters* na parede com dicas sobre como preservar as aves pernaltas. Foi a Katelijne abrir o bico para reclamar, que a mãe já lhe foi logo comprando um acolchoado revestido de tecido cor-de-rosa, cujo cheiro de loja só começou a desaparecer três semanas depois da compra. De brinde, ainda ganhou uma cortininha da mesma cor. Permanecem, porém, os *posters* sobre os pernaltas. *Implantando-se as proteções de ninho, você pode salvar muitas espécies.*

A mãe guardou a maior surpresa para o final: irá comprar uma cama de casal nova para ela e para o pai. Dessas com dois colchões separados. A cama *box* pode ficar para a Katelijne. A mãe, em princípio, queria pôr eram os gêmeos para dormir nela, mas deixa estar, já que no quarto deles cabe ainda um beliche, para quando Lourens for se juntar aos irmãos.

A cama ocupa uma parte tão grande do quarto que Katelijne tem de encolher a barriga quando se senta à escrivaninha improvisada, constituída de uma tábua fixada na parede, sobre a qual faz os deveres de casa.

O pai serra um pedaço das beiradas e a manda comer menos.

Durante as primeiras noites na cama nova, não consegue conciliar o sono, imaginando, sobre-excitada, o que dirá dela a Suzanne. Pode ainda demorar um bom tempo até que a amiga a visite outra vez e veja a cama; diz que é longe demais para ir pedalando.

Até agora só elas têm brincado na sala de estar da casa da Suzanne, em nada parecida à deles.

No casarão da propriedade da família de Katelijne, a sala de estar – no que diz respeito às cores – pouco se diferencia das tonalidades do curral. As paredes são cinzentas, o sofá, marrom. Uma profusão de plantas de interior, com folhas verde-escuro, o jogo de sofá disposto em semielipse em frente à lareira, sobre cuja consola se podem apreciar os três volumes da Bíblia Estatal, repletos de notas à margem. Até faz pouco tempo a flanqueavam, uma de cada lado, duas estatuetas de forma bovina: os prêmios por vinte, e vinte e cinco anos, respectivamente, de produção leiteira de excelência – uma das vacas em porcelana de Delft, a outra em bronze.

A de porcelana já não existe mais. Caiu no chão e se espatifou quando a Katelijne foi colocar entre elas um trabalho manual seu: uma admirável torre feita de palitos de picolé. De todos os bens domésticos, esse era o mais desastroso de ser quebrado, e ela abriu um berreiro do fundo dos pulmões a fim de deixar manifesta a sua ciência das dimensões do estrago. A mãe a consolou dizendo que talvez fosse possível no futuro colar as peças num procedimento computadorizado, de maneira que a Katelijne recolheu com grande cautela até o menor dos cacos em que se transformara a vaca de porcelana. Foram colocados junto com o soclo dentro de uma lata de biscoito. Os meninos e o pai não estão muito convencidos em relação às maravilhas operadas por um computador. Fixam as expectativas na próxima festa comemorativa: ao cumprirem trinta anos de excelência na produção leiteira, receberão a versão em prata da dita vaca.

Na casa da Suzanne, vê-se um cíclame sobre o parapeito da janela, acima do calefator, além de ramos secos, principalmente de rosas e hortênsias, de cor já desbotada. Penduradas nas paredes, há coroas de poliestireno revestidas de trapos de tecido em miniatura e os oito retratos das crianças tirados na escola, dispostos na diagonal por ordem de idade. Outra das paredes é repleta de livros encadernados em napa.

Têm também um órgão eletrônico da Johannus, sobre o qual se encontra uma partitura com as notações verticais dos pentagramas, chamadas de "*klavarskribo*". O acolchoado da banqueta é uma tampa que se pode levantar para guardar lá dentro mais partituras e as flautas doces, entre as quais se encontra uma flauta doce tenor com perfuração dupla e uma valva para o mindinho. Acompanhados de quatro flautas e um órgão, os salmos arrítmicos se parecem à gravação das fitas cassete que ainda se vendem por aí.

A Suzanne conta que, aos sábados e domingos pela tarde, às vezes passam horas "musicando em família", e o faz com uma expressão tão maravilhada no rosto que a Katelijne pensa involuntariamente no cântico dominical deles próprios e nos sacrifícios que imolaram simultaneamente Caim e Abel. A fumaça da fogueira de Abel alcançou o céu, aceitando Deus o seu sacrifício, ao passo que a de Caim era assoprada na horizontal em sinal de desaprovação divina. Katelijne tem medo de que os nove salmos que se entoam em casa não subam aos céus, virando a esquina e desaparecendo de vez ou, no mínimo, seguindo rumo a Zoutelande, o paraíso libidinoso dos turistas banhistas.

Katelijne adora fazer trabalhos manuais na casa da Suzanne, à mesa da cozinha, cujos assentos são forrados com aquele almofadado de couro que faz ruído de traque ao sentar-se nele. Montam cabeças de cavalo com Ministeck[21] e dobraduras com formato de sapo. No outono, fabricam cartões de Natal cujas bordas aparam com tesoura de picotar e que levam inscritos em tinta prateada e cintilante "Votos de Feliz Natal e Próspero Ano Novo". O pai da Suzanne nunca está. A mãe, sempre descascando e cortando maçãs, das quais deixa sobrar umas lascas que ela lhes serve num potinho plástico.

Suzanne de vez em quando se posta por detrás de Katelijne para fariscar nos seus cabelos. "Dá para sentir pelo cheiro que você ainda ontem esteve entre as vacas."

Verdade ou não, o comentário sempre a fere mais do que deixa transparecer.

Suzanne está para ganhar um irmãozinho. Quando isso acontecer, a Katelijne deverá abster-se de visitá-la por algumas semanas, até a poeira baixar. Depois disso não há problema, contanto que ela ande na ponta dos pés, sufoque aquele risinho bobo que ela dá e esteja às ordens da Suzanne. Ou seja, ganhar um irmãozinho tem lá as suas vantagens.

"Eu aposto que você também queria, acertei?", pergunta a Suzanne, sentindo a inveja da amiga.

"Só pela metade: o que eu quero é uma irmãzinha."

"Então, pode começar a rezar."

Dito e feito: põem-se a rezar, ajoelhadas diante da cama de Suzanne. Rezam também para Suzanne, para que, depois desse irmãozinho, ainda venha outro, porque, quando cumprem um ano e meio os nenês deixam de ser nenês.

Certa vez, lá estava a mãe dela na cozinha dando o seio ao irmãozinho, quando aparecem as duas por detrás, curvando-se para ver melhor. Katelijne procura fixar a vista no nenê chuchando, e não no seio alvo e volumoso, irrigado de veias, com a tetina escurecida. Fica olhando por um bom intervalo, até mesmo bem depois de a Suzanne já ter virado para outro lado. Não lhe sai da cabeça o verso "Sossegada qual a criança desmamada no seio de sua mãe[22]". A mãe começa a sacolejar sobre a cadeira, incômoda.

"Vão brincar lá fora, que eu me estou sentindo um pouco estranha", diz.

Katelijne está sempre na lista de convidados das festas da família de Suzanne, sejam elas à beira da piscina, no boliche ou na praia. De noite, levam-na de carro de volta para casa, ou melhor: ela vai pedalando à frente dos faróis do carro, que lhe iluminam a parte posterior das canelas, que sobem e descem em ritmo frenético, já que a Katelijne, ciente do inconveniente que causa, procura para o bem de todos abreviar ao máximo o trajeto. Nas noites sem luar, é mesmo melhor ser acompanhada dessa maneira até em casa, porque, no escuro, é a coisa mais fácil do mundo passar reto no desvio em que se tem de entrar para chegar em casa.

Quando Suzanne faz anos, brincam e jogam com as irmãs mais velhas, que vivem dizendo que uma pessoa pode muito bem prescindir de dinheiro para divertir-se. Suzanne também sempre diz isso, e Katelijne não a contradiz.

As brincadeiras são, com efeito, divertidas. Às vezes as irmãs penduram uns farrapos vermelhos entre os galhos das árvores que se encontram pegadas ao castelo de Westhove; cada farrapo traz uma tira de papel na qual esta assinalada uma tarefa. Ou então brincam de "caça à raposa", com todos os membros da família circulando pela aldeia com a parte de cima dos pijamas e um boné sobre a cabeça. O objetivo é sair à procura dos participantes e, encontrando-os, perguntar se são raposas, caso em que ou lhes passam outra tarefa ou lhes dão alguma guloseima como recompensa. São tão facilmente reconhecíveis que Katelijne não se contém de fazer uma ou outra maldade. Aborda qualquer mulher desconhecida na rua sem cerimônia, perguntando-lhe se é uma raposa. Quando responde que não, desconcertada, Katelijne diz: "Ups! Eu achei que estava fantasiada, por causa das suas calças".

Aí é quando se dobra de rir; sente do fundo do coração que a sua referência à roupa masculina deixou a mulher no mínimo encafifada. Uma boa ação. Descobre que, feitas as contas, auxiliar ao próximo não deixa de ter também o seu lado divertido, como o que aconteceu quando improvisou no espaço da garagem uma vendinha de vasos florais, caixinhas de música e varais e pregadores de roupas, tanto para arrecadar fundos para a Associação contra Insulto de Rua como para os missionários em Iriam Jauá[23].

E, no entanto, ela sabe que alguma coisa não bate. O desejo de servir a Deus não é inerente à natureza humana. Se as coisas se afiguram fáceis demais, é porque há algo de errado. Ouve-o todo santo domingo; ouve-o também da avó. O prodígio do renascimento em Cristo vem sempre associado a desconforto, abnegação, ódio a si mesmo e toda uma cascata de copiosas lágrimas.

"Qual é para você a palavra mais bonita na Bíblia?", pergunta Katelijne.

Suzanne olha-a desconcertada: "Isso seria perjúrio dizer". Só não sabe explicar o porquê.

"Todas as palavras são iguais em beleza", diz ao final, já que o demasiado apreço por uma palavra equivale à mesma dose de desprezo pelas outras. "Mas e para você, qual é?".

“Eu gosto dos trechos que começam por ‘todo aquele que porventura’. Para mim, dá uma sensação de estar incluída, e aí só mesmo fazer de conta”, diz a Katelijne.

Noite de São Nicolau[24]. Mais da metade dos alunos, entre os quais Suzanne, não celebra o evento por ser uma festividade pagã. Os que sobram fazem a distribuição dos presentes não no dia cinco de dezembro, mas no dia seis; caso contrário se pareceria demais à festa original.

No lar de Katelijne, todos recebem o seu presente acompanhado de um verso rimado. O de Katelijne, quem compôs foi o pai e começa assim:

Pedro, o Negro, e São Nicolau, invenção e segredo, figuras do mal
Uma lenda com início em duvidoso princípio
E a lorota persiste; Me conte outro chiste!

Com um comportamento enigmático, elude a pergunta sobre o que ganhou de presente – um joguinho eletrônico do tamanho de uma fita cassete, cujas proporções ela aumenta a tal ponto que consegue convencer a Suzanne a ir com ela para casa. Na metade do trajeto – estão pedalando contra o vento –, Suzanne diz a Katelijne que ela não vá pensando que essa história de acompanhá-la até em casa vai acontecer com frequência. Conta que a mãe não quer ter de ir logo lavando as roupas da filha assim que ela chega em casa vindo da fazenda da Katelijne, “você sabe a que eu me refiro, não é?”. Katelijne, por sua vez, suspeita que seja invenção da amiga e que a grande verdade é que ela é preguiçosa demais para pedalar um trechinho extra. Mas prefere guardar a suspeita para si, porque Suzanne seria bem capaz de dar meia volta na mesma hora.

Como já se era de esperar, Suzanne não se deixa impressionar nada pelo joguinho. “Eu não sei por que você simplesmente não levou para a escola”, diz, em tom severo.

A mãe oferece à convidada um copão de leite, mas Suzanne diz que só bebe leite da Yogho! Yogho!. A mãe desconhece a marca, mas Katelijne apressa-se em explicar. A Suzanne diz, então, que aceita também uma Coca-Cola ou um 7Up, mas nem isso elas têm em casa. A mãe esclarece que "aqui não é nenhum bar" e, ao ver que a menina não toca no copo de leite, mete nele sem perguntar uma colherada de chocolate maltado. E ela que lamba os beiços.

A Suzanne não comenta nada sobre a cama, mas acha as cortinas rolô tão maravilhosas que não para de corrê-las de cima para baixo e de baixo para cima.

"Fique encostada com a nuca contra a cortina, assim", diz, fazendo em seguida esta se enrolar como um rolo de macarrão, os cabelos da Katelijne nela enroscados. A Suzanne é toda excitação.

"Aiê!", exclama Katelijne. "Agora você trate de ir desenrolando". Teme por uma fração de segundos que a amiga não obedeça. "Não estou mais achando graça", diz enfaticamente.

"Vixe! Eu não sabia que você era tão infantil", diz Suzanne, mas acaba cedendo e afrouxa o cordão e solta a cortina outra vez. Diz, então, que não sabe o que uma pessoa pode ver num *poster* com aves pernaltas. "Você pode me explicar que graça tem?"

"Sei lá. Eu gosto", diz Katelijne.

Conversam sobre os seus planos para o futuro. Suzanne diz que quer trabalhar no magistério, mas o faz só para contrariar, porque sabe muito bem que essa vocação é a de Katelijne, ao passo que ela própria sempre dizia querer ser assistente geriátrica, seguindo o exemplo da mãe, que o fora no passado.

Katelijne reage melindrada. Diz que tem um treco só de pensar em estar diante de uma classe de alunos; enfia um dedo na garganta como se fosse vomitar e, exagerada, ainda revira os olhos.

"E isso agora por quê?", quer saber Suzanne, confusa. Mas Katelijne não sabe dar conta do porquê. Por alguma estranha razão, aquilo lhe parecia, de repente, a pior coisa do mundo.

"Eles não devem é largar do seu pé, isso sim", diz, por fim. Katelijne já ouviu a frase da boca da mãe, que vive dizendo que, com tanto filho, nunca largam do seu pé. Diz à Suzanne que, em vez de professora, quer trabalhar numa biblioteca. Conta-lhe ainda que o professor, faz pouco tempo, emprestou-lhe fora do expediente escolar um par de livros novinhos em folha, que ninguém ainda tinha estreado, nem mesmo o próprio. Acrescenta que as instruções recebidas eram de que ela ficasse alerta durante a leitura para quaisquer usos de linguagem indevidos, como perjúrios e "coisas afins, desconformes com o nosso estilo de vida". Sobraçara os livros com orgulho e os lera de uma tacada só, o lápis vermelho sempre em mãos.

"Mas, para dizer a verdade, o lápis eu nem cheguei a precisar usar; só uma única vez, e de besteira. Estava escrito em alguma passagem que a Terra existe há quatro mil anos, mas eu, boba, li quarenta mil." Quando deu por si, um dos zeros ela já tinha riscado. Menos mal que ela tinha uma borracha das boas, porque nem se nota mais.

Mas Suzanne já não a está escutando. "O que é que você acha de a gente sair por aí? Você não tinha dito que a sua avó sempre lhe dá algo de bom para comer?", pergunta.

A avó, porém, saiu para fazer uma visita. Katelijne a leva até o curral para apontar-lhe todas as Katelijnes. Faz um bom tempo, deram o seu nome a uma novilha; essa novilha, por sua vez, já deu no meio tempo várias crias, o que eleva o número de Katelijnes a cinco; uma mais mimosa que a outra, principalmente a quarta, que ela batiza especialmente para a ocasião de "a sua vaca predileta". Trata-se aqui do linguajar em moda entre as garotas da escola – para tudo há um predileto: uma cor predileta, uma tia predileta, um prato predileto – que em muito difere do dos irmãos, que ficam encantados de poder dizer que a Katelijne número tal ou tal está no cio e tem de ser levada sem demora para acasalar. A piada já tem perna longa, mas eles continuam rindo à socapa cada vez que ela aparece, com a mesma malícia que sentiriam se tivessem dito que Katelijne estava com uma bruta caganeira.

Suzanne pergunta como ela faz para reconhecer a Katelijne número quatro.

"Mais fácil, impossível", diz Katelijne. "Ela tem a cabeça toda branca."

No momento em que entram no curral, Rogier está justamente dando-lhe um trato, serrando os cornos que voltaram a crescer.

"Aqui, ó!", diz Rogier, recolhendo do chão um dos cornos retorcidos e estendendo-o a Suzanne. Só para ela olhar – ele próprio não o solta da mão –, mas Suzanne nem se atreve a chegar perto. Com os braços rigidamente cruzados às costas e arrebitando o nariz, o seu olhar não enfoca detidamente nada além de uma vaca que ergue o rabo e esvazia o conteúdo dos intestinos de uma só vez.

Rogier assenta o corno sobre a própria cabeça, vai-se postar de cara para a Suzanne e imita com bastante convicção o mugido de um touro. Suzanne recua com um salto, assustada.

"A melhor defesa contra Rogier é fazer cócegas, que ele não pode com elas." Preferira que a amiga não fosse tão medrosa. Essa Rogier não vai perdoar mesmo por um bom tempo. E haja ouvidos!

Katelijne já não sabe em que pé está com a amiga. Por um lado, desdenha-a por ser tão "cagona"; por outro, o nojo que Suzanne demonstra faz surgir uma greta na imagem da fazenda como eixo sagrado ao redor do qual tudo gira, uma trinca mais que bem-vinda à Katelijne. De uma hora para a outra, põe-se ela também a reclamar à mesa do fedor e dos sovacos mal lavados. A ânsia por fazer parte da família não a abandonou; houve apenas o acréscimo de uma pequena birra: faz beiço pelo fato de que todo esse mecanismo de importância fundamental se mantenha girando mesmo sem a sua colaboração pessoal no processo, mais ou menos como quando se é tomado de uma sede premente, mas, ao mesmo tempo, por uma necessidade não menos urgente de correr ao banheiro para urinar.

Traição

Katelijne no banheiro. Apanha a toalhinha de tomar banho de gato, a destinada às regiões superiores, que utilizou ainda pela manhã e que, por isso, encontra-se pendurada. Prende a respiração: prefere não ficar sabendo que os meninos fizeram a maldade de usar a toalhinha dela para o asseio das suas próprias partes baixas, o que fazem só de provocação. De que isso acontece ela não tem a menor dúvida, da mesma maneira que ela própria utiliza as escovas de dentes deles para limpar as unhas.

A mãe diz que é importante dar uma boa limpada nas unhas depois de brincar por aí. A terra negra que se acumula debaixo delas pode conter larvas, que Katelijne ingeriria se ficasse, por exemplo, futucando com a unha entre os dentes para tirar um fiapo de carne preso. "Aí sim você vai ver o que é bom para a tosse".

Katelijne está esfregando com uma ponta da toalha as chanfraduras da orelha, quando lhe vem à mente a história do livro de Rogier. Durante o café de depois do jantar, eis que aparece a mãe inesperadamente com um pacote achatado, que ela coloca sobre a mesa diante de Rogier.

"Tome lá! É dos avós", diz. "Veio esta manhã com o correio".

Os avós do lado materno vivem em Goeree-Overflakkee, e nem a família os visita aí, nem eles, à fazenda. Isso por conta de uma desavença no passado, algo relacionado com um certo irmão da mãe, solteiro. O tal tio Dirk tinha vindo pedir abrigo por uma noite na fazenda, mas eis que, quando chega – contrariamente ao acordo –, traz consigo um amigo, um hóspede a mais com o qual os pais não contavam. Katelijne lembra-se como se fosse ontem. O previamente combinado era que Rogier se mudaria para o quarto dos menorzinhos, onde jogaria um colchão no chão e pronto, cedendo assim a sua cama ao tio Dirk, como costumava fazer sempre que recebiam hóspedes. O que explica que, quando apareceu com o amigo, não houvesse mais onde pôr o homem para dormir. Desde então, o tio nunca mais voltou a pisar na casa deles, assim como os avós, exceto para o batizado de Lourens. Dos aniversários, o único de que se lembram os avós é o de Rogier, que, de pequeno, passara mais tempo com eles em casa. Isso explica que, ano após ano, na data dos seus anos, sempre lhe chegue pelo correio um livro novo.

Acontece, porém, que ainda falta muito para o seu aniversário. Antes dele ainda festejam anos os gêmeos.

Rogier e o pai estão atualmente trabalhando no presente dos gêmeos, soldando um *sidecar* à bicicleta *cross* antiga, uma verdadeira pechincha. Avançam com lentidão, porque só trabalham nela algumas poucas horas em esparsas noites, quando os gêmeos já se encontram na cama, e isso se o pai não tiver outros afazeres.

"Lá naquele fim de mundo de Goeree eles já estão mais para lá que para cá" – tinha dito o pai por detrás do exemplar aberto do Diário da Reforma assim que Rogier desembrulhou o livro. Foi então que a mãe ergueu o queixo com despeito e lembrou que, dezoito anos antes, ele não ficava cheio de dedos quando tinha de ir "para aquele fim de mundo".

O pai deu de ombros e disse, "pois é".

"Você não tem nada que ficar diminuindo os coitados. Dê-se por contente que eles pelo menos se lembram do aniversário do neto!"

"Com um mês de antecedência."

"E você acha pouco, depois de...?"

"Escute aqui", interrompeu o pai, "eu não tenho culpa de absolutamente nada. A Escritura é muita clara a respeito".

Katelijne, que já havia um bom tempinho não tinha em mãos um livro novo, rondava enquanto isso Rogier por todos os lados, como um urubu em volta da carniça, esforçando-se por pescar com o olhar, por sobre os ombros do irmão, algo da leitura.

Rogier disse então que ela lhe estava dando nos nervos e, a partir daí, cada vez que algo em volta lhe captava a atenção, ele espalmava ostensivamente a manzorra possessiva sobre as páginas. Estava claro que nem se cogitava a possibilidade de ser ela quem estreasse o livro, o que, no entanto, não conseguia contê-la na sua sede de leitura. Era como se ela estivesse no ponto de escorregar por um tobogã altíssimo e lhe dissessem de repente que descesse dali pelas escadas.

Bem sabe que Rogier daqui a pouco levaria o livro consigo para cima, apesar de que na verdade isto esteja proibido, essa mania de ler na cama. Se o pai volta da última ronda pelo curral e vê luz acesa num dos quartos, qualquer aniversariante deixa rapidinho de sê-lo, e Rogier ainda mais rapidinho que os demais, porque atualmente tem tido de levantar-se com as galinhas.

Há dois meses, eis que aparece Rogier em casa com o comunicado de que vai matricular-se na escola técnica de agronomia. Está mais do que entusiasmado, cansado como está das judiações que sofre na escola atual. O pai também está farto de que, a cada duas semanas, o filho apareça em casa com a armação dos óculos quebrada.

No início, Rogier ainda voltava da escola contando vantagem: certa vez, tinha feito fulano e sicrano baixarem a crista.

"E o que aconteceu com o seu olho?", perguntavam os demais.

"Eu trombei de cara contra aquela droga de armário de ferro na aula de trabalhos manuais".

Dado que Jeroen frequentasse a mesma escola, sabia-se muito bem quem era o que tinha de baixar a crista. Mas tudo isso muito em breve mudará, na escola de agronomia.

"Então você me diga aqui uma coisa", diz o pai. "O que é ser um fazendeiro, na sua opinião?"

"Ué!", replicou Rogier, admirado. "E eu então não cresci no campo?"

"Que cresceu, que cresceu. Mas sentido de responsabilidade, será que isso você também tem?"

Rogier encolheu os ombros; no rosto, um grande ponto de interrogação. A mãe também levou um olhar inquisitivo ao pai a fim de certificar-se de que ele não estava de brincadeira, verdade que logo pôde comprovar.

"Essa juventude de hoje em dia é cabeça de vento demais para tratar desses assuntos com seriedade", disse o pai, o que lhe valeu ainda mais cenhos franzidos, já que, se havia alguém que ao chegar em casa da escola se enfiava na roupa de bater e, arregaçando as mangas, sem melindres, atacava entre outros os trabalhos mais ingratos, esse alguém era Rogier. O único problema era realmente que não conseguia levantar-se da cama pela manhã, o que revelou ser o fato ao qual o pai aludia.

"Então nós estamos conversados", diz Rogier. "Se é tão importante assim, pode começar a me acordar às seis a partir de amanhã."

Mas o pai ainda não tinha terminado; disse que uma pessoa deveria fazer uma boa reflexão antes de optar por um caminho ou outro na vida, porque um fazendeiro não o é somente das nove às cinco, mas em tempo integral. Desde então, arranca os cobertores da cama do filho religiosamente às seis horas da manhã.

Tanto quanto Katelijne saiba, trata-se do único ponto franco do Rogier: algo chamado de calcanhar de Aquiles, como ela leu em algum lugar. Mas quem exatamente seria o tal do Aquiles? Na Bíblia não há nenhuma referência a ele, disso ela está certa.

Veste a camisola, enfia-se na cama e espera. Às quinze para as onze se esgueira até o quarto exíguo ocupado pelo Rogier a fim de investigar se há luz por debaixo da porta. Não vê nada, mas bem sabe que pode ser só ilusão, já que o irmão tem como lâmpada de cabeceira um globo terrestre que desprende uma luzinha fraca. Assim, encosta uma orelha na porta, à escuta, atenta ao som de páginas de livro rasgando o ar. Entretanto, nada mais ouve do que as vozes dos pais no banheiro do andar de baixo.

O pai voltou a meter os pés pelas mãos, pensa Katelijne, enquanto abre com cautela a porta do quarto do Rogier. Já deveria ter aprendido que só a mãe tem o direito de insultar os avós. "É sempre a mesma história: basta que o pai diga um "a" contra eles para que se transformem de repente na sua *querida* família.

Rogier está deitado de lado, voltado na sua direção, a boca levemente aberta na forma de um pequeno orifício, como que para franquear acesso às joaninhas numa via de ida e vinda. A sua respiração é lenta, pesada e ritmada. Katelijne ajoelha-se e tateia debaixo da cama. Os dedos apalpando o solo dão com algo de macio, que Katelijne espera não passar de uma meia enrolada; justamente no momento que a sua mão depara com algo que poderia tratar-se de um livro, ouve o pai e a mãe subindo as escadas.

"Eu acho que também não vale a pena", diz o pai.

"Eu até que poderia voltar lá sozinha, você não acha?" A mãe parece se esquecer completamente de que ao lado há crianças dormindo, e não abaixa o tom de voz. "E quem foi que disse que eles precisam ir junto logo de primeira? Além disso, eu tenho certeza de que eles não vão se dar conta de nada, ainda mais porque é gente da mais respeitável."

Katelijne vai até a porta na ponta dos pés e a fecha de mansinho.

"Você não tem noção das *outras* doutrinas modernas que o tal do Dirk inculcou neles. Eu conheço o tipinho..."

Uma golpada. A porta do quarto dos pais. Logo depois, o ruído seco das duas cortinas sendo corridas com um tranco firme.

Katelijne abaixa-se outra vez e, reencontrando o livro debaixo da cama, leva-o para o seu quarto.

Lê até altas horas. O livro trata da Segunda Guerra Mundial. Um colaborador nazista revela aos alemães a existência de um grupo de resistência, do qual participa a própria irmã. Deseja desse modo subir no conceito dos alemães e, assim, salvar a própria pele. A irmã, inteirada da traição no último momento, consegue alertar os membros da organização, que se põem de tocaia, aguardando, fortemente armados, que os alemães caiam na emboscada preparada.

Quando já vai pela segunda metade do livro, é tomada por um sono desassossegado.

Rogier, no balanço: em mãos, a carabina do avô – demasiado pesada para ele – com que dispara contra as gralhas.

"Faça o favor de pegar papel e caneta e escrever à Calve" – a Calve da pasta de amendoim –, dizendo que eles deveriam vender o produto em baldes de cinco litros. Eu já estou de saco cheio de ter que ficar esvaziando frascos dia sim, dia não".

"Mas que seja fechado com tampa", diz Peter, "que eu não estou com a menor vontade de ficar sentindo fedor de pasta de amendoim enquanto a gente faz as refeições".

Rogier volta a carabina na direção do Peter e dispara. Não acerta de primeira, por causa do vai-e-vem do balanço, mas vai descarregando a arma até que consegue atingir o alvo. Peter não se mexe mais. Na testa dele, vê-se um orifício, do qual escorre um filete de sangue.

"E desde quando pasta de amendoim fede?", pergunta Rogier. "Como eu gostaria de não ter que ficar dizendo tudo uma vez após a outra!".

“E por acaso não fede mesmo?”, pergunta Korné, o trouxa. Para sorte dele, não é ouvido por Rogier; a sua salvação, pensa Katelijne.

“Quem aqui é mais Ford do que Deutz? Eu quero ver as mãos levantadas. Uma, duas. Mais alto!”

Todos eles erguem as mãos. A Ford é indiscutivelmente a melhor, isso é ponto pacífico. Só Christiaan é mais Deutz, mas não se encontra entre os presentes. No fundo do coração, aliás, Christiaan também é mais Ford, mas, para infortúnio seu, essa predileção já foi manifestada pelo Rogier.

“E falando nele, vejam só quem aparece!”, exclama Rogier, com a entrada inesperada do irmão. “Você é mais Ford ou Deutz?” Girando o tronco, aponta a carabina para cabeça do Christiaan.

“Deutz”, responde Christiaan, endireitando os ombros e erguendo o queixo.

“*Pong*!”, faz Rogier. Katelijne ainda faz menção de arrojar-se à frente do irmão, mas já é tarde demais. Christiaan jaz aos pés do Peter. Por debaixo da sua cabeça, vê-se uma poça de sangue, que vai adquirindo os contornos das ilhas do Estado da Zelândia.

“Quem mais quer virar fazendeiro?”, pergunta, então, Rogier. Como antes, erguem-se todas as mãos. Incluindo a de Katelijne. “Aqui não se mente”, diz Rogier. Está para disparar contra Katelijne quando descobre que os pássaros, bicando, esvaziaram a sua munição. “Eu acabo de ver que se acabou a minha munição”, diz. “Mas fique descansada que essa eu fico lhe devendo”.

A Katelijne acorda com um sobressalto pelo chiado de uma porta que se abre. Não a sua porta.

“Xô, xô, acabou a moleza, levantando!”, grita o pai. “Eu não quero ter de subir outra vez para avisar”. Pigarreia demoradamente ao descer as escadas. Demora até que Katelijne se dê conta de que o chamado se dirige a Rogier, para ajudar na ordenha. Ainda é cedo, mas ela já perdeu de vez o sono, farta de tantos sonhos bestas. Levanta-se e segue até o quarto de Rogier.

“Pode ficar na cama que eu dou assistência ao papai”, diz.

“E você está fazendo o quê aqui?”, pergunta o pai, admirado em vê-la descer arrumada e tudo. Enfia às pressas o último pedaço da côdea do queijo na boca. Então está explicado o porquê de sobrarem aos demais só uns nacos tronchados da crosta. A mãe proíbe-os comer a côdea do queijo. Se flagra a pata de alguém onde não tem de estar, esse alguém leva um tapa com o corta-queijos.

O pai lhe dá um macacão de Jeroen e Katelijne reparte a saia igualmente dentro das pernas das calças.

Chega à porta dos fundos tremendo, a pele retesada pelo frio. A julgar-se pela data no calendário, já se deveriam ver ovos aqui e acolá, mas ela não enxerga nada. “Geou pela noite”, diz o pai.

No curral, onde os corpos de setenta vacas se aquecem uns aos outros, a temperatura é amena. O pai remove o esterco das baias com a forquilha, enquanto Katelijne vai açulando as vacas, que se deixam guiar na sua direção.

Posta-se junto ao pai no fosso alongado de ordenha; as vacas, um metro acima deles, encontram-se dispostas de ambos os lados, diagonalmente umas em relação às outras. Primeiro, ajuda o pai a limpar todos os úberes com um líquido desinfetante; depois, enxugam-nos bem com um trapo. As tetas variam de animal para animal. As das novilhas mais novas costumam ser menores; as das vacas mais velhas, grossas e compridas; uma delas tem até uma verruga do tamanho de um bonde. Katelijne examina a couve-flor detidamente.

“Essa daí você já limpou?”, pergunta o pai. Empurra-a para o lado sem esperar pela resposta, e embebe e enxuga o úbere ele próprio. “Trabalhando nesse seu ritmo, sabe a que horas a gente vai acabar? Hoje à noite.”

Agora só faltam conectar os coletores de sucção à tubulação. Não foram poucas as vezes em que Katelijne viu o pai às voltas com a ordenha, mas este faz questão de demonstrar-lhe o procedimento exato mais uma vez.

"Veja só, na escola de agronomia, o que eles ensinam é o seguinte: você segura o insuflador com a mão esquerda enquanto a direita prende um por um os copos de teteira nos úberes. Mas eu, pessoalmente, prefiro fazer assim: seguro o insuflador com a direita para só depois conectar os dois posteriores com a esquerda. O que eu faço depois disso é inverter as mãos para fazer a mesma coisa com os dois da frente."

"Eu também acho mais prático", diz Katelijne.

Há também as de seis úberes.

"Ah, não: esses aí são os secundários", diz o pai. "Agora, você vai soltando devagarzinho. É melhor começar com os quatro maiores."

Os coletores enchem-se de leite, e eles devem esperar até que haja terminado toda uma leva de cinco. Katelijne encosta os braços contra um dos coletores para aquecê-los.

"Que beleza, você não acha, ver o nosso sustento jorrando aos borbotões para dentro dos coletores, desse jeito que você está vendo aí: leite integral fresco de fazenda, a natureza no seu estado mais puro?", diz o pai, todo prosa. "Sabe de uma coisa, minha filha?" Não espera pela resposta. Não era uma pergunta de fato. "Eu não gostaria de ser outra coisa que não fazendeiro."

"Se você parar para pensar", prossegue o pai, "o leite é realmente uma coisa admirável. Tentaram até produzir em laboratório, mas não chegaram nem perto de conseguir."

Uma vaca esguicha uma cascata de urina. O pai seca um respingo da testa distraidamente e continua a falar, agora na cadência do aparato de sucção. Diz que a essência da vida é reconhecer em si mesmo a mão do Criador. "E aí, minha menina, é quando você não pode fazer outra coisa que levantar as mãos aos céus".

No meio tempo vem vindo uma vaca com um borrão violeta na pata.

"A mancha é sinalização minha", diz o pai, "porque essa aí está com uma inflamação nos úberes. Tome cuidado para não deixar escapar o leite dela que depois eu o deixo escorrer num balde e aí é só limpar bem a ventosa".

"O que é que acontece se esse leite for parar no tanque por descuido?".

"Aí o único jeito é esvaziar o tanque inteiro outra vez". Emenda que o pior mesmo é quando ele vai parar no próprio transportador; nesse caso é ele quem deve arcar com o prejuízo, e de todo um carregamento, porque sempre se colhem amostras de tudo.

"Eles têm obsessão com penicilina", diz. "O que aconteceria nesse caso é que nós regrediríamos aos vinte e cinco anos de produção leiteira de classe A, perdendo os três anos de vanguarda".

Katelijne entende o raciocínio. Outros cinco anos até que se juntasse uma nova vaca às demais sobre a consola da lareira.

Tendo eles praticamente terminado com as vacas, eis que se abre a porta de correr, pela qual entra um homem com umas calças *jeans* largas demais sobre os tamancos da Strövels. Trata-se de Kees Koppejan. Katelijne o conhece da igreja. Lá ele faz de sacristão, papel que desempenha com um zelo desmesurado e que se constitui de indicar aos fiéis não pontuais um espaço desocupado onde sentar-se sem ter de procurar muito; o problema é que já começa antes mesmo de os bancos alcançarem a metade da sua capacidade de ocupação, como se a atribuição de lugares constituísse um quebra-cabeças que ele próprio devesse tratar de montar. Entrega ao pai um balde gigantesco de Tupperware e, na escadinha, apoia os braços sobre uma das mangueiras da tubulação. Está com vontade mesmo é de tagarelar.

"Já terminaram tudo outra vez?", pergunta o pai. "Vocês não bebem, mamam!"

"Melhor para você, ou nós não somos fregueses fiéis?"

"Os mais fiéis! Não posso dizer o contrário."

"Quem sabe no ano que vem eu não venha com mais regularidade ainda?", diz Kees, num tom misterioso.

"Você não vai me dizer que já vem aí outro a caminho?"

"Pois é. O médico tinha proibido, porque os partos da Lenie são sempre por cesariana. Mas fazer o quê? Quem manda eu não ter juízo?", diz, lançando uma piscadela à Katelijne.

"Com esse já vão ser nove, não é?", pergunta o pai.

"Dez", corrige Kees. "Teria sido mais fácil se eles tivessem posto um zíper de uma vez, você não acha?"

O pai ri à socapa. Remove a válvula de um dos coletores de leite e posiciona embaixo dele um balde. Enche-o até as bordas.

"Enfim, que já é quase como um zíper, isso já é. Um calombo grosso e comprido com umas arestas pontiagudas de cada lado. Ha-ha-ha!"

Assim que se vai o homem, o pai diz: "Quem ouve o sujeito falar assim diria que é um pobre coitado".

Findo o trabalho, Katelijne lava a sala de ordenha com a mangueira de alta pressão. Leva um bom tempo para concluir. Espera ouvir esta noite do pai que a sala de ordenha jamais esteve tão limpa.

Fora ainda faz frio. Katelijne se encontra junto à porta dos fundos. Diante de si, uma paisagem esplêndida, tudo coberto por uma tênue camada de orvalho: as madressilvas verdes, o varal de roupas, a canaleta, o gramado e a cerca de arame farpado, as ovelhas de felpa branca.

Da frescura de uma garrafa de água mineral, pensa Katelijne. Como as garrafas que ficam na geladeira e embaçam, esperando uma ocasião especial como a de um aniversário, ou caso apareça a tia Mattie.

A tia Mattie está sempre de regime. Quando os visita, retira o cubinho de queijo sobre a cebolinha, não aceita da torta e fica só com o picles que acompanha o sanduíche de linguiça. Dispensa até mesmo o ponche da mãe, que o prepara com um mínimo de adição de açúcar. "Experimente o da avó que você vai ver o que é doce!", diz a mãe. "Ela adiciona creme de cassis e licor de groselha, mas o resultado é uma mistureba, e você acaba não sentindo mais o gosto de nada".

Mas a tia Mattie torce o nariz também para o poncho saudável da mãe. Só aceita uma rodela de pepino ou nabo. E água mineral.

"A dama da cidade grande é toda cheia de frescuras", diz a mãe, que considera a tia Mattie, além de citadina, um tiquinho atrevida, porque, na primeira vez em que visitou a avó, já foi logo se sentando no sofá, "porque estava se sentindo um pouco borocoxô". "Fingida", repete a mãe as palavras da avó, "não era para tanto".

O pai não admite que se fale mal dela. "O que é isso, Mattie?", pergunta sempre. "Assim não tem graça. Não é um pedacinho de queijo que vai fazer você engordar. Com um pouco de mostarda, fica, ó, uma delícia. E que tal uma taça de vinho para confraternizar?".

Ela nunca aceita. E Katelijne sabe o porquê. Sempre que ela chega – cumprimentando todos um pouco efusivamente demais – com os lábios escarlates e as formas arredondadas, o pai lhe diz que está com uma aparência ótima, que está de novo mais rechonchuda. Katelijne sabe o que isto significa: rechonchuda. Algo que não se diz a uma pessoa que tenha eternamente quilos sobrando.

"Katelijne!"

Sobressalta. A voz a alcança oriunda de uma das laterais da propriedade, o que é atípico.

"Katelijne, você não quer dar uma olhada no pasto para ver se ainda tem água nos coches das ovelhas?"

"Positivo", exclama, emendando simplesmente por emendar: "Já estou indo". Como se tivesse medo de que o pai ainda pudesse pedir a outra pessoa.

Cantarolando baixinho um salmo, ajoelha-se e se arrasta por debaixo da cerca de arame farpado.

Ao entrar em casa, encontra todos já sentados tomando café, cada qual com uma folha de jornal aberta sobre o colo, um fascículo da *Fazenda* ou de qualquer outra revista. Mas não leem: escutam à mãe, que lê algo em voz alta.

> *Pela manhã ainda estava tudo na maior normalidade,* lê a mãe. *O pai carrancudo como sempre, por causa das dores nas costas. A mãe amamentando a nenê, endireitando-a contra si até ouvir o arroto e voltando-a então para o berço. Os demais filhos brincando ao ar livre, que o tempo estava para isso mesmo. O céu, azul. Nuvens de mosquitos vibrando no ar, os tomates maduros perfumando a estufa. As folhas caídas da castanheira, esperando para serem recolhidas com o ancinho: tudo como devia ser nesta época do ano. Até que, de repente, se ouve do lado de fora um estrondo bizarro.*

Katelijne empalidece. Essas frases lhe soam familiares. Trata-se do início de um conto que ela escreveu há algum tempo.

"Opa!", exclama. "Como é que o meu caderno foi parar na mão de vocês? Podem ir devolvendo, seus bisbilhoteiros!"

"Quem achou foi Rogier", diz a mãe.

"O que é que você foi fazer no meu quarto?"

"Pegar o meu livro", responde Rogier, "que um certo alguém passou a mão. Eu levei horas para encontrar. Agora você pode continuar, mamãe".

"É isso mesmo!", insistem os menorzinhos.

A mãe leva o olhar a Katelijne, hesita por um momento, mas retoma a leitura. Katelijne despenca numa cadeira, esquecendo-se da raiva que sente. Ouve como que hipnotizada a voz da mãe, que vai libertando do papel as palavras dela e de mais ninguém.

O estrondo soou de início como uma trovoada, mas foi crescendo ainda mais em volume. Aquele ribombar parecia provir de milhões de trombones a um só tempo. Mas não era um ruído à distância, como se costumava ouvir lá do Hooizolder nas noites de sábado. Deste se podia dizer que era alto em se considerando estar-se justo ao lado do alto-falante. Não, o ruído ali era mais presente e penetrante, e não havia sombra de dúvida que algo de extraordinário estava acontecendo. Mesmo assim, ainda conseguiam falar e entender-se, como se tratasse de uma espécie de ruído diferente de tudo que eles próprios produziam: um alarido sobrenatural e onipresente como uma redoma encerrando o mundo.

Entram os outros irmãos e se agarram aos pais. Em lágrimas. Já estavam mortos de medo, mas ficaram ainda mais quando perceberam o apavoro dos pais.

A mãe quis ligar o rádio – talvez a transmissora local noticiasse algo – mas o pai a proibiu.

"Se for hoje o dia de comparecer diante do Seu tribunal", disse ele, "então nós não temos nada que nos fiar nas outras pessoas, e menos ainda num aparelho que, na maior parte das vezes, só despeja um monte de disparates profanos."

Estavam aterrorizados. Seria este o dia do juízo final? Estariam eles preparados?

A voz da mãe falha. Os mais velhos se remexem na cadeira, cabisbaixos, como se cada qual já estivesse outra vez absorto na própria leitura.

"E então?", perguntam os menorzinhos.

A mãe prossegue:

Foi quando tremeu o chão. Não durou mais de vinte segundos, mas parecia um abalo com uma classificação altíssima na escala Richter.

"Abrir-se-ão as sepulturas", diz o pai, com reverência e respeito na voz.

"A gente tem de cantar", diz a mãe, desesperada, mas ninguém se encontrava em condições de cantar, além de que não lhe ocorria de primeira qual salmo estaria mais à altura da ocasião. O pai pensou involuntariamente na senhora com quem tinha trombado na rua recentemente. Uma velhinha das mais estranhas. "Esteja preparado!", havia dito ela. "Pois aí vem o noivo". Na hora, ele apertou o passo, mas ainda vê agora diante de si o rosto enrugado, a baba escorrendo-lhe de ambos cantos da boca.

"Quem não aprendeu a lição de Adão não aspira ao Senhor", diz o pai. "Meus filhos, vocês não se sentem oprimidos com o peso dos seus pecados?". Mas eles pressentiam que agora já era tarde demais. O tempo de graça estava definitivamente findo.

"O melhor é a gente não se largar", disse a mãe. "Quero todo mundo de mãos dadas". Ela própria estava com a nenê no colo, mas com a outra mão se aferrou ao pai".

Eis que de repente se encontram, deslumbrados, em plena luz. Não havia mais escapatória.

"Já deu, mulher", diz o pai. "Chega por hoje. Hora de trabalhar!"

A mãe fecha o caderno com um estampido e o devolve à Katelijne.

"Estou indo tomar banho para tirar este fedor de vaca", diz Katelijne.

Enquanto os borbotões de água lhe escorrem pelo corpo, reflete: "Das duas, uma: ou eu fujo de casa, ou fico, mas agindo com a maior naturalidade do mundo". Está mais do que evidente que a sua história não foi apreciada; não lhe escapou o olhar desconfiado dos irmãos, como se quisessem assegurar-se de que não lhe saía um rabo por debaixo da saia ou cornos na cabeça. Acham que ela está com algum parafuso solto. Consideram-na uma estranha. Katelijne examina o rosto no espelho a fim de descobrir se a ideia de fuga já deixou nele marcas, mas não consegue detectar nada fora de lugar. Ficar talvez seja a melhor pedida.

É pôr a cabeça emoldurada pelos cabelos molhados pela frincha da porta que dá de cara com Rogier, na retaguarda.

"É nisso que dá uma garota se meter com as vacas", diz, irado, apresentando-lhe uma pequena barra metálica.

Katelijne a examina. Não tem ideia do que possa ser.

"Não dá para ver que está quebrado?", pergunta Rogier. O que tinha acontecido era que, depois da limpeza do curral, ela havia se esquecido de fechar a porta. Metade das vacas tinha saído e andava em círculos, atontada. Uma delas havia pisoteado as couves-roxas no jardim da avó; mas o pior mesmo tinha sido a mangueira do sistema de refrigeração espatifada, além da chapinha de ferro – e aqui Katelijne não entende bem a que o irmão se refere –, destacada de algum lugar. O pai vai ter de soldar um tubo em volta.

"E as vacas já entraram de novo?", quer saber Katelijne, assustada.

"Evidente que sim, e já faz um bom tempo", diz Rogier. "O que mais você esperava?". Um vizinho tinha ido avisá-los justamente quando ela estava no banho, ao que todos dispararam para fora.

Diz que o curral "está uma zona" e que terá de ser limpo outra vez.

"Eu vou agora mesmo", promete Katelijne. Logo descobre, porém, que o acesso ao curral lhe fora vetado. Rogier só tinha entrado para informar-lhe que aquela tinha sido a última vez que ela havia ordenhado.

A quinta coluna

"Pois, na minha opinião, a Katelijne é bem mais esperta do que o Rogier", diz o primo, com óculos de armação de aço. Pelos irmãos e pelas irmãs é chamado de "o professor", o que, em combinação com os óculos, confere-lhe certa autoridade no seio da família. O pai crê ver no filho um futuro inventor, desde que este usou certa vez um pregador de roupa como marcador de leitura.

Olham-no todos com incredulidade.

"Essa é a primeira vez que eu ouço isso", diz Rogier, e nem mesmo Christiaan o contradiz.

"Testamos?", pergunta o primo. "Quem começa?"

"Eu", já vai soltando Rogier, enquanto mandam Katelijne para o corredor, onde ela sente de repente um frio na barriga, uma sensação para a qual não tem palavras, mas que se parece ao que sente quando, durante uma partida de Stratego[25], avança de mansinho a peça do marechal.

"O que é que você está fazendo escondida aí?", pergunta a mãe, que teve de descer ao porão para buscar uma caixa de suco de maçã. "Então não sabe que a gente tem visita?"

Quando a deixam entrar de novo, ela os encontra debruçados sobre uma folha de papel, Rogier com uma cara de pimentão nunca antes vista. Katelijne pede afavelmente que todos recuem, fazendo o favor, que assim ela também pode ver. Afinal de contas, agora é a vez dela, não é?

"Inverno", começa o primo. "Um frio do cão. Geou tanto que aparece uma camada de gelo sobre a superfície do fosso que você está vendo em volta do jardim. Aqui."

"Positivo", diz Katelijne, que descobre no papel um quadrado dentro de outro quadrado.

"Aqui está você, que tem que ir daqui para ali, onde está a árvore com as maçãs que você tem que colher". Desenha uma árvore no meio ostentando três maçãs, algo grande demais.

Maçã? No inverno? Não quer, porém, jogar um balde de água fria no primo, que a tem em tão alto conceito. Pelo visto esse detalhe agora não conta.

"A questão é saber qual é o caminho mais curto até as maçãs. Das duas, uma: ou indo por esta trilha aqui, ou assim, sobre o gelo. Escolha", pergunta o primo, aumentando ainda mais o suspense ao primeiro desenhar com exatidão os caules nas maçãs, acrescentando-lhes até mesmo algumas folhas com nervuras.

"Eu estou mesmo onde?"

"Aquiiii!". Não menos de cinco indicadores apontando para o lugar certo.

"Pelo gelo", diz Katelijne. "É bem mais curto. Até um recém-nascido saca."

"Resposta incorreta!", grita o jurado em uníssono. "No inverno não cresce maçã! A-ha-ha-ha!", desata a rir Rogier, aliviado.

"Ou seja: são igualmente espertos", constata o primo, meneando a cabeça como se insistisse que a correta não é esta última, mas a sua primeira opinião.

"Na semana que vem vocês passarão por uma prova que vai durar alguns dias", diz Wisse, o professor. Em casa, a mãe diz que ele com certeza se refere ao exame da Cito[26], "para definir se você vai para o MAVO ou para o HAVO[27]".

HAVO. A Katelijne já ouviu a palavra antes, mas não consegue imaginar o que seja. O povo que ela conhece vai todo para o MAVO, em Middelburg, que fica mais perto, além de ser menos longo. São poucos, como Christiaan e alguns outros, os que preferem ir até as lonjuras de Krabbendijke, onde fica a escola para quem tem mais jeito com trabalhos manuais.

"HAVO? O que é isso?".

Para a mãe, porém, a conversa já está encerrada, ficando cheia de dúvidas a Katelijne, que bem sabe que não deve aparecer com essa espécie de perguntas quando a mãe está com a cabeça em outros assuntos. Sabe igualmente de uma técnica para torná-la mais acessível, a da sua cooperação pessoal: colocar na mesa os pratos e os descansos de copo, além dos talheres e do *ketchup*, sem que a mãe precise lhe pedir.

"Vai também salsa, cebola, cebolinha?", oferece à mãe. Esta, antes de começar a cozinhar, faz sempre uma ronda pelo pomar com uma bacia pequena, passando em revista a alface, as cenouras, as beterrabas, as vagens, as couves-flor, as endívias, as couves-de-bruxelas e os corações-de-boi. Manipula tudo com os dedões compridos, escolhendo os exemplares mais volumosos e maduros, que manda para dentro da bacia.

Pouco antes de terminar de cozinhar, sai outra vez e se dirige ao canteiro das especiarias, "para dar o *fainal tótchi*", diz. Mas, até que ela volte para dentro, as batatas costumam já ter queimado no fogo, assim como a vagem e a cenoura, de modo que os rapazes, ocupados do lado de fora em tirar os macacões para sentar-se à mesa, já ficam todos entusiasmados, achando que o cardápio é batata *sauté*. Provavelmente a mãe terá dado no caminho de volta com alguma esparguta, uma potentila ou ainda algum cardo-morto. O problema é que, se não se faz nada, essas ervas simplesmente continuam proliferando-se. Pode também ser por causa de uma cavalinha que ela teve de arrancar; uma verdadeira praga, de raízes enormes.

"Vocês cortem a parte esturricada, que dá câncer!", ordena.

Katelijne sabe que, para o bem de todos, é melhor que assuma ela a segunda ronda, no lugar da mãe.

"Então você pode trazer cebolinha. Ah, levístico e aipo também, para pôr na sopa!", diz a mãe.

"Você acha que vão me deixar ir para o MAVO?"

"E eu lá como vou saber isso, minha filha? É esperar para ver, não é?"

Um mês depois, todos os alunos da classe recebem uma carta a ser entregue aos pais.

"O professor disse alguma coisa sobre esta carta?", pergunta a mãe, ao concluir a leitura.

"Não, deveria ter dito?"

"É a proposta de trajeto escolar para você."

"E o que é que diz?" De repente, Katelijne sente pelo estômago que se revira que algo ali não está batendo.

"Está aqui, pode ler você mesma que eu tenho que voltar para as minhas batatas."

Proposta de trajeto escolar: VWO[28], lê a Katelijne, e os seus olhos ficam rasos de lágrimas. Essa é a escola que Christiaan também frequenta. Quer dizer então que lhe falta inteligência para cursar o MAVO?

"Gente competente com habilidades técnicas é o que está mais em falta", diz o pai, referindo-se a Christiaan, "mas uma garota?"

"Estão me mandando para a escola do Christiaan?", pergunta Katelijne, desgostosa, enquanto segue os passos da mãe em direção à cozinha.

"Então você não leu com os próprios olhos?"

"Li: VWO."

"Então, qual é a dúvida?"

"Eu vou ter que ir até lá?"

"Isso a gente ainda vai ter que discutir com o professor".

Este aparece certa noite na casa, de bicicleta e ostensivamente escanhoado, ao que a Katelijne é despachada para cima; como o assunto diz respeito a ela, porém, sente-se no pleno direito de encostar a orelha na fechadura. Deleita-se que falem dela. O professor tomou banho de *aftershave*, porque o perfume a alcança até ali no corredor.

"Para ser sincera, nós não tínhamos percebido a capacidade cognitiva dela", diz a mãe. "No ano passado, o boletim veio bem pior do que nos anos anteriores, se eu não estou enganada."

"É possível", diz o professor. A sua voz não soa como o faz na sala de aula, onde exclui todas as opiniões que não a dele próprio. Ela agora soa mais cautelosa, a voz de quem descobriu que as coisas não são tão evidentes como pareciam sê-lo. Diz não ter sido muito generoso ao distribuir os noves, e que um dez poderia dar uma ideia de perfeição.

"Eu tinha arredondado para baixo. Esses jovens de hoje em dia pensam que são o máximo, já reparou? Principalmente quando eles começam a comparar as notas entre si. Já saem logo contando vantagem."

Os pais assentem em sinal de entendimento. Fala em seguida do PAVO[29], para o qual ela também mostra aptidão, mas frisando que não se devem adiantar aos fatos. Katelijne entende, então, que não a consideram uma tonta, muito pelo contrário. Não consegue pegar no sono de tanta alegria e agitação, e sai ao corredor a cada quinze minutos para ir ao banheiro, na esperança de aí encontrar o professor vestindo o casaco para regressar à sua casa.

No dia seguinte, o pai se queixa de que o tal do Wisse é do tipo "que gruda e não larga". Às dez e meia o sujeito ainda não tinha ido embora; às dez e meia, onde já se viu?

"O que você esperava, não tendo ninguém em casa aguardando por ele". Gira no dedo a aliança, que acabou de voltar do joalheiro para ser ajustada porque o dedo havia engordado demais. "Ninguém para lhe fazer companhia".

Para Katelijne, das duas, uma: ou o professor não tem ninguém para fazer-lhe companhia, ou a companhia é sempre a mesma. Pensa na avó: tem ela mesma de apagar as luzes e a calefação antes de meter-se na cama larga, sobre a qual ainda se vê o travesseiro do avô, a fronha trocada a cada duas semanas.

"Quem sabe ele não tem um cobertor elétrico?", pergunta a mãe, grata pelo ataque de riso que lhe brinda o marido.

"E pensar que ele quer mandar certo alguém para o VWO!", diz, enquanto os dedos ásperos, que no tato mais se parecem a gravetos secos, surpreendem-na na nuca com uma carícia.

Na escola, o professor Wisse prepara a classe de Katelijne para enfrentar o mundo. O embate é iminente, apesar de que a essa se seguirá uma outra escola reformada, em que se levam em consideração Deus e Seus preceitos tanto como na presente, e onde menina não veste calças. Ainda assim, suspeita que eles serão expostos a muitas tentações. Trata-se da "congruência universal", como chama o fenômeno.

"Meninas e meninos, não se esqueçam de que vocês são diferentes: nasceram sob a égide do Pacto Divino. Um grande privilégio. É nisso que vocês têm de pensar quando estiverem em breve na cidade, porque ela é uma constante fonte de tentações. Satanás, o sicário original, tem-vos buscado a fim de vos joeirar como o trigo, lê-se na Bíblia. Ele usará de mil expedientes a fim de afastá-los da senda do Bem. Vocês têm ideia dos recursos de que ele dispõe?"

Sim, têm. Tinham podido comprovar nos irmãos mais velhos ou nos filhos do vizinho.

Satanás irá:

- Mandar os seus acólitos não cristãos no rastro deles a fim de ridicularizá-los pelo seu aspecto diferente e por não tomarem parte em muitas atividades.

- Incitar as meninas a vestirem calças durante o longo trajeto de bicicleta à escola ou (se os pais baixarem a guarda) trocarem de roupa às escondidas por detrás do barracão do Koppejan.

- Interessá-los pelas leituras equivocadas, como contos de fada (profanos) ou livros que asseverem que o homem vem do macaco.

- Interessá-los pelas músicas equivocadas (como as que tocam durante a competição do jogo de argolas a cavalo, típico da Zelândia, ou quando se sintoniza por engano um canal errado no rádio).

O professor se alegra que seja mencionado o item da música, porque é justamente onde ele queria chegar agora à tarde.

"Isso mesmo", diz. "Sem perguntar se querem, exporão vocês à música *pop*". Acha que devem fugir dela como o diabo, da cruz.

"De modo que pensem bem antes de saírem por aí enfiando as suas cabecinhas batizadas por argolas ou o diabo-a-quatro". Diz também que é melhor eles *não* adquirirem um aparelho de rádio, nem mesmo para escutar o noticiário e o boletim meteorológico, porque para isso é necessário um pessoa ter autodomínio, ser senhora do botão, algo que ninguém consegue por natureza. "Não vão pensando que vocês são imunes a essa espécie de música, porque em toda música há um componente insidioso".

Ele próprio tem a prova: uma fita cassete com música *pop* do lado A e gospel do lado B, e todos dos últimos anos escolares sabem o que vem em primeiro lugar: uma canção alemã. "Pela qual, se vocês a tocarem lá na Alemanha, vão direito para a prisão." A excitação cora todos aqueles rostos quando o professor retira do armário um toca--fitas que, haja visto o formato e a idade do aparelho, não promete nada de bom em relação ao som.

"Queiramos ou não, a música sempre mexe conosco", diz o professor. "Quando gostamos de alguma, queremos cantar e nos mover ao ritmo. Eu quero que vocês escutem agora esta canção. Foi composta por um certo senhor Wessel."

Soa como a salva de alvorada do dia da Rainha no centrinho, mas melhor afinada, porque os da banda da escola pública cristã-protestante cantam sempre duas vezes mais rápido do que a da escola deles ali na aldeia.

A garotada espera conseguir convencer o professor a rebobinar a cassete para ouvirem a música outra vez, mas não precisam nem dar-se ao trabalho, porque o próprio volta a fita, enquanto aproveita inclusive para tirar o casaco. Katelijne reconhece o tecido da camisa que aparece por debaixo do casaco, e que apresenta nas axilas grandes círculos de suor, como sendo poliéster antivincos.

"Vejam só o que acontece quando eu aumento o volume", diz o professor, ao que ouvem a canção mais uma vez, o aparelho com uma qualidade melhor do que a esperada, e, como todos batem o ritmo com os pés e as mãos, é como se o coro estivesse aí na classe ao seu lado; o mais provável é que pense justamente isso o professor do grupo 7, que não trabalha nem há um ano na escola e que, aparecendo pela porta da sala contígua, quer saber "o que diabos está acontecendo aí". O professor do grupo 7 é conhecido por manter um olho sempre vigilante no que acontece por detrás do cercado das bicicletas, que dá para o pátio do colégio, de modo que ninguém se surpreende com ele desejar igualmente saber o que se passa na sala de aula ao lado, o que não faz, porém, com que a sua entrada seja vista como oportuna.

Felizmente, tem de esperar até que a canção chegue ao fim, já que a sua presença nem mesmo é notada pelo professor e visto que os alunos tampouco dizem nada: naturalmente, já que isso significaria o fim da diversão.

"Eu estou alertando essa rapaziada para os perigos da música contagiante", diz o professor, quando a música termina. "Eu quero fazê-los sentir que o sistema nervoso reage a sons de mais de setenta decibéis. A música tem a capacidade de fortalecer reflexos de excitação que acabam por abafar a voz da consciência".

"Exato", diz o seu colega do grupo 7; mais do que isso não sabe dizer, de maneira que volta a fechar a porta atrás de si, gesto que o professor deles – percebem pela piscadela que ele lhes lança – considera uma vitória.

"Como vocês perceberam", diz o professor, "é impossível ouvir a este tipo de música sem querer bater o ritmo". Inclina-se então para a frente, na direção dos alunos, e diz: "Foi justamente dessa maneira que os nazistas conseguiram inculcar as suas ideias satânicas nas massas. Percebem o quão perigosa é a música?".

Ele se dirige a todos na classe, mas Katelijne, que leu inúmeros livros sobre a Segunda Guerra Mundial e que sempre pensou de si mesma que, se vivesse naquela época, seria membro de Resistência, interpreta as palavras do professor como uma reprimenda pessoal. Olha para o retrato emoldurado da rainha Beatrix, pendurado na dianteira da classe, morta de vergonha por ter sido quem mais alto bateu palmas.

"Satanás sempre se imiscui naquilo de que mais gostamos. É no nosso ponto mais fraco onde ele sabe nos encontrar sempre, infalivelmente. Vocês estão lembrados de quando contei sobre a quinta coluna na Segunda Guerra Mundial? Eram os civis alemães que se encontravam na retaguarda quando o exército alemão nos atacou. A quinta coluna nos atacou pelas costas. O nosso coração é como essa quinta coluna. Nós sempre achamos que conseguiremos vencer, mas acabamos nos esquecendo outra vez da quinta coluna".

Ouvem, na sequência, Beatles: *Yellow submarine*, que, na opinião do professor, fala de drogas. Parece inocente: eles nunca teriam suspeitado de nada atrás da fachada. Drogas? Não.

"Está em inglês mesmo, como eu vou entender?", comenta Robbie van de Woestijne. "Por mais profana que seja a letra, se a gente não entende, não tem problema."

"Você acha mesmo que Deus pensaria assim?"

Robbie se cala, envergonhado, porque sabe que o Senhor não faz nunca, jamais, vista grossa ao que quer que seja.

A vez é agora da música – "canção", precisa o professor – *Stairway to Heaven*, do Led Zeppelin. "É isto o que se ouve quando nós tocamos a canção da maneira convencional. Mas vejam só o que acontece quando ela é tocada de trás para frente". O professor avança e aperta *play*, mas ninguém entende nada. Diz que, tocando-se ao revés, ouvem-se versos satânicos. E que se descobriu nos Estados Unidos que o subconsciente sabe decifrar mensagens invertidas. Escutam mais uma vez e, efetivamente, quando o professor ergue a mão, podem distinguir as palavras *Séten* e *six six six*. O professor lê a tradução do texto: *Não há escapatória. É o meu querido Satanás que me indispõe no caminho a trilhar*. Quando faz menção de tocar outra vez, Eline Davidse reclama que a música a deixou com uma tremenda dor de cabeça.

"Pois então é melhor você dar um pulo até o banheiro", diz o professor, com a maior tranquilidade do mundo, mas todos percebem como ele empalidece, ao que começam, eles também, a remexer o traseiro sobre as cadeiras. Katelijne é designada para acompanhar Eline, mas não tem a menor intenção de acompanhar ninguém a lugar nenhum, ocupada como está na interessantíssima tarefa de desfazer com as unhas uma pelota grudada debaixo da carteira.

Fosse qualquer outro momento, agarraria a oportunidade de abandonar a sala de aula com ambas as mãos. Hoje, porém, permanece como que cravada na cadeira. Para o professor é muito fácil mandar alguém com Eline, mas e se Satanás pula para cima dela? Quando o Senhor exorcizou o gadareno, a legião de demônios se alojou numa manada de porcos que casualmente se encontrava por ali e que despencou em fila indiana pelo precipício.

"Katelijne?"

A essas alturas já não se atreve mais a resistir e segue os passos da colega, morosa e a contragosto, rumo ao banheiro feminino. Quando Eline entra, Katelijne fica esperando junto à porta de vaivém, que ela deixa entreaberta para acelerar o retorno.

Acompanha com desconfiança, por detrás da vidraça, os movimentos de Eline, que se posta diante da pia e se põe a lavar as mãos. Para alguém possuído pelo demônio, ela está com uma aparência preocupantemente sadia, ainda que isso, naturalmente, também possa ser um engenho. A serpente é, afinal, o mais insidioso dos animais do campo.

"Melhorou?", pergunta o professor.

Eline assente com a cabeça. Quer dizer que, no final das contas, não tinha passado de uma tempestade em copo-d'água.

O professor retoma a palavra, com a mesma convicção ardorosa de antes. Ainda assim, não parece haver dissipado a neblina invisível, que paira na sala de aula como se dela pudesse saltar a qualquer momento uma besta com cornos de bode e um riso provocador e zombeteiro.

"Muitos jovens não conseguem ficar sem música *pop*", diz o professor. "Querem música para fazer a lição de casa, andar de bicicleta ou fazer a entrega dos jornais; uma música que os absorve tanto que não eles não têm tempo nem necessidade de rezar ou ler a Bíblia".

A maior parte deles olha para as mãos, para os tênis sem marca ou por sobre os ombros do professor na direção da lousa, em que se lê a pergunta da semana das aulas de catecismo, porque, com ou sem música, não têm vontade de passar o tempo de lazer rezando ou lendo a Bíblia. Estão também cientes de que os que sabem o caminho, mas não o trilham, serão punidos com mais severidade que os completamente ignorantes.

"As canções também falam frequentemente de sexo", diz o professor, apesar de não ter nenhum exemplo concreto à mão ao que o lado A da fita chega ao fim. Enquanto o professor a vira do lado B, Louw de Visser pergunta à Katelijne se ela sabe o que significa a palavra "sexo".

"Não sei", diz Katelijne, ao que Louw ri sonora e desdenhosamente, acompanhado pelo vizinho de carteira, que o obedece como um cordeirinho.

“Então está na hora de você perguntar à sua mãe. Faça isso hoje mesmo”.

O burburinho na sala de aula aumenta, porque todos sabem que o pior já ficou para trás. Depois de todos os versos satânicos do lado A, no lado B não há nada que temer, mas o professor não está *ab-so-lu-ta-men-te* de acordo com eles. A música religiosa é perigosa, talvez ainda mais perigosa, porque se tende a escutá-la com um ouvido acrítico. Canta-se ou dá-se a entender que se deve escolher a senda do Senhor (como se isso fosse possível!), e que cada um é em si uma pérola na mão de Deus. E quem se considera uma pérola tem um conceito de si próprio mais alto do que deveria, porque, na verdade, todos não passamos do pó miúdo sobre a balança.

“Vocês agora me digam: uma música tão grosseira pode ser um hino ao Senhor?”, pergunta o professor. “Não se trataria aqui antes de um hino ao próprio cantor?”.

Pela mesma razão, acha que essa desconfiança deve estender-se também a Kajam[30], sim senhor. O resultado são mais protestos, porque a música em questão não é nem mesmo cantada: Klaas Jan Mulder ao órgão de igreja, acompanhado por uma bateria, uma flauta transversal e um sintetizador.

O professor diz que talvez não se trate de uma música “errada por definição ”, mas se pergunta se nela a ênfase é dada a Deus ou se o que conta é o ritmo contagiante. Mas caem em cima dele os protestos dos que têm essa espécie de música em casa na torre de CDs.

O professor consulta o relógio. “Para que vocês vejam”, diz, incomodado pelo anticlímax surgido, “o mundo tem perigos saindo pela culatra. E sozinhos não conseguimos fazer face a eles. Menos mal que nós não estamos sozinhos. Vamos lá, rapaziada, levantando, vamos cantar a mesma canção que Lutero cantou, já que ele também se viu às voltas com potestades estrangeiras. Em função do tempo, cantemos só a quarta estrofe”.

O professor senta-se ao órgão, encolhe os ombros e pisa como se o pedal fosse um acelerador:

A palavra de Deus subsiste Eternidade afora.
Não arreda pé, nem um centímetro.
Treme, Satanás! Ele, que nos guia,
Te fará arriar teu estandarte.
Cava a sepultura às nossas mulheres e crianças!
Retira de nós o sangue e o que nos pertence!
Ao final não tirarás nenhum proveito.
Enquanto nós subiremos aos céus
E herdaremos mais de um reino!

Assim como os demais, Katelijne canta a plenos pulmões, tanto que fica malsoante. Decide para si mesma estar sempre alerta a uma possível quinta coluna.

Quando Katelijne abandona o pátio de bicicleta, ainda ouve Louw gritando. "Não se esqueça de perguntar ainda hoje à sua mãe! Mesmo, ouviu bem?".

À mesa, Katelijne conta sobre uma música cujo título significa "submarino amarelo", mas em inglês.

"A dos Beatles?", quer saber o pai. Já sai cantando, e a mãe com ele: "*We all live in a yellow submarine, yellow submarine, yellow submarine...*".

As crianças olham com cara assustada e riem dissimuladamente, porque nunca ouviram os pais cantarem à mesa, e menos ainda em inglês.

"Essa música é totalmente inapropriada, vocês não sabiam?", exclama Katelijne, melindrada por não a deixarem terminar de falar. "Fala de sexo e drogas".

"Sexo e drogas? Quem foi que disse essa?", pergunta o pai, admirado.

"O professor Wisse".

"Dessa você nos poupe! Sexo e drogas. De onde o sujeito foi tirar isso? Todo mundo cantava a música na época. Ele, incluído".

"*Yellow submarine* é o nome de uma droga, e a música descreve o que acontece quando ela é ingerida".

Rogier e Jeroen dizem ter ouvido a mesma coisa na escola.

"Olhe que ele de repente tem razão", diz a mãe, de mansinho. "Na nossa época, ninguém era alertado para música *pop*. Não mesmo. Nós cantávamos e pronto!".

Se a afirmação vem de Rogier ou de Jeroen, a mãe se inclina mais facilmente a acreditar.

"Tudo bem", diz o pai, "mas importunar as crianças com uma tal besteira; venhamos e convenhamos! Sexo e drogas. Onde já se viu...".

Soergue a coxa esquerda do assento, ao que estala pelos ares o traque tão temido pelas crianças: a sua resposta pessoal a tudo aquilo que considera ridículo sem saber dizer o porquê.

"Meninos, vão acabando logo de comer para lermos a Bíblia".

Terminado o jantar, Katelijne vai buscar no dicionário o significado da palavra "sexo", mas a descrição não lhe acende nenhuma luz na cabeça.

Segundo de Pentecostes

Segundo dia de Pentecostes; Katelijne, na cama por fazer. Segue com o dedo o traçado dos motivos florais sobre a fronha do travesseiro. Ir ou não ir, ir ou não ir, ir ou não ir. Voltaram há um par de horas da missa e pretendem sair outra vez. Nada que mereça o título de "passeio": não se afastarão muito dali, só querem mesmo é dar uma volta de automóvel, como se costuma fazer em dia de festa. Sabe que terão de empoleirar-se no carro modelo família: os quatro mais velhos no banco de trás e os três mais novos de costas para eles, no porta-malas, de frente para a tampa. Para a briga começar será questão de minutos, já que sempre se consideram espaçosos e mandam encolher as asas uns aos outros, apesar de que de espaço não se possa exatamente falar. Katelijne está com vontade é de ficar em casa, ainda que nunca se saiba o que se pode acabar perdendo. Vai que param para tomar sorvete no caminho de volta!

O carro avança devagar, com as janelas abertas porque faz calor e para não terem de sentir o fedor do Lourens, que, antes de saírem de casa, tentou lavar as mãos na torneira aberta da bomba de diesel. As galochas do irmão, Katelijne teve de bater várias vezes até esvaziá-las. Agora Rogier as segura pela janela do lado de fora para que se sequem.

Avaliam as glebas que veem pela quantidade de erva-daninha que se arvora sobre os terrenos de cultivo e praguejam contra os seus proprietários. "Que desleixado que é o Dommisse, vocês não acham? E olhem só para esse lote, que mais parece um remendo ou um trapo sujo! Não pertence ao Jaap Geschiere, pai? Ele tinha que dar uma capinada nisso".

"Jaap Geschiere e capinar são duas palavras inconciliáveis", ironiza o pai. "Esse aí não sabe nem segurar uma enxada". Riem todos em voz alta, exceto Katelijne, que repete a piada aos menorzinhos, que não a tinham ouvido lá atrás.

Ladeando agora os milheirais deles próprios, estacionam numa rua estreita e descem do carro. O pai põe-se a vagar pela plantação com os meninos na cola, a fim de examinar os brotinhos ainda verdes de espiga de milho. Katelijne os acompanha com os olhos e vê como se atiram sobre a terra a fim de inspecionar uma folha carcomida ou arrancar uns dentes-de-leão aqui e acolá. O pequeno Lourens corre atrás do pai e tromba em cheio contra as suas coxas quando este para de repente e se debruça para examinar algo. Assinala-lhe esse algo e pede ao filho que o arranque do solo, uma decisão não muito sábia, porque seria bem mais rápido se ele mesmo o fizesse.

Katelijne se encontra encostada contra o carro ao lado da mãe, as mãos atrás das costas, os dedos em volta da maçaneta da porta. Sente-se crescida demais para continuar passeando com os pais.

O céu é de um azul resplandecente, e ela sente o sol queimando-lhe a nuca como um radiador de ambiente. Por sobre as dunas pairam duas asas-deltas de cor amarelo-pudim. Pensa na turminha da escola, que havia combinado um passeio à praia. Estão com sorte, porque o tempo está ótimo. Havia perguntado à mãe se podia ir com eles.

"Você acha mesmo que eu vou deixar você transitar entre um monte de banhista pelado?", tinha sido a resposta. Katelijne não tinha esperado que fosse de outra forma, sabendo como a mãe olha torto para os membros da paróquia que têm esse mau hábito. "Toda aquela carne exposta! O verdadeiro rebento do Senhor não gosta de aparecer". Katelijne é da opinião de que um biquíni decente resolveria a questão, mas se ela o disser em voz alta vão achar que Satanás foi quem pôs as palavras na sua boca, e é aí que a coisa desanda. "Durante o feriado de Pentecostes quase não tem gente na praia", dissera por sua vez, mas a mãe já tinha posto ponto final na conversa. Evidente que está arrependida de ter dito que iriam à praia. Não, ela tinha era que ter comentado algo, vagamente, sobre fazer um circuito de bicicleta interativo[31]. É uma pena que coisas deste tipo lhe ocorram sempre tarde demais.

Talos de grama duros penetram nas suas sandálias. Diz à mãe que bem poderia estar lendo em vez de estar ali. Que teria tirado mais proveito de uma boa leitura, mas a verdade é que já acabaram os livros que tinha para ler e de quantos dispõe a biblioteca, assim como os de casa, e isso já há muito tempo. A mãe finge não ouvi-la, como que hipnotizada pelo barulho irritante de uma motocicleta ao longe, que acelera e desacelera continuamente.

Katelijne se pergunta se a mãe se diverte desse jeito, e lhe ocorre que ela conhecera o pai num segundo de Pentecostes. Na garupa da motocicleta do seu amigo, primo dela, ele tinha sido levado até a entrada da propriedade onde a futura esposa vivia. Curioso como o Senhor às vezes entrega uma pessoa à outra de bandeja, diz o pai sempre que o assunto vem à tona.

A mãe, numa espreguiçadeira sobre o gramado da casa paterna, vestia naquele dia uma saia azul curta.

"Ela estava com uma expressão radiante". O detalhe da saia curta o pai havia contado num passado distante, mas Katelijne ainda está lembrada. Em versões mais recentes, tal detalhe foi omitido e, desde então, a mãe afirma nunca ter usado nenhuma saia que não chegasse até os joelhos. Os avós maternos, porém, ainda se lembravam da saia em questão quando Katelijne lhes perguntou a respeito há muito tempo.

É difícil imaginar isto: a mãe de saia curta. Foi ganhando mais e mais quilos a cada uma de suas gestações, como se cada bebê deixasse nela atrás de si o revestimento de plásticos com bolhas de ar que os envolvia. As blusas brancas folgadonas que ela veste atualmente têm de ser encomendadas numa loja de roupas de tamanhos especiais. A primeira coisa que ela faz ao voltar das compras é tirar a etiqueta com o tamanho.

Dois ciclistas passam ao seu lado, um homem e uma mulher, com bicicletas idênticas. Vestem ambos um casaco azul-escuro e calças claras, e olham com curiosidade para a família. Katelijne se deleita com a expressão de espanto nos seus olhos quando veem tanto homem vadeando pelo milheiral. As pessoas costumam mesmo olhar para eles com admiração, seja só pelo motivo de serem tão numerosos.

O pai já girou sobre os calcanhares e volta calcorreando. O seu andar tem certa ginga, sem ser uniforme, como se sofresse de algum distúrbio motor de equilíbrio. Lourens vem correndo na frente. Os outros logo percebem que o pai está voltando, e voltam eles também.

Com cara de quem cumpriu importante missão, vêm dar a conhecer o resultado das suas descobertas. Uma ou outra faixa mais úmida no meio, onde as plantas são minúsculas, com um tiquinho de erva-daninha perto da margem do fosso; o balanço geral, porém, é positivo.

"Vocês chegaram a ver algum trecho descoberto mais para o meio?", pergunta o pai. Christiaan confirma que sim, há uma área em que quase não se veem plantas, e tenta indicar com as mãos o seu tamanho aproximado. O mais provável é que tal lugar mal valha a menção, mas ele se delicia com a atenção recebida por todos.

Os menorzinhos se enfiam a quatro patas no porta-malas, e Rogier fecha a tampa. Entretanto, ainda não podem arrancar dali, porque Jeroen continua longe, esvaziando a bexiga contra um tronco de árvore.

"Corta o mijo, corta, corta!", gritam todos, Katelijne mais alto que todos, o que lhe vale uma bronca da mãe. "Pode ir calando esse seu bico", diz. Katelijne revida que não é por nada que ela tenha sido brindada com a voz que tem e diz que, segundo o professor, deve fazer bom proveito do seu talento. "Viu como funciona?", pergunta. "Aí vem ele". Hesita, mas acaba emendando com malícia: "Menos mal que eu obedeço antes a Deus do que aos homens." Antes mesmo de terminar a frase sabe que foi longe demais.

Silêncio sepulcral. Todos os olhos se voltam para a mãe, cujo ricto deixa claro que vem encrenca por aí. Com efeito, já tem o braço erguido. Diz algo — exatamente o quê não se consegue entender, porque Lourens, já sentado no porta-malas e sem vê-los, grita que vem vindo um carro. Olham para o Ford azul-claro, que passa com uma velocidade irritantemente lenta. Ao reconhecerem-no, um calafrio lhes percorre a espinha.

"Levien Flikkermachien", resmunga o pai. "Alguma ele está tramando, o sem-vergonha". Quando o Levien reconhece a família, pisa no acelerador. Acompanham-no com o olhar até que o perdem de vista por detrás de um matagal. No porta-malas do carro estão sentados os gêmeos, de cabeça baixa. Ambos com as bochechas fortemente coradas.

A mãe já não diz mais nada, mas as bochechas de Katelijne continuam ardendo da bofetada que levou enquanto todos se distraíam com o carro de Levien. Tem a sensação de que a mãe usou de força para esconjurar o seu atrevimento. Pela maneira como entra no carro, Katelijne não tem dúvidas de que a mãe queria era ter lhe dado mais um bom tabefe, e com muito gosto.

Jeroen no meio tempo já voltou, e todos entram no veículo. Dirigem-se ao dique de Westkapelle. Chegando ao seu sopé, o pai pisa fundo no acelerador para conseguir fazer o carro superlotado chegar ao topo do dique. "Não tão perto das pessoas", diz a mãe. O pai freia de repente, ao que são atirados todos para frente.

"Não daria para ter passado sem essa?", pergunta a mãe, escorando-se com ambas as mãos sob o painel.

Os menorzinhos escalam o canhão sobre o dique.

Katelijne cuida para estar sempre a uma distância segura da mãe. Ela também achava o canhão "o máximo" quando era menor. Agora não o acha mais grande coisa, e os mais velhos tampouco, que reclamam querendo voltar para casa. Esta é a última vez que saem *tutti quanti* para dar uma volta, pensa Katelijne. Da próxima vez ela fica é linda e maravilhosa em casa; provavelmente assim como os irmãos mais velhos.

Anda com os meninos até a linha de altura da maré para ver se o refluxo deixou para trás algo de interessante. Nada em particular, como se era de esperar, com um declive asfaltado tão empinado. Na praia se encontra muito mais. Praticamente não reparam na superfície da água, lisa como um espelho. O mar só lhes desperta algum interesse durante uma tempestade.

Katelijne se sente estranha e pergunta-se se essa é a sensação que se tem quando se é amaldiçoado. É possível que tenha pecado contra o Espírito Santo. O que foi mesmo que o professor disse recentemente? Evocar o nome do Senhor em vão com a intenção de pecar, isso sim é imperdoável. Possível também que já seja tarde demais para ser convertida.

Olha na direção de Rogier e de Jeroen, que encontram uma lasca de madeira, e dos menorzinhos brincando junto ao canhão. Os gêmeos o escalaram até a boca. O pai se mantém ao lado, com as mãos enfiadas nos bolsos; a mãe, junto a ele, de pernas escarranchadas, como uma professora de maternal que pudesse a qualquer momento sair batendo palmas para reunir a classe em volta de si. Cumprimentam uma senhora que passa por eles. Katelijne, curiosa, dá alguns passos na sua direção.

"Isso aqui mais parece um corredor de vento", ouve a mulher dizer. Mantém a gola do casaco levantada com ambas as mãos, como se estivessem em janeiro. Katelijne agora a reconhece: é uma das fiéis da igreja. Visita a avó com certa frequência e sempre acaba ficando também para jantar. *Ela* ainda tinha esse direito.

Tendo a sua situação pessoal chegado a tal ponto, Katelijne não quer mais voltar para casa, onde será a única amaldiçoada, condenada a viver entre os demais; onde também daqui a pouco estará tendo de ajudar a mãe a pôr a mesa.

Maré baixa. Da fileira dupla de estacas de madeira que funcionam como quebra-ondas sobressai, acima da superfície da água, a parte superior. A parte inferior estará coberta de afiadas conchas de... como se chamam mesmo? Cracas, mexilhões, ostras? Rogier certa vez abriu a sola do pé ao pisar sobre o bicho. Era tanto sangue que parecia que alguém tinha esvaziado um tubo de *ketchup* inteiro no seu pé.

Com o sol batendo-lhe nas costas obliquamente, vai andando até afastar-se mais e mais do canhão, em direção reta rumo a um homem de meia-idade, que está de cócoras e com as mãos dobradas sob o queixo, o olhar voltado para o mar. As pernas das calças só lhe chegam até pouco abaixo dos joelhos. Usa um abrigo esportivo com gorro. Um citadino, conclui Katelijne. Sem uma única mancha escura debaixo das unhas das mãos. Ela no meio tempo já está tão perto dele que não tem como não cumprimentá-lo.

"Olá!", diz. É a segunda vez no mesmo dia que se assusta com a própria audácia.

"Olá!", responde o homem, algo estranhado. Lembra um pouco de aparência o pastor da igreja, só que mais magro. Aliás, bastante mais magro. Cada membro da congregação visitado pelo pastor oferece a ele alguma guloseima, que não recusa por educação. Mas o tal homem não é pastor, bem se vê. Os pés enfiados em alpargatas náuticas bem abertas e sobre as batatas das pernas alguns arranhões leves.

"Você está sozinho?", pergunta, num holandês impecável. Katelijne avança uma perna, coloca-a diante da outra e lhe lança um olhar penetrante. Gosta de falar como nos livros.

"Estou, e você?", pergunta o homem. "Aqueles vindo ali não são os seus pais?".

Katelijne faz que sim. Com certeza o sujeito os esteve observando desde que "a banda" desceu do carro. Para não mencionar o fato de que ela e a mãe estão de saia e têm os cabelos longos.

"São. Moramos não longe daqui. E você?". Ai, que tonta! Deveria ter usado 'o senhor'. Sempre teve dificuldade em dizer a palavra, que não existe em zelandês. No dialeto[32], não há diferença entre "você" e "senhor", mesmo ao falar-se com o prefeito.

"Eu moro em Haia", diz o homem, com um sorriso na cara.

Ou seja, Holanda[33]. E ela pensando que de além de Middelburg ele não seria.

"O senhor é casado?".

"Eu fui casado".

Ela enche as bochechas de ar. É agora ou nunca, pensa.

"Visto que o senhor não tem mesmo ninguém esperando-o em casa para fazer-lhe companhia, o que acha da ideia de eu talvez...".

Não se atreve a prosseguir.

"Da ideia de você talvez o quê?".

"Da ideia de eu ir morar com o senhor". Olha para a unha do dedão, que sobressai da sandália. Na borda, apresenta uma mancha amarelada, por conta de uma unha encravada no passado. O médico tinha cortado uma lasca da parte lateral.

Já tem em mente o que dirá no futuro: que maravilha que a Providência nos trouxe um ao outro.

O homem desata a gargalhar e pergunta se é o que ela realmente quer.

"Claro!", diz com convicção. O coração salta-lhe dentro do peito, e ela não ousa mais olhar-lhe nos olhos. "Eu sei: descascar batata, debulhar fava, enxugar e passar e fazer a cama e...". Enumera as tarefas que sempre faz para a mãe.

"Vixe!"exclama o homem. "Tanta coisa assim você sabe fazer?". A expressão do seu rosto muda. Parece de repente muito à vontade.

"E não só", diz ela, encorajada pela surpresa expressa. "Dou aquele brilho de flanela na prateleira com os tamancos, limpo os sapatos, bato os tapetes, penduro a roupa no varal, colho groselha e muito mais". O que mais ela deixou de lado?

"E cozinho", mente. É possível que o homem só a adote se ela souber cozinhar. Percebe a sua expressão de descrença. "Ovos", emenda rapidamente. "Primeiro se fura a casca com uma agulha e depois se coloca o ovo na água com uma colher. Não se pode deixar cozinhar por mais de seis minutos, que eles ficam duríssimos: esse é o tempo ideal para o ovo endurecer até o ponto certo".

"E na cama, o que você sabe fazer na cama?", diz o homem, olhando para a saia da Katelijne.

"Como assim?", pergunta ela, olhando para os joelhos.

"Você consegue abrir bem as pernas? Ou será que ainda é nova demais para isso?". Na sua cara, vê-se um sorrisinho sujo, que faz com que ela de repente não esteja mais tão afoita para ir morar com ele. Esse sorrisinho ela já conhece: é o mesmo com que os comerciantes de gado às vezes olham para ela. Fica por um momento parada onde está, até que o homem desvia o olhar e começa a esfregar o chão com o bico do sapato.

Envergonhada, dá-lhe as costas e volta para onde está o canhão – primeiro, a passos firmes, depois, cada vez mais devagar.

"Não existe mais nada para que eu ainda seja nova", diz baixinho a si mesma. As coxas raspando uma na outra. Quando alcança o carro, a família já está embarcando para ir embora. Pouco depois, lá vão eles dique abaixo numa nuvem de fumaça saindo do escapamento.

"O que é que aquele homem queria com você? Você o conhece?", pergunta o pai.

"Não".

"Quer dizer que você sai assim falando com perfeitos desconhecidos?".

"É uma atrevida mesmo", diz a mãe.

À noite, na cama, Katelijne presta atenção nos ruídos de fora que entram pela rede de mosquitos na janela. A avó vem saber se eles estão lembrados de que têm de eliminar os parasitas dos seus tomates.

"Para o Sam van Ko não posso mais pedir", diz, rezingando. Ele não presta atenção no que está fazendo, e o Wannes nunca pode às terças – aliás, o Wannes de momento ela até dispensa. Aí é ela quem vai perder uma manhã inteira com a tarefa. O pai promete dar uma olhada durante a semana. Pergunta a Jeroen se ele já deixou a cafeteira no jeito para amanhã cedo e o manda ir para a cama. Jeroen toma uma ducha com o maior espalhafato; Christiaan vai esmurrar na porta, gritando que ele também ainda quer água quente; Rogier quer saber do pai quando vão cortar a outra metade do gramado; o Lourens dá uma tossidela durante o sono; e um dos gêmeos golpeia a cabeça contra a beirada da cama a intervalos ritmados; a mãe faz manteiga no processador de alimentos. Liga e desliga o botão para ver se está tudo em ordem. Tão fresca que parece viva, dirá o pai pela manhã, ainda que depois de passar uma noite parada, já se nota um pouco de ranço. Uma vaca solta um mugido múltiplo e demorado. Provavelmente perdeu o bezerro de vista.

Katelijne aguça os ouvidos como se disso dependesse a sua vida, temendo certos pensamentos, que não falham em vir. Se pelo menos houvesse alguém para ajudá-la! A gata borralheira pôde contar com a ajuda dos pombos, Moisés foi salvo das águas por uma princesa.

Estica o braço para a prateleira e retira dela um livro para moças, mas não se atreve a acender a luz porque o pai veria de fora.

"Arjaon, você ainda vai demorar muito aí no pátio?".

"Não, não. Mas hoje eu comi mais que a conta. Só vou dar uma passada para ver como estão as vacas, mas depois eu vou é esticar as pernas.

Eles ainda se podem dar a esse luxo.

Katelijne, no banco dos réus perante o Senhor. Um por um são projetados os *slides* da sua vida, diante do olhar curioso de toda a aldeia. Ela se encontra junto ao congelador da avó, que, no momento, está descansando. Tenta abri-lo sem fazer barulho para pegar um sorvete. No *slide* seguinte, lá está ela no mesmo lugar. Apanha um pão doce congelado. Nesse momento aparece outro, de certa vez que brincaram de Stratego "animado" no bosque e ela era o estandarte. Tinha se escondido bem, e ouvia os outros chamando o seu nome, com preocupação crescente na voz. No próximo *slide,* vê a si mesma cozinhando os ovos pelos quais Jeroen disputou em duas corridas de bicicleta de doze quilômetros cada uma. Ele queria fazer experimentos com ovos de australorp e a sua galinha choca. O Jeroen, aperreado, acusa-a de ter feito de propósito, ao que ela lhe dá um tabefe na orelha. Se fecha os olhos, ainda consegue lembrar-se da expressão de susto e incredulidade do irmão. Katelijne quer se mandar correndo dali, mas é contida por dois anjos, que a obrigam a olhar.

Aparece então o *slide* do dia de hoje. Nele se vê Katelijne junto à porta aberta do carro, olhando para a mãe com insolência. "Nooossa!", diz a plateia, levando a palma da mão à boca aberta. O Senhor pousa o olhar nela. "Tirem-na da Minha frente!", diz Ele. "Levem-na até a escuridão mais profunda, lá onde só há pranto e ranger de dentes!"

A mãe surge no topo da escada. Katelijne enfia afobadamente o livro debaixo do travesseiro e dá algumas tossidelas para dar a saber que ainda não está dormindo. Quer que a mãe entre no quarto. O trinco da porta gira.

"Katelijne, está na hora de dormir". Felizmente, a sua voz já não soa tão brava, mas dá para ver que ela ainda não se esqueceu. Se fosse esse o caso, teria dito "Meu bem" em vez de chamá-la pelo nome.

"Eu não estou conseguindo dormir". Cai-lhe uma lágrima sobre a mão, mas a mãe não se dá conta.

A porta no meio tempo já tinha sido fechada outra vez. Por que a mãe já tinha que ir embora assim, sem nem mesmo se aproximar? Katelijne desliza para fora dos lençóis e se ajoelha pela enésima vez, o queixo contra o peito.

"Ó, Senhor! Eu não tinha intenção de crucificar-vos pela segunda vez", reza. "Perdão, ó Senhor, por todos os meus pecados". Cantar é rezar duas vezes. Quem foi mesmo que disse isso? "Perdão, ó Senhor, por todos os meus pecados", canta mentalmente. Trata-se da primeira linha do salmo seis, versículo dois. Segue o resto: "Eu, que descumpri com Vossa sublime lei. Eu, que me estou desfalecendo, ó Senhor. Curai-me, salvai minha alma. Vós vedes como tremem meus ossos" – nessa altura sacode os ombros repetida e convulsivamente. "Assim Vossa mão me deita abaixo."

Não. A última afirmação não é correta, apesar de estar lá, no Livro dos Salmos. O que acontece é que não se aplica à presente situação: não quer que Ele pense que ela Lhe atribui a culpa de nada. Lê o trechinho mais uma vez, omitindo, porém, a última linha. "Vós vedes como tremem meus ossos. Amém".

Deita-se outra vez. Os melros do lado de fora vão-se calando um após o outro. Extinguindo-se o último trinado, faz-se um estranho silêncio, como se o ar ainda não tivesse se esquecido do gorjeio e das asas adejando.

Katelijne vai ficando com sono.

"Você chegou a ver se fez um pôr do sol bonito, Rina?", pergunta o pai lá do pátio.

"Acho que fez, sim", responde a mãe. "O homem do tempo previu mesmo bom tempo para amanhã".

A namorada do Rogier

Faz dois meses que Rogier está de namorada nova, e ela o venera. Passa horas sentada no assento estreito e desconfortável do trator enquanto ele espalha o estrume pelo campo, e segura a sua mão por debaixo da mesa durante a leitura da Bíblia. Custa aos irmãos aceitar a ideia de que alguém no mundo o ache o máximo.

O nome dela é Jannemieke. É a oitava de dezessete irmãos. Desde os seus dois anos, sempre dormiu num quarto com três beliches. Tem de compartilhar as roupas com as quatro irmãs mais velhas, mas isso não lhe importa. "Assim a gente tem mais roupa", diz. No entanto, tanto as blusas azul-claras e brancas como os coletes e as saias retas e longas que ela veste são de um número maior que o seu. A única peça que lhe cai bem é o lenço azul-escuro em volta do pescoço.

Rogier a conheceu num churrasco, nos tempos em que ele estava fazendo estágio para a nova escola na fazenda do tio dela. O arranjo tinha sido feito por meio da tia Mattie. O pai e a mãe não queriam deixá-lo à responsabilidade da escola e correr o risco de que o filho passasse seis semanas assistindo televisão durante o dia, e indo à discoteca pela noite.

"E ela é legal?", perguntam na escola.

"É sim", diz Katelijne, "ela bebe suco de laranja com uma peneirinha". Lembra-se do que Christiaan disse ainda outro dia: "Eu é que não quero ninguém ao meu lado de quem eu tenha que desviar o olhar!".

Pode até ser que Christiaan seja, dos sete, o menos esperto, mas que é também o mais bonito, isso é. Sempre chama a atenção das garotas, e isso o deixou convencido.

"Podia ter sido pior", ouve o pai dizer à mãe a respeito da Jannemieke ainda ontem. Mais tarde Katelijne se perguntou o que ele quis dizer com isso. O fato de terem sempre de explicar à menina as piadas que fazem à mesa – ao que ela sistematicamente exclama: "Vocês estão é ficando birutas" – é balela, quando se pensa que ela poderia ter também nascido mongoloidezinha. Ou que a sua voz tivesse um tom tão agudo que doesse nos ouvidos. Ou ainda que ela tivesse alguma espécie de tique assustador, como dar com o garfo contra os dentes.

Como se fosse pouco, ainda fez Rogier perder o hábito de enfiar o dedo no nariz.

Agora que Katelijne reflete mais detidamente sobre o assunto, conclui que o pai se referia ao fato de ela não ser da mesma igreja que eles. Ser de outras igrejas, ainda que reformadas também, é, na opinião do pai, com exceção de morrer sem se converter, a pior coisa que pode acontecer a uma pessoa. São muito poucos os dissidentes que o Senhor converte. Enchem a boca para falar do Senhor e da beatitude, mas nunca chegam a conhecer seus próprios e mais negros pecados. Possuem um Jesus que tomaram emprestado e televisão.

Jannemieke está entre os dissidentes[34]. Os dissidentes são mais rigorosos que eles e mais recatados tanto no que diz respeito à doutrina como ao seu modo de vida. Não possuem seguro saúde nem nunca tomaram nenhuma vacina. Não, não há o que se dizer contra eles.

Ainda assim, Katelijne está com a pulga atrás da orelha.

É bem verdade que os seus cabelos são longos, mas os de Jannemieke nem nunca foram cortados. Pendem-lhe sobre as costas como cordéis de palha desbotados e com as extremidades mortas. Por vezes está recolhido numa trança, cuja ponta é tão fina como um lápis.

Havia contado que um bando de garotos acendeu, no ônibus, um isqueiro logo abaixo da sua trança. No início, ela nem tinha percebido nada, mas logo tanto ela como a amiga começaram a sentir um forte cheiro de queimado. Ela própria entrou em pânico, mas a amiga logo tirou da bolsa uma garrafinha de suco de maçã. Desenroscou a tampa e mergulhou a extremidade da trança nela. Jannemieke ainda contou que a amiga depois bebeu o suco na escola, mas Katelijne acha que é mentira.

"Pois mire-se no exemplo dela", comenta a avó em relação à Jannemieke. Acha que nela se nota muito mais nitidamente que é "diferente". Katelijne sabe que a avó se refere às saias compridas, mais fora de moda do que as suas, e ao fato de, até no verão, vestir um collant que vai até as canelas. "Nós aqui sobre a terra temos de agir como um forasteiro", diz a avó. "O mundo alheio deve poder notá-lo em suas ações, expressões, conversações e, sobretudo, 'vestições'".

Existe também a diferença doutrinária. Rogier está lendo todo um livro a respeito: *Da Antiga Verdade: discrepâncias em doutrina comentadas,* escrito pelo doutor C. Steenblok. Tomou-o emprestado do pai da sua futura noiva. Katelijne bem sabe que ele preferia estar lendo *Snuf, o pastor alemão*[35], e se ri dele com os irmãos quando o encontram no sofá debruçado sobre o livro.

"Desse jeito você vai acabar virando conselheiro paroquial", dizem a ele. "Vai ter de ficar de pé durante a prece mais longa". Só os homens mais religiosos se levantam na igreja nessa altura da missa.

"Pois saibam que lá em casa ele se põe de pé durante a prece", diz a namorada.

"Jura mesmo?", perguntam, espantados. O rubor espalha-se pelo rosto do Rogier, que lhes dá uma cotovelada.

"Ops, será que eu disse algo que não deveria ter dito?". Os outros riem ainda mais forte. Jannemieke é realmente uma tonta. Simplesmente sai contando tudo por aí.

Revelou até que, antes do segundo encontro deles, Rogier tinha passado pasta de amendoim da Jif na cara para disfarçar o cheiro de vaca. Com cara de beterraba forrageira, tinha estado sentado no banco da sala de estar dos pais, e o pai foi levado a acreditar nunca haver visto antes um jovem tão apaixonado.

"Meus jovens, não sucumbam à tentação", alerta o pai, que tinha ouvido o tom desrespeitoso das gargalhadas.

Explica a diferença. "Na nossa igreja, o pastor apregoa para todos os paroquianos. Ensina que o Senhor mostra clemência para com os pecadores. O que não significa que todos sejam dela objeto, já que muitos foram os chamados, e poucos, os escolhidos, além de que o Senhor tem plena consciência de quem dentre eles aceitará o convite, que feito está, para todos. Já dentre os dissidentes, somente os escolhidos são abordados. Se uma pessoa não pertence ao grupo, não é válida para ela nem mesmo a proposta de clemência".

Katelijne acha estranho. De que adianta então ir à igreja? Se não se é um escolhido, não há mais nada que se possa fazer. Se o contrário se der, pode-se ser convertido pelo Senhor mesmo não frequentando a missa. Até mesmo se um indivíduo é dado a ir a *houseparties.* O todo-poderoso tem competência suficiente para fazê-lo.

Katelijne expõe a questão à Jannemieke, mas esta não enxerga onde está o problema.

"Você prefere frequentar essas festas que ir à igreja?".

"Não é isso. O que eu quero dizer é: frequentar a igreja para quê, se no final não faz nenhuma diferença?".

"Você está lelé da cuca", diz. "E por acaso você não vai à igreja?".

Típico da Jannemieke: limitada demais em seus pensamentos.

Pelo fato da Jannemieke morar lá em Terneuzen, ela já vem para ficar todo o fim de semana. Como eles não têm uma cama de hóspedes, dorme na cama box com Katelijne.

Finalmente Katelijne ganhou a irmã que tanto quis.

Ela só deveria não tomar banho de desodorante. Quando Jannemieke está com eles, a casa inteira fede a desodorante barato. Às vezes, quando estão juntas no quarto pequeno, cuja janela só se abre um mínimo, paira no ambiente uma baforada que corta a respiração de Katelijne. Quando certa noite se pôs a ler as instruções de uso sobre o aerossol e deu com a palavra "gás", foi deitarem-se na cama para ela começar a falar do tema.

"Você sabia que durante a guerra um monte de judeus foram exterminados em câmaras de gás?"

"Sabia", diz Jannemieke, hesitante.

"Você sabe dizer quantos?"

"Hum, não exatamente."

"Seis milhões."

"Nossa, quantos!"

"E você sabe com quê? Com Zyklon-B, um gás tóxico."

"Por acaso você acabou de ver isso na escola?"

"Não", mente Katelijne, apanhada de surpresa. "Eu sei porque sei da História Mundial. O que acontece é que os gases são muito traiçoeiros. Eles são invisíveis e dão conta rapidinho da missão, sem que você perceba na hora. Os judeus eram presos numa câmara sem ventilação, e lhes diziam que eles iriam tomar banho, quando deixavam escapar o gás para dentro do ambiente fechado."

"Meu Deus, que maldade!"

"Pois é, gás é mesmo o que há de pior. É por isso que eu tomo um cuidado extremo com qualquer aerossol com gás dentro. Eu só uso bem pouquinho, e isso num ambiente bem arejado."

Ansiosa, espera para ver a reação de Jannemieke.

"Você gosta das aulas de História?", pergunta, sonolenta.

“Gostar, gostar eu não gosto... Quando você fica sabendo que seis milhões de judeus foram assassinados, não tem nem mesmo como.”

“O que eu quero saber é se você gosta mais do que das aulas de desenho, ou de holandês”.

Katelijne vem se perguntando nos últimos tempos se o pai teria ou não razão quando disse que poderia ter sido muito pior. Como a exposição dos fatos sobre os judeus não obteve qualquer resultado, agora, cada vez que Jannemieke se enche de desodorante, Katelijne escancara a porta demonstrativamente. Jannemieke, com pudor de que os meninos a vejam de camisola, sai logo correndo para fechá-la outra vez.

Na cama, gosta mesmo é de falar sobre Rogier, de modo que Katelijne agora tem de fingir cada vez com mais frequência estar dormindo. Traz às vezes algum doce de casa, que comem juntas até pegarem no sono de tão enjoadas.

Em algum ponto da madrugada, Jannemieke de repente começa a se agitar, virando de um lado para o outro com violência e dando chicotadas em volta de si com um punhado dos cabelos soltos. A primeira vez que ela fez isso, Katelijne pensou que ela estava debatendo-se contra o seu anjo. Agora ela pensa que o que a outra faz é simplesmente oferecer, valente, resistência a uma horda de cabeleireiros.

No domingo, quando todos dormem do meio-dia às duas, porque o pai e a mãe querem tirar uma soneca entre uma missa e outra, Rogier se enfia na cama entre elas. Da primeira vez, riram até se acostumarem à ideia. Rogier de camisa e cuecas, elas de camisola. O cobertor puxado até a altura do queixo. À Katelijne agrada poder, de um dia para o outro, desempenhar uma função de tanta importância na vida do irmão.

Quando se vira de repente para o lado deles, Katelijne, por um triz, ainda flagra Rogier beijando Jannemieke na boca: nada além de um selinho que não chega a durar nem mesmo uma fração de segundo. Vê Jannemieke corando de vergonha.

"Katelijne acabou de ver a gente", diz ela.

Katelijne fica tão ou mais constrangida, ainda que não deixe isso transparecer. "Eu é que não me deixaria lamber assim pelo Rogier", diz, com um tom mais venenoso do que pretendia.

Quer dizer que beijar era isso, assim? Não mais do que dois pares de lábios que se tocam? Quando o pai beija a mãe não se vê nada, porque o bigode do pai, imenso e de um castanho avermelhado, está sempre na frente, além de que isso não acontece com regularidade: só mesmo bem de vez em quando, quando a mãe de repente vai sentar-se no colo do pai com ais e uis e risadinhas. Os menorzinhos ficam com tanta pena do pai sendo esmagado que pulam na mesma hora sobre a mãe para tirá-la do colo do pobre.

Christiaan diz que eles fazem muito isso de noite, na cama, mas Katelijne não consegue imaginar que a mãe goste de ser beijada; certamente não quando ele a beija com o bigode molhado, depois de beber com a cabeça debaixo da torneira ou de ter estado passeando na neblina cerrada.

Cada vez que isso acontece, ela revira os olhos e diz: "Xô daqui com esse bigode molhado e sujo!".

Já com os filhos é assim: os menorzinhos sempre ganham um beijo depois dela os ter coberto na cama, mas a partir do momento que conseguem fazer isso sozinhos, acabou-se a brincadeira.

O que tinha sido divertido na primeira tarde de domingo – os três juntinhos na cama – de repente começou a virar praticamente um estorvo, porque atrapalha as leituras da Katelijne. Visto que pode receber a qualquer momento um pontapé na canela ou um empurrão nas costas, não consegue concentrar-se nas palavras.

Propõe irem dormir juntos na cama do irmão. Afinal, ele tem um quarto só para si, porque tem de estudar para prestar exames durante um ano inteiro. Rogier até quer, mas o pai e a mãe não os deixam ficar sozinhos, e Jannemieke não quer fazer nada escondido. Rogier e Katelijne tentam dobrá-la, mas Jannemieke insiste que não é não.

É assim que Katelijne sente a tensão das pegadas sorrateiras e das carícias, do pega-daqui-pega-dali e de uma ou outra mão boba contida a tempo, assim como das palavras sussurradas, não dirigidas a ela; pelas trepidações do colchão percebe o quão físico é o amor.

Tanta pegação faz com que Jannemieke perca um pouco a sua auréola de santa. Felizmente, pensou Katelijne, inicialmente. Mas quando aventa a possibilidade de que ela só esteja querendo corresponder às expectativas do irmão, volta na mesma hora a sentir a inveja de sempre. Sabe pela avó que são as pessoas simples merecedoras da graça divina, e não as movidas pela razão. A própria avó é um exemplo disso. A namorada do irmão pode ser que o seja também, porque, como a avó, só cursou a escola primária. Jannemieke frequenta ainda uma vez por semana uma escola de tarefas domésticas, o que fará até cumprir dezesseis anos, e o seu aniversário já está quase chegando. De resto, trabalha na lavanderia de um lar para a terceira idade.

O que aconteceria se estivesse na cama com Jannemieke quando o Senhor reaparecesse de entre as nuvens, regressando. Jesus diz num dos evangelhos: "Digo-vos que naquela noite estarão dois numa cama; um será tomado, e outro será deixado"

Jannemieke é *hors-concours* para ela.

À mesa, Katelijne pede para todos dizerem "paralelepípedo" e "Oftalmotorrinolaringologista", e ri mais alto do que qualquer um quando consegue acertar ela própria. Na eira de debulhação, pergunta se Jannemieke consegue, escorando-se sobre um silo, encostar a cabeça numa das vigas grossas. Salta.

"Quase", diz Katelijne.

Salta mais alto. As lágrimas não demoram para vir, mas o galo na cabeça quase não aparece.

No final, Katelijne acaba queixando-se com a mãe de que não consegue pegar no sono com alguém ao seu lado na cama.

"Você tente primeiro se acostumar antes de sair reclamando. Eu achei que você até estava curtindo."

"Curtir, eu curto, às vezes a gente passa a noite batendo papo", diz Katelijne.

"Então está na hora de cortar esse papo, não acha? Você vai ver como pega rapidinho no sono."

O pastor já deixou tudo preparado. Abençoou pão e vinho e agora convida à mesa todos aqueles que participam da graça do Senhor. Levantam-se os diáconos e outros servidores de idade da Igreja e vão-se sentar à mesa branca logo abaixo do púlpito.

"Compreendestes algo sobre a fome e a sede pelo Senhor?", indaga o pastor. "Compreendestes o que é clamar e gemer pelo Seu nome? Neste caso, sois bem-vindos à mesa do Senhor." De ambos os lados se vão erguendo pessoas, que se dirigem para frente. São todos de idade avançada e trajam negro. As mulheres têm os cabelos amarrados num coque, oculto debaixo do chapéu. Dois dos servidores indicam-lhes onde sentar-se. Kee van Dommisse é dos primeiros.

"Quem dentre vós, pequenos em graça, tem as suas melhores obras na conta de flagrantes pecados? Quem dentre vós perdeu até o último centavo? Quem roça ao Senhor sem jamais tocá-Lo?" Mais um grupo se levanta.

Quando o pastor se refere aos "estando longe, de pé"[36], a avó vai escorregando sobre o banco lá na última fileira até conseguir sair, pondo-se de pé e de cabeça baixa, o que dá a impressão de ela ter encolhido dentro do casaquinho negro. Tem certa dificuldade para andar. Katelijne teme que avó perca o seu lugar ao voltar, mas quando ela volta encontra aquele espaço ainda livre, felizmente. Na verdade, não deveria mais se sentar na última fileira. O que acontece é que esse é o lugar que ocupa já a vida inteira, por insistência do marido, que tinha paúra de incêndio e de ser pisoteado por tantos beatos e beatas.

Katelijne se propõe, quando já puder participar da comunhão, já ir procurando um lugar nas primeiras fileiras, de maneira que não precise voltar se descobrir que todas as fileiras estavam ocupadas.

"Ainda está sobrando lugar", diz o pastor. "Se andais oprimidos sob o peso de vossos pecados e, em momentos de agonia..."

Katelijne leva um cutucão. Jannemieke se inclina em sua direção, o que faz com que os seus chapéus se choquem um contra o outro.

"Você realmente acha que essas pessoas foram todas convertidas?", sussurra.

"Evidente que sim. Por quê?", sussurra Katelijne de volta.

"Será possível? Tanta gente assim?"

"Como assim, tanta gente?"

"Lá na nossa igreja são bem menos."

"Tantos assim também não são. Acho que não chegam nem aos dez por cento. Tudo bem, pode até ser que sejam bem mais que na sua igreja."

"Ali, onde se desvia da verdade pura, são mais numerosos os comensais", cita, pernóstica. "É o que o papai sempre diz."

"Você está querendo dizer que nós nos desviamos da verdade pura?"

"Só estou aventando a possibilidade", responde. "Acabei de ver ir para frente uma mulher de cabelo curto. Você não vai me dizer que acha que ela foi convertida."

"Uma mulher de cabelo curto? Eu não vi nenhuma mulher de cabelo curto."

"Enfim, curto não sei, mas de qualquer maneira bate aqui." Pousa a mão sobre o ombro, que está esmagando o da Katelijne. Aponta para extremidade dos cabelos da Katelijne. "E aquela ali deve comer e beber horrores."

Katelijne se desenrosca do abraço de Jannemieke, apanha a Bíblia e se põe a ler um capítulo aberto ao acaso. Faz de conta não estar ouvindo os sussurros dirigidos ao irmão.

Certo dia do verão, pouco antes de Rogier e Jannemieke terminarem o namoro, as duas ainda passaram uma última vez juntas comendo porcaria na cama, como faziam nos primeiros meses em que ela esteve em casa com eles.

As balas e os caramelos são dos gêmeos, ganharam na escola. Quando Katelijne, faminta, saiu da escola, já tinha segurado o cone de plástico transparente acima da cabeça para estudar detidamente o seu conteúdo.

"Você pode ir tirando a pata", disse Peter, com o cone que o irmão havia posto na sua custódia.

"Eu só quero ver."

De noite, na cama, não consegue mais se segurar e propõe a Jannemieke, que atualmente já vem na sexta pela noite, que ela passe a mão no cone do irmão.

"Ué! Não era para os menorzinhos?"

"Era, mas a um pouco a gente tem direito. Quando sou eu quem tem algum doce, sempre divido com todo mundo."

"E você não chama isso de roubo?"

É, que é roubo é, pensa Katelijne. E daqui a pouco, com a mão na botija, você vai ficar sendo tão má como eu. Quem encobre é tão mau como quem rouba. E lá volta Jannemieke com dois caramelos em forma de chave e uma embalagem de chiclete Hubba Bubba. Ela enfia uma chave na boca e diz, com um sobressalto, que se esqueceu completamente de fazer a sua prece. Vira para o lado, na camisola alguns números acima do seu, despenca sobre os joelhos e encosta a cabeça inclinada quase no colchão. Terminada a oração, notam uma mancha escura sobre o lençol. Katelijne vai buscar uma toalhinha de mão, umedece-a e tenta remover a mancha. Mas parece que não funciona.

"Eu digo que é caca de pássaro que caiu lá no varal", diz.

Jannemieke suspira, aliviada.

Contanto que seja eu mentindo, você não está nem aí, né?, pensa Katelijne.

Dividem o chiclete até que ficam com um naco enorme na boca. Competem para ver quem consegue fazer a maior bolha de ar. A Katelijne tem menos jeito para a coisa.

"Você tem que tentar esticar um pouco antes com os dentes".

"Onde foi parar a embalagem do chiclete?", pergunta Katelijne, desassossegada. "Vai que a minha mãe encontra".

Jannemieke se debruça sobre a beirada da cama para procurar. Katelijne, que acaba de tentar outra vez fazer soprar uma bolha de ar, pressente de repente que está no caminho certo e, com cuidado, continua assoprando. A bolha fica gigantesca. Entusiasmada, bate no ombro da Jannemieke.

Quem lhe dera não ter feito isso!

Jannemieke endireita o tronco com um tanto ímpeto que a cabeça dá em cheio contra o chiclete, que rebenta com um estalo. O resultado: um emaranhado de fios e goma de mascar cor-de--rosa grudado na nuca.

"Você também podia ter mais cuidado", diz Katelijne, assustada, enquanto tenta desesperadamente despegar dos cabelos de Jannemieke o chiclete, que só faz grudar ainda mais.

"Você só está apertando mais", diz Jannemieke, com voz de choro.

"Quieta! Se você continuar se mexendo assim não vou conseguir tirar". A Katelijne puxa para cima um chumaço de cabelo e apalpa os fios cor-de-rosa. Apesar de não conseguir limpar o grude, aliás, de até endurecê-lo mais, Katelijne só afrouxa os dedos quando a Jannemieke se desvencilha gritando.

Chorando ambas, descem ao andar de baixo, onde a mãe agora tenta desgrudar a porcaria; a coisa, porém, não cede facilmente. Quando reaparece com um tesoura, Jannemieke se põe a esgolear como se a mãe fosse levá-la para o abatedouro.

"Você não me deixou outra opção", diz a mãe, mas de tesoura a Jannemieke não quer saber. O que ela quer mesmo é voltar para casa, de modo que o pai a leva de carro na mesma noite para Terneuzen. Já passa das duas quando Katelijne o ouve chegar.

Na vez seguinte que Jannemieke aparece, está com os cabelos presos num rabo-de-cavalo fino. A parte dianteira toda penteada para trás. Na altura da nuca, uma ou outra mecha curta despontando por dentre os cabelos. Só se nota mesmo o prejuízo quando ela desfaz os cabelos pela noite. Bem no meio da parte traseira, com exceção de alguns chumacinhos, era como se um tumor tivesse estado alojado ali e só agora os cabelos voltassem a crescer. Pouco tempo depois, Rogier apaixona-se por uma garota da própria igreja.

Visita domiciliar

"Eles perguntaram expressamente se as crianças estariam em casa", diz a mãe.

Katelijne protesta que tinha combinado com as amigas do clube de irem de barco até Breskens para dar um passeio justamente na quarta.

"Eu disse que sim, e os seus irmãos já concordaram", diz a mãe, resoluta. "E ponto final".

"Quem vem?", quer saber o pai.

"Willemse e Kees Bierens".

Vêm de bicicleta, porque o tempo está mesmo para isso, e depois ainda aproveitam para ir visitar a avó, que, ao exemplo da mãe, também assou uma torta de maçã em homenagem a eles. O primeiro a vê-los chegar é o Peter: dois pingos ao longe. A mãe tem um sobressalto: ela que, de tão nervosa, não para de andar pela casa de um lado ao outro, como se fosse uma mosca varejeira que não consegue encontrar de novo o furo na tela de mosquito.

"Nossa, já? Aqui, Arjaon, você daqui a pouco põe o pó na cafeteira, mas de uma embalagem nova", diz, desprendendo às pressas a presilha pequena demais dos cabelos de cor marrom-chocolate, só para rearranjá-los no mesmíssimo lugar de antes, deixando, porém, a metade deles fora.

Christiaan pergunta se pode ficar de jeans ou se tem que colocar sua roupa de festa. Primeiro ela diz que sim, depois corrige: "Ou não, melhor a roupa boa". O pai o manda calar a boca e se apressar, o que não soa nada simpático. Entretanto, todo mundo sabe o motivo do mal-humor: pela manhã, havia encontrado no curral três vacas com infecção nos úberes.

Katelijne se aninha ao lado do Lourens no sofá, passando-lhe um braço pelos ombros. Procuram juntos a figura do Rinus Rups, o lagarto, num livro de ilustrações. Espera assim passar a imagem da irmã mais velha cheia de cuidados para com o irmãozinho.

"Vocês são mesmo toda uma penca", diz Willemsem, lançando um olhar aprovador ao círculo ao redor de si. O seu rosto mais se parece a um prato de salada russa, duas rodelas de pepino num molho salpicado de pimentão em pó.

"Oh, quão bom e quão suave é que os irmãos...", diz Kees Bierens, que no passado foi instrutor de autoescola. Bem se nota que teve um trabalho sedentário. As suas coxas se esparramam para bem além da sua metade do sofá e, no colo, tem uma senhora rede cheia de tangerinas. Ainda assim, não recusa a torta de maçã da mãe.

"... na mesma casa, vivam em união", termina Willemsen. Parecem haver ensaiado juntos.

Em seguida, pergunta-lhes na classe de quais professores estão. Perguntam também ao Jeroen, que ainda não esticou, apesar de já estar no MAVO. Katelijne percebe que não lhe agrada ser incluído no grupo dos menorzinhos.

Começam discutindo a situação do país e o tempo, perguntam em seguida se o feno já foi armazenado e depois falam sobre os pastores paroquiais: ainda terreno seguro. Enquanto a conversa versa sobre os sacerdotes, não precisam falar de si mesmos.

"É bom quando vem um pastor", diz a mãe. "Um sermão dá até gosto de escutar. Agora, nos dias de leitura – e me digam se estou enganada, mas tenho a impressão que nos mandam um número limitado de pastores. Nunca aparece, para variar, um puritano ou um que fale com um pouco mais de complacência."

É claro que os dois irmãos nunca reconhecem isso, alegando que uma tal política é incorreta, que cada conselheiro paroquial possa escolher ele próprio o sermão que quiser e que até agora jamais receberam reclamação alguma. Dizem também que aqueles que tenham quaisquer críticas que examinem primeiro a consciência para saber qual é a verdadeira motivação por trás delas. Não é certo dizer que eles, enquanto as culpas forem atribuídas ao próprio sermão, acreditam poder caminhar livres e soltos por aí?

"Cada qual é responsável pela sua própria conversão", diz Kees Bierens, enfiando o último pedaço da torta na boca. É o único a não perceber que, enquanto o faz, deixa cair uma uva-passa sobre as calças.

Silêncio.

"Um sermão apelativo evita que uma pessoa se resigne, ou não?", diz a mãe, com a voz trêmula. "Já bastam todos os sermões dirigidos só aos rebentos do Senhor. Os não convertidos praticamente não são abordados." Diz e enrubesce.

"Os não convertidos devem ser levados pelo verdadeiro sermão à beira da inveja a fim de conhecer também a graça do Senhor." Após uma frase tão longa, Willemse se recosta, sem fôlego.

À beira da inveja, pensa Katelijne. Então eles que não fiquem contando por aí que os convertidos ao Senhor devem andar sobre a terra carregados de culpa e que só mais para frente, nos céus, é que tudo será colorido.

"É também por isso que nós viemos", diz Willemse. "Para ver se algum membro desta família pode dizer que conhece a graça do Senhor".

Silêncio.

"Porque é isso o que importa: a verdadeira obra do Senhor no conhecimento tanto dos próprios pecados como da Sua graça", diz Willemse.

"Nessa ordem", emenda o Kees Bierens.

"Sei", diz o pai, que até agora pouco falou, salvo quando disse que já faz uns bons anos que o leite que produz é de classe A.

"Você também concorda?", pergunta Kees Bierens a Rogier, à queima-roupa.

Rogier leva um susto. "Acho que... concordo, sim", responde. Os irmãos riem todos por detrás da palma da mão.

"A fé histórica", diz o Kees Bierens. "Eu me alegro imensamente que você a defenda, rapaz. Você sabe o que é isto, fé histórica?"

"Sei", diz Rogier. "Não passa da aquiescência à verdade conhecida, mas que ainda não é a chave à beatitude, a admissão à verdade conhecida. Como a fé de Agrippa, o rei da Judeia. Aí você ainda tem a fé em milagres e a fé no tempo, mas a que conta mesmo é a fé na verdadeira bem-aventurança.[37]"

"Excelente, meu jovem", diz Kees Bierens. "Quem é o seu professor de catequese?"

Rogier dá uma risadinha tímida. "É o VanWillemse", diz baixinho.

"Sou eu o professor dele", ri, por sua vez, Willemse, acompanhado por todos os demais.

"E para você", pergunta Kees Bierens, dirigindo-se agora à Katelijne, "tudo isso não é novidade, ou é? Você pede ao Senhor com frequência suficiente para que ele lhe ponha um coraçãozinho novo no peito?"

Katelijne, que não chegou a ouvir a pergunta, de repente se dá conta dos olhares de expectativa voltados para ela. "Eu só vou ter aula de catequese depois das férias", diz, envergonhada por não ter prestado atenção. Estava olhando pela janela, quando viu ao longe uma silhueta escura aproximando-se de bicicleta. Christiaan também percebeu. Move os lábios sem emitir som: "É o professor Wisse".

O professor Wisse!

Não são numerosos os ciclistas nesse trecho do caminho, que ao final desemboca num beco sem saída, logo passando a fazenda do Jan de Kikker. Ou melhor, não inteiramente sem saída não, porque se pode cruzar um trecho não pavimentado, encoberto de grama, e sair outra vez na rua. O terreno é propriedade do Jantje, mas quem mora ao largo da vereda tem o direito de pegar o atalho, e o resto da vizinhança o faz. O único que Jantje não deixa passar por ali é o Sekker, por conta de uma desavença. Tinha começado por uma besteira: um lote de terra mal plantado. Sekker tinha chamado o homem de esbanjador miserável, o que é bem pior que esbanjador com epíteto. Ele hoje alega que tinha sido mais ou menos na brincadeira, só para perturbar o Jantje, que não achou nada engraçado. Cravejou uma placa enorme sobre a barreira da represa, onde se lia: PASSAGEM VEDADA A Z. CIJSOUW. O zê e o ésse saíram um pouco grandes, espremendo para o escanteio o u e o dábliu. Seja como for, funciona, porque o Seeker vai à aldeia sempre por outro caminho, e a outro lugar que não a aldeia ele não vai nunca. Aliás, indo pelo outro lado, ele também chega mais rápido.

Com o trator se pode passar também sem problemas, apesar de o trecho não ser asfaltado, e até mesmo de carro, quando não chove muito. Aos ciclistas, o atalho costuma espantar. Os únicos ciclistas que se veem ali têm como destino final a casa da família Minderhoud, a da avó ou ainda a do Jantje de Kikker. Tendo-se isso em vista, até um bebê conseguiria adivinhar para onde o Wisse está indo.

"*Deo volente*[38]", diz Bierens.

Katelijne mantém o olhar voltado para os sapatos e faz que sim com a cabeça. Só se Deus assim quiser ela poderá começar a catequese depois das férias.

Os seus olhos desviam-se outra vez para a janela.

"Hoje é quarta-feira", fazem os lábios do Christiaan.

"Quer dizer que eu estava certa", sussurra de volta. Agora os outros também já veem o professor. Incluindo-se o pai, a mãe e os conselheiros.

"Nossa", escapa da boca do Willemsen. Leva na mesma hora a mão à boca e dá umas tossidelas.

Todos sabem o que isso significa. As quartas e os sábados pela noite são para os jovens apaixonados irem ao encontro das suas namoradas. Quer dizer então que é verdade o que se diz na aldeia: o professor anda atrás da Ria, a única filha ainda solteira de Jantje de Kikker. Katelijne sabe que Ria é um bom partido para ele, porque em algum tronco da sua árvore genealógica há um parente reformador, do qual a Katelijne não se lembra.

A Ria é tão magra como se pode ser, e a sua pele, branca, por não sair nunca de casa. Dizem que sofre de insônia. "Tão feia que chega a ser bonita", diz mãe. "Uma boneca", segundo os irmãos, mas Katelijne mesmo a acha atraente por causa das pupilas anuviadas com que ela olha para as pessoas, como se fossem cachorrinhos mimosos que ela quisesse comprar.

A conversa tão diligentemente fundamentada acaba que não dá em nada. Comenta-se ainda de leve a necessidade da conversão, e a questão da parcela de culpa recebida. Segredo de polichinelo. A única novidade aparece de bicicleta ao virar uma esquina.

"Vamos encerrando?", diz Kees Bierens.

Pergunta se há alguma dúvida.

A mãe ainda tem uma pergunta em relação a uma fita cassete com sermões lidos que ela queria comprar. Com quem encomendar agora que o sacristão está de cama com uma hérnia?

Com a própria esposa dele, Kees.

"E será que os jovens ficaram com alguma pergunta? Se não, que tal nós concluirmos com uma prece?"

Perguntas, eles? Não são sempre os adultos que costumam fazer perguntas? As crianças só respondem. Sempre nessa ordem.

O professor toma as lições na escola; os conselheiros paroquiais, na catequese; as chefes das escoteiras mirins, no clube; os pais, em casa, depois da missa. Não há espaço para as crianças fazerem perguntas. As que o fazem perdem a vez.

Katelijne reflete profundamente. Teria alguma pergunta? Não sabe. Balança a cabeça em sinal de negação. Não, assim na lata não lhe ocorre nada, mas à noite na cama se dá conta do contrário. São muitas as perguntas.

Gostaria de saber se os não convertidos têm o direito de cantar todos os salmos como os demais, incluindo "Meu coração, ó Majestade Divina, está ao Seu serviço e louvor", sendo, como por natureza é, até mesmo capaz de odiar ao Senhor e ao seu próximo. E se o Senhor não a punirá por proferir tais palavras?

E o que dizer de "Senhor, louvá-lo-ei eternamente"? Afinal, não se trata absolutamente de algo certo.

Gostaria de saber se o nosso Senhor Jesus Cristo ainda não tinha percebido que Marta teria querido sentar-se aos Seus pés tanto quanto Maria, mas que não o fez porque alguém havia de preocupar-se com a comida.

E se é verdade o que dizem algumas garotas da sua classe sobre ter de vestir um chapelete quando começar em breve a ir à catequese.

E se o José não foi besta de revelar os sonhos aos irmãos.

E como ela deve entender o trecho da Gênese 6, que afirma que, no passado, tinham havido gigantes na terra?

E os pecados, podem mesmo ser perdoados sem exceção? E a questão do pecado contra o Espírito Santo?

De noite, na cama, entretanto, quem é que faz essa espécie de perguntas?

Tocado pela Palavra

Entraram gatunos na casa da avó, onde não há absolutamente nada o que se roubar, salvo um exemplar coberto de pátina da Bíblia Estatal, de mil setecentos e bolinha, o que eles, achando-o, não falharam em levar.

"Onde já se viu ladrão cristão? Por que quem é que rouba uma bíblia se não é cristão?"

Explodem todos numa gargalhada escancarada. Katelijne também ri a plenos pulmões, ainda que, francamente, também tenha sido a primeira coisa a lhe ocorrer.

Peter e Korné fazem o maior estardalhaço. Querem saber se os intrusos vieram com uma furgoneta ou de carro mesmo. E se estavam também interessados no *trailer*. E se chegaram a mexer no *trailer*, porque foi onde deixaram ontem a velha bicicleta *cross* com o *sidecar*.

"Assim, não! Não quero nenhum drama, ouviram?", diz o pai, irritado. "E quem é que ia estar interessado numa sucata velha dessas?"

Aconteceu num Dia de Ação de Graças que caiu no meio da semana, um dia que mais parecia domingo. Os ladrões deviam saber que todos ali do pedaço tinham ido à igreja a fim de agradecer ao Senhor pela colheita e pelo resultado da labuta, porque, após acabar a liturgia, ninguém nem viu nem ouviu passar por ali qualquer carro vindo de fora.

O pequeno painel de vidro da porta dianteira havia sido estilhaçado, ao que enfiaram por ele um braço para girar a chave na fechadura. Levaram a Bíblia e o cofrinho de coleta beneficente, que já estava bojudo de tantas moedinhas. Fora isso, a avó não deu pela falta de nada, ainda que isso não diminuísse a gravidade do susto levado. No mesmo dia da descoberta se chamou a polícia, que apareceu pessoalmente para fazer um inventário dos furtos, mas que lhes disse que deveriam chamar era a seguradora, porque livros velhos dessa espécie raramente são resgatados. "A senhora deveria é dar-se por contente que eles não tenham virado a casa de cabeça para baixo", disseram.

A questão é que a avó *não tem* seguro.

O que acontece é que a casa foi uma herança de família, e que ela a detesta, apesar de que, por outro lado, seja uma sorte que ela pertencesse à "família" do marido, e não à dela própria; de resto, não parece estar muito preocupada. "Não é por isso que nós vamos dizer que a Palavra não esteja mais do nosso lado", diz.

O ladrão – ou ladrões –, na sua opinião, só pode ter sido desses "negróides" de que tanto falam atualmente os jornais e que se encontram agora em bando lá em Vlissingen. De certa maneira, não deixa de achar graça no fato de que, roubando a caixa de coleta, acabaram roubando um dinheiro destinado a eles próprios.

O mais desolado de todos com o roubo da bíblia é o pai. "Era o xodó do papai", diz, emendando: "Eu ainda me lembro dela, antigamente, sobre uma mesinha na casa do vovô", e outras frases do tipo.

Rogier aventa a hipótese de que o ladrão da Bíblia Estatal tenha sido um conhecido, talvez alguém da congregação. Isso porque sabia exatamente quando entrar em ação. Ali à mesa, empolgados, põem-se a especular sobre os ausentes na missa no Dia de Ações de Graças.

"Algum de vocês se lembra de ter visto o Wannes?"

"Eu. Ele estava lá", diz Katelijne.

"Eu me lembro de que pela tarde ele estava sim, mas na parte da manhã também?"

"Na parte da manhã também. Certeza. Além disso, ele não faria uma coisa dessas, nem que a vaca tussa."

"Eu não teria tanta certeza. Seja como for, esse não deu o passo em falso."

"E os Koppejantjes?"

"Também estavam", diz Peter.

"E o Sekker?"

Ninguém se lembra de ter visto o Sekker na igreja.

"Ele não conseguiria fazer isso nem que quisesse", diz Jeroen. "Se ele não sabe nem dar descarga na privada!"

Rogier diz que qualquer um podia ter quebrado o vidro, e talvez justamente as mesmas pessoas que não sabem dar descarga.

"E o que é que ele faria com o dinheiro?", pergunta Katelijne.

"Contar", diz Rogier. Não é à toa que não deixa ninguém entrar na casa dele.

"Pois é, nós podemos dar adeus à ela, que voltar ela não volta mais", diz o pai num tom de repente tão melancólico que todos, assustados, calam-se.

A única a dizer algo é Katelijne.

"Eu tenho certeza de que, na mesma hora em que o ladrão abrir a Bíblia para ler, vai ficar arrependido do que fez", diz primeiro para animar o pai, mas, mais tarde, ao refletir sobre as suas palavras, cresce nela a certeza de que será exatamente assim. "Um pouquinho de confiança não faz mal a ninguém", diz.

O homem que vem repor o vidro da porta também vem de Vlissingen. Trata-se de um rapaz novo com uma cara branca-enfarinhada e um nariz recém-operado – algo que ver com o septo nasal, segundo ele – o curativo ainda o tapando. Remove o fundo do pote plástico de margarina da Blue Band, com que o pai ontem cobriu o buraco deixado no painel, e aconselha já instalar de uma vez um vidro duplo.

A avó hesita (confiar no Senhor ou no vidro duplo?), mas acaba aceitando, porque na sala de estar também foi usado vidro duplo. No momento em que vai pagar ao homem pelo serviço prestado, dá pela falta de cinquenta florins na carteira, o que a abala mais do que a Bíblia Estatal desaparecida.

"Eu estou me sentindo sitiada por todos os lados", diz, exasperada, à Katelijne, que acaba de chegar para não perder o momento em que a Bíblia for devolvida com demonstrações de arrependimento.

A avó tem certeza de que foi o vidraceiro, porque o ouviu ir ao banheiro bem no momento em que ela desapareceu para dentro da cozinha para vigiar o ensopado de carne ao fogo.

"Ele já foi fuxicando. E eu ainda pensei que se ele sabia mexer com o vidro do lado de dentro, bem que podia fazer a mesma coisa do lado de fora. Além do que ele queria ganhar às minhas custas, com o vidro duplo dele."

Mas a Katelijne encontra a nota de cinquenta na cômoda, debaixo da travessa com as frutas, onde a avó já a tinha deixado separada justamente para ele.

À mesa da cozinha, Katelijne inala o perfume do caldinho e do ensopado, que, alternadamente, fazem-lhe cócegas no nariz e, de vez em quando, confundem-se, o que lhe vai abrindo mais e mais o apetite. Sabe que deve voltar para casa a fim de ajudar a mãe a descascar as batatas e limpar as verduras, mas continua sentada sobre a cadeira na cozinha da avó. Vai que aparece a qualquer hora o ladrão, trazendo a Bíblia e o seu mais sincero pesar! Quer estar presente quando isso acontecer. Traceja com a ponta do dedo os contornos dos losangos sobre o linóleo da mesa.

"Quem muito pensa não casa", diz a avó, que vem postar-se por detrás dela. Apanha um chumaço de cabelos pendendo sobre o rosto da neta e o joga por sobre os seus ombros. O corpo da Katelijne acusa o recebimento da caricia até a ponta dos dedões do pé, e a cabeça permanece imóvel, na esperança de que a avó volte a lhe fazer cafuné.

"Pode ter certeza que vai ser o ladrão abrir a Bíblia para voltar correndo e devolvê-la", diz Katelijne.

"A Palavra tudo pode", concorda a avó. "Quando ela se quer fazer valer, não há como apresentar resistência. Aí só nos resta dizer 'Senhor, que seja feita a Vossa vontade!'"

Já Katelijne acha que o mais provável é que, para o ladrão, essas palavras sejam novidade, o que é uma vantagem, porque tudo o que é novidade impressiona mais. Já faz muito tempo que ela conhece a linguagem de Canaã; o que acontece é que ela ainda não se converteu na linguagem do seu coração. Para que o seja é o que ela pede todos os dias.

O que na verdade preocupa Katelijne é que a tipografia antiquada da Bíblia Estatal apresenta dificuldades de entendimento para um leitor da atualidade. No entanto, o que é impossível para o homem não o é para Deus. E então o Senhor não devolvia a vista aos cegos?

"A maior parte dos filhos de Hode foi tocado pela Palavra da noite para o dia", diz a avó. Conta que alguns dos pecadores mais inveterados também dependem de um milagre para começar a ter fé, como o que se passou com o Jo de Visser, de uma aldeia contígua, ao ser atingido por um relâmpago lá pelos lados de Hoogelande.

"Você não consegue imaginar o canalha que o homem era", diz a avó.

Um rebento do Senhor sabe que ele é o maior dos pecadores, mas sabe também, na maior parte das vezes, indicar um ou outro ainda pior do que ele próprio. A avó não é exceção à regra.

"Ele passava todas as noites no boteco", conta a avó. "Mas, desde o incidente em Hoogeland, não voltou a pisar lá. Vai à igreja todos os domingos. No verão, até mesmo três vezes, sem falhar."

"Você está falando do pai do Jacco, que está na classe do Jeroen?", pergunta Katelijne, que prefere ouvir histórias cujos protagonistas ela conhece.

"Quem? Jacco? Pensando bem, é possível que um dos filhos dele se chame Jacco, mas, para ser sincera, pode ser que eu também esteja enganada. Ele tem é umas três ou quatro casas por aí. A mulher aparece de vez em quando lá na casa da Kee. Enfim", continua. "O homem deixou de ser Saulo para se transformar num Paulo. Esse tipo de caso ainda se dá, mesmo nos tempos de hoje. Ainda assim, não se tem tanta notícia deles como antigamente. No que diz respeito a tudo isso, a gente está passando por uma época terrível."

"Jura?", pergunta Katelijne, dócil como um cordeirinho. Olha para fora, para o céu, em que não se vê nada de anormal: um azul-bebê com nuvens brancas.

"Tão novos assim vocês ainda não têm olho para essas coisas, mas que elas existem, existem. Nada é mais como antigamente. Inclusive aqui em Walcheren. Você pegue o exemplo dos que frequentam a tal da Jojo sábado à noite, aquele inferninho de Sodoma lá", diz, apontando com um indicador trêmulo na direção de Zoutelande. "A Kee ouve de casa o povo passando, precisamente às dez para a meia-noite. Aí, pela manhã, chegam na igreja, mais mortos do que vivos, bem na hora da missa."

Katelijne assente. Também já ouviu falar no assunto.

"E por acaso você acha que nos meus tempos se falava em discoteca?", prossegue a avó, enquanto olha pela janela, como é costume seu, para ver se passa alguém. Katelijne segue o seu olhar até a consola da lareira, onde se veem ordenadas as embalagens dos remédios, ao lado do detergente e da lata com pó de café, e dali, pela janela, à sebe do lado de fora e a via dolorosa que é o sendeiro que parte das roseiras e conduz à porta de casa. Até agora, nem sinal do pecador contrito que deverá passar por ali, com o coração nas mãos.

"Que tecido é esse?", pergunta a avó, apalpando-lhe a saia. "Ele me lembra muito um vestido que a sua mãe usava quando nova."

Pois a avó viu bem. A mãe tinha vinte anos quando ele era novo. Arrepanhou-o de um lado e de outro, não faz muito tempo, de maneira que a filha o pudesse usar.

"E veja só que bem assenta em você! Para você ver, hoje em dia não se acha mais para comprar nenhuma saia decente. É obra do Satanás, minha filha, tentando a todas as mulheres para que elas só vistam calças. É por isso que é tão importante uma mulher saber costurar, pelo menos um pouco. Na verdade, você deveria é tomar umas aulas de costura. Aí dá para você fazer as suas próprias roupas e a dos seus filhos, se o Senhor lhe conceder essa graça. Eu vou ter uma palavrinha com a sua mãe a respeito. Pelo que ela me conta, você passa o tempo inteiro lendo."

Leva à Katelijne um olhar inquisitivo, em que logo se lê desconfiança. "Que tipo de leituras você faz? 'Não há limite para fazer livros, e o muito estudar é enfado da carne'[39]. Lembra?"

A Bíblia também é um livro, pensa Katelijne, mas a avó só se esqueceu disso.

"O que os seus pais estão fazendo de mandar você para a tal escola em Hoes é um desperdício", prossegue a avó. "Uma moça não tem porque estudar tanto. E lembre-se: por mais que se estude, por mais que se leia, se você não aprende a essência da coisa, vai continuar a ser a mesma paspalha ululante de antes."

Katelijne assente, coçando-se entre as pernas. Decide voltar para casa. O ladrão não deverá, de qualquer maneira, aparecer ali durante as refeições.

"Tudo indica que o Senhor está afastando a Sua mão de perto de nós", diz a avó, que ainda não acabou de falar. "Porque você pode acreditar: nós estamos vivendo os nossos últimos dias. E aí você me diz, minha filha: como é que nós ficamos? Como?" Percebe a Katelijne levantar e espreguiçar-se vagarosamente. Até que os seus olhos adquirem um brilho vítreo, como se ouvisse algo a distância.

"'A pá em mãos para limpar a eira de todas as suas impurezas', está tudinho na Bíblia", diz. "'Ele recolherá o trigo ao Seu celeiro, mas queimará a palha em fogo inextinguível.[40]' Não lhe agrada nada ouvir isso, não é? Está na sua cara. Nós todos resistimos a essa ideia instintivamente." Acompanha a Katelijne até a porta dos fundos.

"Mas ainda vai chegar o momento em que você vai dizer: se eu tivesse isso, se eu tivesse aquilo. Se eu tivesse escutado a minha avozinha. Porque eu lhe pergunto, minha filha: o que você quer ser perante o Tribunal do Senhor: joio ou trigo?"

Katelijne, porém, já está do lado de fora.

"Vocês têm de ouvir esta", diz a avó, entrando na cozinha deles, e com a maior tranquilidade, justo no momento da leitura da Bíblia, fato de que nem mesmo se apercebe. Na mão direita, a bengala, com que se veio escorando nos cem metros que separam a sua casa da deles. Katelijne endireita as costas na mesma hora.

"O que foi?", pergunta o pai, que não gosta de ser interrompido quando está com a palavra.

"Eles ligaram da polícia agorinha mesmo. E não é que ela foi encontrada? Em Hoes, ouça bem! Foi levada até a delegacia de Hoes, dentro de uma mala."

"Jura mesmo?", pergunta o pai, admirado. O seu semblante se desanuvia na hora. "Numa mala, você diz?" Todos se voltam para a avó com uns olhões arregalados.

"Pois é, eles falaram de uma mala, que é onde estava a Bíblia; mais eu não sei."

"Eu disse que ele se arrependeria, não disse?", conclui Katelijne, triunfantemente. "Para vocês verem como eu tinha razão. E o ladrão leu a Bíblia?"

"Só pode ter lido, não?", confirma a avó. "Seja como for, pelo menos na delegacia ela foi entregue. A consciência do homem deve ter falado mais alto."

"Prenderam o autor do roubo?", quer saber o pai.

"Eu acho que sim", diz a avó. Diz também que só o arrependimento não lhe vai adiantar muito. E que ele terá de cumprir uma pena, por menor que seja, ainda que não lhe tenham comentado nada a respeito. "Disseram para ir buscar amanhã na parte da tarde. Eu queria saber se alguém de vocês pode me levar de carro."

"Mas e a caixa de coleta?".

"Pois é, eu também perguntei por ela, mas eles não sabiam de nada."

Qual texto será que ele procurou?, pergunta-se Katelijne. Ou será que ele leu a página em que a Bíblia se abriu ao acaso, por exemplo, lá pela metade?

"Eu estava aqui pensando: vocês acham que é de bom tom eu assar um bolo para eles?", pergunta a avó.

"Eles quem?"

"O povo lá da 'deuleugacia.'"

"O que você deveria levar é uma bíblia menor", diz Katelijne. "Para o ladrão ter o que ler na cela."

A ideia agrada a todos.

Desde então, Katelijne pede ao Senhor todas as noites que abençoe o ladrão com a Sua Divina Palavra. "Rogo-vos que lhe retire o coração de pedra, substituindo-o por um de carne, em nome de Jesus, amém."

Só mesmo sentindo na pele

Katelijne olha pela janela do quarto. Vê a mãe trabalhando com adubo orgânico no jardim. Quando esta vê a filha do lado de dentro da casa, acena na direção dela, que sai para ter com ela.

"O que é que você está fazendo?"

"Lendo, só."

"Tanta leitura não faz bem a ninguém."

"Mas o livro é muito bom", diz Katelijne. "Peguei lá na biblioteca da igreja."

"Ler com o sol que está fazendo?"

"Então que outra sugestão você me dá?"

A mãe não sabe o que responder. Não pode nem mandar a filha passar o aspirador, porque nesse caso ela também estaria dentro de casa.

Katelijne agarra um galho baixo da nogueira e o atrai para si. Examina a casca verde que contém a noz. A maior parte das cascas já estão rachadas pela pressão que as nozes exercem por dentro.

"Você pode me dizer para quê fica puxando sem necessidade?" A mãe apanha o galho das mãos da filha e o solta como uma catapulta, ao que ele se destaca contra o fundo azul resplandecente do céu.

Katelijne não é muito chegada a céus resplandecentes, não. Assim estava o céu quando o professor disse que o Senhor retornaria “num dia como o de hoje”, apontando o indicador para a janela. Disse também que não faltava muito para esse momento chegar, como atestam os sinais dos tempos: guerras, boatos sobre guerras, pestilência, terremotos, caos e falsos profetas.

Cheiro de tabaco. É o pai chegando. Pelo seu andar, Katelijne sabe que é melhor ela ir abrindo alas para ele passar. Telefona ao veterinário. Uma das vacas se mostra apática.

Quando chega o veterinário, encontra Katelijne debruçada sobre a vaca, assim como Jeroen, que, caso não dê certo de ele virar fazendeiro, considera estudar veterinária uma boa alternativa. Operário não seria, nem pensar, porque não gosta de máquinas. E marceneiro também não, acredita Katelijne, porque ele trataria a madeira como se fosse um ser vivo. Duvida que ele conseguisse serrar a madeira.

O veterinário examina a vaca, primeiro com uma batidelas secas dos dedos, depois lhe tomando o pulso. Quer administrar algo que lhe dê uma levantada, só que não trouxe as ampolas consigo no carro.

“A injeção eu mesmo posso dar. Eu só teria que mandar uma das crianças buscar as ampolas.”

“Vai você?”, pergunta a Jeroen.

Jeroen faz que sim, ainda que a contragosto. Porque não lhe agrada nada refazer de bicicleta nas férias o mesmo trajeto até Middelburg, que o leva à escola.

“Vou eu com você”, oferece Katelijne. A perspectiva de fazer algo com Jeroen, ainda que seja só pedalar, abre de repente outras possibilidades em relação ao que fazer com a tarde.

“Aqui: uma maçã para o caminho”, diz a mãe.

Passam pela casa do Sekker, onde lhes vem ao encontro o zunido de um enxame de vespas, assim como o bafio agridoce e penetrante que exalam as muitas maçãs apodrecendo sobre a grama.

“A gente bem que poderia uma dia entrar para ver como é por dentro”, propõe Jeroen.

"Poderia, mas tem que ser num dia em que ele esteja no jardim", diz Katelijne. "Aí eu fico distraindo ele enquanto você entra na casa".

Trata-se de um tema recorrente: tentar entrar na casa do Sekker para ver a sua mãe. Os meninos têm uma teoria de que ele se envergonha da mãe e, assim sendo, ata-a todas as manhãs a uma cadeira, sobre a qual ela não faz nada além de escutar a rádio local, que, quando faz silêncio do lado de fora, eles conseguem ouvir ao passar por ali.

Todos eles já fizeram pelo menos uma tentativa de entrar, mas, assim que empunham a maçaneta e abrem a porta – por mais cuidadosos que tenham sido ao esgueirar-se ao longo da parede cega, deparam com Sekker, de maneira que só se consegue vislumbrar a pequena área de serviço ao fundo com as tigelas de comida de gato. Para Jeroen, a parede deve ter furos em algum lugar, pelos quais o Sekker os vê de dentro. Já a Katelijne acha que é a mãe dele quem os fareja a cinquenta metros de distância.

"Você se lembra da irmã dele?", pergunta Jeroen. "Essa tinha algum parafuso solto. Durante o verão lá estava ela todo santo dia no jardim, espantando os pardais com tampas de panela."

"Eu me lembro, e bem", diz Katelijne, apesar de não ter certeza se efetivamente se lembra do fato ou se o ouviu da boca de alguém.

Ainda têm um bom caminho pela frente.

"E se a gente pegar o atalho da Laurens Stommesweg?", pergunta Jeroen. "É mais curto."

Katelijne dá ao irmão uma maçã, enquanto enfia os dentes na sua própria. Uma delícia de tão suculenta.

Passam praticamente na frente da escola. Jeroen aponta para o caminho que deveriam pegar. Katelijne se alegra de poder passar com ele pelo ziguezague de ruelas que conhece das aventuras contadas pelos irmãos. O que vê não faz jus aos relatos que ouviu, ela própria reconhece isso, mas sem eles, sim, é que elas não passariam mesmo de ruelas. A vantagem de acompanhar Jeroen é que ele, ao contrário de Christiaan e de Rogier, não faz questão de levar uma meia bicicleta de dianteira em relação a ela.

"Por sinal, essa foi a rota que eu fiz no ano passado quando tive de levar as galinhas à inspeção", assinala Jeroen.

Há também as fotografias, penduradas na cozinha: Jeroen de cara séria, de cócoras ao lado da gaiola com o seu *australorp* negro-prateado. A ave recebera um "E", de "excelente", a maior nota. Em outra foto se vê a ele com uma galinha que só recebeu MB, de muito bom, ou seja, tinha faltado pouco. Nessa foto, Jeroen não está olhando para a câmera, mas para a galinha, com um olhar em que se lê que não por isso deixaria de amar a bichinha – pelo contrário, ele só a amaria mais e mais para compensar a pontuação da vitória não obtida.

Além dessas, há as fotografias de certa vez que participaram com uma vaca do Dia da Criação de Gado da Zelândia. Uma bezerra ainda, na verdade. Unindo as forças, conseguiram tosá-la e lavá-la, após o que ainda lhe esfregaram com álcool. Rogier foi o escolhido para ir ao seu lado. Os membros do júri se disseram mesmo impressionados com o animal, mas também se tratava de avaliar o acompanhante. Ao Rogier, informaram que era bastante possível que acabasse ganhando no futuro, se não ficasse procurando moedinhas pelo solo. Com isso queriam dizer que, se quisesse aspirar ao prêmio, deveria primeiro endireitar o tronco.

"Eu quero é que eles vão para aquele lugar", tinha dito Rogier, bufando de exasperação. Desde então, nenhum membro da família voltou a participar de concursos.

Não demoram no veterinário. O embrulho já os está esperando. Jeroen já quer voltar na mesma hora, mas Katelijne repudia a ideia de o prazer estar para acabar tão rápido.

"A vaca tem de tomar a injeção", diz Jeroen.

"A gente bem que podia passar pelo Tref para comprar um sorvete. Dois palitos."

Trata-se do hipermercado Tref, onde se vendem, além de comida, roupas e outros produtos não comestíveis. É onde a mãe de vez em quando compra os presentes deles de aniversário. Já o pai, não. Presente ele só compra para a mãe, de preferência na loja de produtos domésticos mais perto de casa. "A minha mulher faz anos amanhã", diz, então, à vendedora. "Mas eu não preciso lhe dizer, não é?" No seu jubileu, a mãe pode ela própria escolher o presente.

O Tref atualmente se chama Maxis, mas todos continuam chamando de Tref. É no Tref que estacionam o carro quando têm de ir fazer compras em Middelburg. É dos únicos lugares do gênero que a Katelijne conhece.

"Sorvete eu dispenso", diz Jeroen no início, mas acaba cedendo, porque ali é jogo rápido. Mas, se é sorvete o que querem, ele conhece um lugar melhor do que o Tref.

"Espere e verá", sentencia, em tom de segredo.

Atravessam o centro pedalando em linha diagonal enquanto os ouvidos pescam pelo caminho trechos de música. Acima da linha de telhados no horizonte assoma uma roda gigante.

"Um parque de diversões", suspira Jeroen. "Droga! Como a gente faz para chegar ali com tanta gente?"

"A gente tem perna para quê? As bicicletas podem ficar aqui", apressa-se em dizer Katelijne, com medo de a festa acabar sem ter começado. Se fosse a mãe quem estivesse ao seu lado agora, apanharia a filha pelo braço para arrastá-la o mais breve possível dali.

"A sua bicicleta tem cadeado?", pergunta Jeroen.

A sua bicicleta não tem cadeado. Katelijne, por esse motivo, a deixa encostada contra uma parede, escondida atrás da de Jeroen.

A Katelijne recua um passo e observa as bicicletas a certa distância. "Quase não dá para ver", diz.

Êi-los de repente em meio à festa. Tantas cores de Frutella piscando, rodopiantes e dando cambalhotas ferem-lhe os olhos. A música retumbando, uma azáfama de gritos estridentes e incômodos, nem mesmo se distingue. As cores artificiais, as luzes faiscantes: de repente isso tudo é intenso, excessivo demais, um contraste vivo em relação à realidade a que está acostumada. A música faz com que lhe seja impossível concentrar-se numa só coisa.

Olha de soslaio para o irmão, que parece calmo e se mantém imperturbável. Ele é daltônico, pensa Katelijne, assim como o era o vovô. Ele provavelmente enxerga todas as atrações com a mesma cor de baba-de-anjo.

"Para onde a gente está indo?", grita mais do que o necessário. Duas garotas um pouco mais à frente viram o pescoço para trás. Têm nas mãos uma massa cor-de-rosa que parece algodão enfiada num palito. A intervalos lhe vão retirando com os dedos uns chumaços desfiados, que desaparecem boca adentro. Eu sabia o nome disso, pensa Katelijne, só não estou conseguindo me lembrar.

"Já estamos quase", responde Jeroen. "Eis aqui o Lange Delft."

Sente uma senhora palmada no ombro.

"E aí, Minderhoud? Levando a sua *baby* para dar um rolê?"

Por detrás dele se vê um rapaz de cabelos curtos espetados e uma cara de pimentão. Sorri para Jeroen e lança a ela um olhar rápido. Os cabelos loiros escuros brilham por conta do gel. Em alguns pontos se vislumbra também o branco pálido do couro cabeludo. Ao lado dele está um outro moço, de aparelho nos dentes, também com as bochechonas vermelhas. Ambos levam uma garrafa de um litro e meio de Coca-Cola, que seguram pela tampinha e que da qual já esvaziaram quase a metade.

"É a minha irmã", diz Jeroen. "O que vocês estão fazendo aqui?"

"O que a gente está fazendo aqui? Adubando o solo, o que mais? Parece que não sei... Não lhe ocorreu que a gente pudesse estar dando uma volta pela feira."

"Esse aí já perdeu na barraca de tiro ao alvo", diz o outro rapaz. "Errou três vezes."

Jeroen ri, inseguro.

"Pelo menos eu tentei, ao contrário de você, seu pirralho!", caçoa o de gel nos cabelos.

"Como assim tentar? Não foi você mesmo que disse que os rifles estão truncados de propósito e que era desperdício de dinheiro?"

"O dinheiro tem que rolar. Vocês querem alguma bebida?"

"Não, obrigado", diz Jeroen. "A gente estava indo pegar um sorvete."

"Boa! Para sorvete sempre sobra lugar no estômago", diz o de gel.

"Esse aí é o Michiel", diz Jeroen à Katelijne. "Conheço da escola." O outro ele também não conhece.

"Vocês estão batendo bem? Se este aqui até agora há pouco não queria tomar nem Coca-Cola!"

"Eu não posso, por causa do aparelho."

Michiel retira do bolso do casaco um copo de plástico transparente. Enche-o com um pouquinho de Coca-Cola, esvazia todo o conteúdo no chão, volta a enchê-lo e o oferece ao Jeroen.

"Aqui, ó! Só para matar um pouco a sede. Só tinha um pouquinho de cerveja dentro."

O de aparelho também saca do bolso um copo e faz a mesma coisa com o dele. Oferece-o à Katelijne.

"Obrigada", agradece Katelijne. Apanha o copo com as pontas dos dedos e já o vai esvaziando para sair dessa de uma vez. Fica com um pouco de nojo.

"Quer da minha também?", pergunta-lhe Michiel. "Você pode dizer de mim o que quiser, mas não que eu não sou generoso". Sem esperar pela resposta dela, enche o copo de novo. Dessa vez, ela bebe mais devagar.

"O que foi que você misturou?", pergunta Jeroen. "Isto aqui não é Coca-Cola normal."

"Mais normal, impossível. Pode olhar você mesmo", diz Michiel, segurando-lhe a garrafa na altura do nariz.

A aparência é mesmo de Coca-Cola. Não que a Katelijne entenda muito do assunto, porque a mãe se recusa a comprar refrigerante. Acha um veneno. Em realidade, tem mesmo gosto de veneno.

"Para mim já deu", diz ela, inalando profundamente.

Dá o copo cheio até a metade ao irmão. "Você quer mais?"

"Não quero", diz Jeroen. "Para que serve lata de lixo?"

"Isso é o que eu chamo de ingratidão", diz Michiel, levando o gargalo à boca.

Andam na direção da prefeitura. Katelijne continua achando difícil concentrar-se numa só coisa.

É quando reconhece na esquina o café onde havia estado com o avô. No seu último verão. Deixou que os mais velhos o acompanhassem uma vez "à cidade grande", já que estavam nas férias de verão. Toda vez que Katelijne tem de ir ao centro, o café permanece sendo o seu ponto de referência.

O avô ia lá todas as quintas pela tarde. Fazia, então, compras de mercado no Tref, comprava laranjas na feira e, em seguida, dava um pulo no bar Amizade, ao exemplo de mais uns quinze fazendeiros, que provavelmente o continuam frequentando. A avó se opunha, mas não havia muito o que fazer, já que, evidentemente, o marido era dono do próprio nariz. À Katelijne ela se lamentava, porque via no café um antro de pecados, o que explica porque o coração da Katelijne batia mais rápido ao cruzar a soleira com o avô.

Alguns camponeses já estavam ali reunidos em volta da mesa, mas a maior parte deles chegou um tiquinho mais tarde. O que acontece é que o avô sempre foi pontual com tudo. Os camponeses trajavam uns casacos de cor indefinida, e as dobras do pescoço, bronzeadas e não muito bem barbeadas, transbordavam por sobre a camisa bege. Alguns deles, entre os quais o avô, vestiam também uma gravata presenteada pela fábrica de produtos lácteos num passado distante, de cor azul-celeste com salpicos brancos e algo afrouxada. Eles pediram café para uma figura de camisa branca, enquanto outros já passavam ao álcool. Engraçado é que a tal da mulher se dirigisse ao avô como "o senhor". Perguntou à Katelijne se ela também queria beber algo. Ficou espantada. Com isso ela não tinha contado.

"Por favor", havia dito baixinho – baixinho demais, porque a mulher a ficou olhando sem entender. O homem à sua frente quis então saber a sua idade.

"Quase sete."

"E com sete já deixam você tomar sorvete?"

"Sim, deixam", assente. Evidentemente.

"Veja aqui para essa moça o maior sorvete que você tiver", diz à mulher, que anota o pedido num bloquinho. "Com chantili e tudo a que ela tem direito", acrescentou, ainda.

O sorvete era imenso. Servido numa taça enorme: três bolas, frutas cristalizadas e chantili, além de um mini guarda-chuva de papel, um biscotinho redondo e um canudinho. Ao lado, uma colher. Lembra-se como se fosse ontem. Nunca tinha comido um sorvete desse tamanho, assim como nunca voltara a fazê-lo desde então. Não duvidou nem um segundo sequer que daria conta do sorvete inteiro. Verdade, mas ainda faltava passar ao ataque.

"Primeiro o biscotinho", disse o camponês à sua frente.

Pegou o biscotinho.

"O biscoito é a única coisa que não derrete. Seria melhor você sorver primeiro o canudinho", disse o vizinho dele.

"Por que você não pega primeiro uma colherada de sorvete?"

"Da bola cor-de-rosa."

"As frutas cristalizadas também estão com uma cara ótima".

"E por que não o chantili? Isso sim é o que eu chamo de chantili."

"Se eu fosse você, começaria logo a comer que vai derreter."

"Só não peço também porque tenho diabetes."

"Isso aí no meio é chocolate?"

"Se você abrir o guardanapo no colo não suja esse seu saiote lindo."

Katelijne à essa altura ainda nem tinha conseguido provar nada.

"E agora já chega!", disse o avô. "Deixem a menina em paz."

Comeu até o último bocado. O guarda-chuva ela enfiou no bolso do casaco. No momento em que saíam, um dos homens deu a volta ao redor da mesa e pegou todos os mini speculaas[41] deixados sobre os pires com as taças de café vazias para fazê-los desaparecer para dentro do bolso do casaco. Percebeu que Katelijne o tinha visto.

"Para a empregada", disse ele, dando-lhe uma piscadela.

"Estão vendo ali? Foi onde o Michiel fez o tiro ao alvo", diz o do aparelho. Aponta para um *trailer* longo onde se veem dependurados ursos de pelúcia.

"Aposto que você acertou a barraca de crepes", diz Jeroen, soltando um riso gutural.

"Êi, Minderhoud, cuidado com a língua!"

O Rogier sim acertaria, pensa Katelijne. Costuma disparar contra as gralhas ou então tendo como alvo uma lata de cerveja vazia, que ele fixa na pradaria sobre uma estaca. E bem ao longe, porque não tem a intenção de conseguir acertar muito fácil, já que recebe depósito pela devolução das latas.

Jeroen dá-lhe uma cotovelada. "Dê uma olhada para aquele lado ali, à direita, mas não tão rápido, cuidado!"

Sem virar muito o pescoço, olha de relance. "O quê? E onde?"

"Veja só quem está ali, perto do carrossel? É o Levien Flikkermachien!"

Agora Katelijne também o vê. Está apoiado sobre só uma perna, encostado numa barraca. Os pés, em meias brancas de *cooper*, enfiados em sandálias marrom. Na mão, uma máquina fotográfica.

"Ele está olhando para aquela...!", diz Jeroen, ciciando.

"Aquela quê?", pergunta o Michiel.

"Nada não", diz Jeroen, nervoso. "Eu estava me perguntando o que é aquilo ali." Aponta para uma atração qualquer.

"Sei lá eu. Mas a que parece animal mesmo é aquela ali", diz Michiel. "Não para filmar." Aponta para um disco enorme sobre o qual estão montados quatro carrosséis, aos quais estão presos uns barquinhos em forma de tina. Vão em disparada até lá.

"Então, a gente tem que ir andando", diz Jeroen de repente.

"Ô, Minderhout! Não seja desmancha-prazeres; dê só uma olhada!"

O disco gira, os carrosséis giram, gira cada barquinho individualmente, gira e cambaleia para os lados. Quando o movimento se acelera, as pessoas gritam de dentro do brinquedo. Luzes piscando, vindo inclusive dos painéis no chão. Até que o movimento vai parando. Acabou-se o que era doce. As pessoas descem do brinquedo, rindo. "Foi o maior barato!", dizem.

"Você tem que ir uma vez para entender: só mesmo sentindo na pele", diz Michiel.

"Mas é que é pago", diz Jeroen.

"E daí?", pergunta Michiel.

"Cara, quando eu penso no ano passado! O Melse estava com a gente, lembra?"

"Lembro. O Poppe também", diz o rapaz do aparelho. "Ele estava se borrando a calça, juro. Anormal!"

"E o que foi que você sentiu?"

"Pois é, difícil de explicar. Só mesmo indo para saber. A única coisa que eu posso dizer é que é o máximo. Saindo, você já não sabe mais o que é direita e o que é esquerda."

Katelijne e Jeroen se entreolham.

"Será que a gente tem tudo isso de dinheiro aqui?", pergunta Katelijne.

"Eu tenho uma nota de dez", diz Jeroen.

A Katelijne, quatro florins.

"Dá e sobra", diz Michiel. "Vocês vão ver."

Os quatro compram bilhetes e trepam para dentro das gôndolas. Jeroen é quem entra primeiro. Michiel despenca ao lado dele. A Katelijne não tem alternativa se não pegar outro carrinho junto com o rapaz do aparelho.

É bem apertado para duas pessoas. Na verdade, impossível não encostar um no outro. Não sabem o que dizer. Em silêncio, afivelam o cinto de segurança. Ouvem Michiel gritando algo lá da outra gôndola. Soa a chacota, mas o barulho é tal que não se entende.

De repente, Katelijne deseja que o outro a toque. Respira fundo. O casaco de verão de um azul acerado cheira a chuva e iogurte. Expira o ar e os seus músculos se descontraem. Olha furtivamente de lado. Ele está com as mãos apoiadas na parte externa das coxas. Mãos nada bonitas. Rói as unhas. A Katelijne puxa a saia sobre os joelhos e a alisa. Em seguida encosta a perna nas calças dele como quem não quer nada, e lhe roça o mindinho. No mesmíssimo segundo, um arrepio lhe sobe pelos braços e pelas pernas, como se soprasse de repente uma brisa fria.

O disco começar a girar para um lado, enquanto o carrossel gira para o outro. São arrojados contra o espaldar do assento. Passa um homem e dá ainda um impulso extra na gôndola deles. Começam a rodopiar, mais e mais forte. De repente o movimento se estanca e eles são jogados para o outro lado. Katelijne ouve gritos. Começa a sentir-se rodopiar por dentro do corpo. As coisas já não são mais coisas: transformaram-se em faixas de cor. Primeiro ainda amarelo e vermelho, depois somente laranja.

Quando finalmente descem, brancos como cera, descobrem os quatro estarem cobertos de vômito. Jeroen e Katelijne conseguiram controlar o estômago, o que não impede que suas roupas também estejam emporcalhadas. Pelo visto, os rapazes se voltaram na direção deles antes de despejar pelos ares o conteúdo do buxo. Michiel está também com a testa coberta de gotas de suor.

"Vocês estavam em quais gôndolas?", quer saber o homem que lhes havia vendido o bilhete. Com a irritação estampada na cara, agarra um balde de água com sabão e o esfregão.

Envergonhados, entreolham-se. Não há nenhum trapo para se secarem. Até que Jeroen tem uma ideia e vai correndo até a barraca de crepes. Volta com dois guardanapos de papel.

"Eu tenho mais que certeza que tinha mais coisa dentro da Coca-Cola", diz Jeroen. "Vocês vêm enchendo a cara."

De repente, eis que ele é o homem, o experiente. Apanha as duas garrafas e esvazia o que tinha sobrado. "Aqui, e vocês ainda podem devolver os cascos", diz, devolvendo-lhes as garrafas. "Se eu fosse vocês, ia era para casa."

No caminho de volta, têm de pedalar contra o vento. Quanto mais se aproximam de casa, mais e mais devagar passam a pedalar.

Ninguém à mesa se dá conta de nada. Rogier aparece com uma história de dois camponeses lá das vizinhanças de onde ele faz estágio. Foram apanhados em flagrante pela AID, a instância do Ministério de Agricultura e Preservação Ambiental que cuida das inspeções, no momento em que transportavam um tanque com algumas centenas de litros de leite de uma fazenda à outra.

"É claro que eles queriam sonegar as sobretaxas sobre o excedente de produção." Trata-se da multa que um produtor de leite recebe quando fornece mais leite a uma fábrica do que o limite estabelecido.

"O outro fazendeiro ainda não tinha ultrapassado a cota", diz Rogier. "O que tem de errado um fazendeiro transferir parte da sua cota a outro?"

"Você se esquece de que isso é ilegal", diz o pai. "É desse jeito que acabam perdendo o lucro, assim como um policial que deixou em casa o bloco para passar multa. Além disso, este é o último mês de sobretaxa. Assim sendo, todos os fazendeiros já sabem se a sua produção foi inferior ou superior a esse limite."

"Vou lhe dizer uma cosia, esse povinho da AID é mesmo nojento", diz o Rogier. "Segundo o vizinho, eles têm estado há duas semanas aí pelas valas, de botuca para ver se apanham gente fazendo coisa errada."

"Pois é", diz o pai, "o povo do AID é da pior espécie. Katelijne, se você alguma vez aparecer por aqui com um deles, fique sabendo que por essa porta vocês não entram."

"Que besteira é essa? Você não acha que ela ainda é jovem demais para trazer namorado para casa?", pergunta a mãe. Apoia o braço sobre o recosto da cadeira da Katelijne e dá-lhe um puxão no rabo de cavalo.

"Eu disse isso é para que ela já esteja avisada para o futuro", diz o pai, enfiando na boca metade do sanduíche enquanto mantém a faca na vertical sobre a mesa.

"E eu estou falando sério", diz, de boca cheia.

Alguns dias depois, descobre-se que foram dedurados pela filha do Kee Dommisse, ela própria tendo apenas cruzado a feira para ir e voltar do carro, que estava estacionado no Tref. Tinha-os visto no momento em que desciam de um "pires girante" enfeitado de "luzes faiscantes" e que estavam com cara de náusea. A notícia já tinha dado volta pela aldeia inteira antes que a avó a viesse comunicar à mãe.

"Mas minha filha", diz a mãe em tom enérgico, apanhando a Katelijne com um beliscão na bochecha como se a quisesse fazer sangrar. "E se tivesse acontecido alguma coisa? Será que você acha mesmo que vai poder comparecer perante ao Senhor depois de estar num lugar desses?"

Katelijne pensa no céu sem nuvens. Efetivamente podia ser este o Dia do Juízo Final.

"E o que mais que vocês aprontaram?", pergunta a mãe, com desconfiança.

"Nada", diz Katelijne.

"A última coisa que eu quero é que as pessoas pensem que eu estou criando em casa uns malandros", diz. Ela havia lhes dado uma educação boa demais para eles fingirem por aí que não aprenderam nada em casa. O tom de voz em que ela diz isso é o mesmo que usa para falar de negros, ao afirmar que esses não trabalham duro porque não conseguem pensar no amanhã.

"Ainda por cima você mentiu quando disse que tinham voltado direto. Só que meteu os pés pelas mãos."

Katelijne olha para a parede com os salpicos brancos por cima do ombro da mãe.

"Vou pedir para o seu pai lhe dar uma surra daquelas para você ver o que é bom. E essa sua cara de deboche não me agrada nada."

O olhar da Katelijne baixa até o rodapé e aos riscos de lápis coloridos, que já estavam ali desde que ela era pequena.

"Eu disse a eles que você se encarregaria da surra", informa a mãe ao pai, "porque se sou eu quem viro esses dois de bumbum para cima, eles começam a caçoar de mim." É verdade. A mãe é grandona e robusta, mas para dar surra não serve, pelo menos não para a surra que o pai é capaz de aplicar. Ele tem lá os seus truques, assim como ao manejar um martelo.

"Combinado", diz o pai. "Mas depois do jantar."

Debulhando trigo

De um dia para o outro, as saias de Katelijne ficaram apertadas, e nem nos seus pulôveres de menina ela coube mais. Desde então, vive remexendo as pilhas de roupas dos irmãos procurando exclusivamente os seus camisões azuis largos.

"Ela está crescendo não só de altura, mas na largura também", diz o pai, que observa com interesse a Katelijne, ocupada na tarefa de passar uma espessa camada de manteiga fresca sobre a fatia de pão integral.

"Essa aí come que nem pedreiro. Vai ficar com um bundão que a gente vai poder cavalgar em cima dela", diz a mãe sem levantar o olhar, como se o que tivesse acabado de proferir fosse uma passagem da Bíblia que ela soubesse de cor. Pronto! Abriram-se as portas da represa.

"E pescoço de toucinho!", diz Rogier.

"E as coxas, então? Mais parecem dois leitões!"

"Sem falar nesses antebraços, que, de tão roliços, eu nem mais consigo fechar com o punho", diz a mãe, tentando enroscar os dedos no braço da filha e, beliscando, expõe as pelancas presas entre o polegar e as unhas do indicador à apreciação geral.

"Essa aí está trilhando os passos da avó", diz o pai, rindo com desdenho, mas também temeridade, porque o que diz foi algo insidioso: ele se referia em realidade à avó do lado materno.

"Sim, e da mãe dela", diz Jeroen, que não costuma ter muita presença de espírito. Os rapazes se entreolham. Essa foi uma das boas, mas será de bom tom rir? É quando percebem um esboço de sorriso nos lábios de pai, que acaba não conseguindo se conter. Despeja sobre a mesa uma gargalhada contagiante, tanto que todos desaparecem por alguns momentos para debaixo da mesa. A mãe também ri, mas torcendo o nariz como se tivesse provado ruibarbo cozido sem antes sapicá-lo de açúcar.

Katelijne quer fazer um comentário sobre a dentadura postiça do pai, sobre o Christiaan, que não consegue juntar um e um para fazer dois, e ainda sobre o pano que Rogier tem debaixo do protetor de colchão, mas a voz lhe sufoca na garganta.

Desde então, já não come mais do que dois ou três sanduíches por vez, apesar de que, pela fome, comeria pelo menos uns cinco. Em compensação, gasta agora a totalidade da mesada em porcaria e biscoito no mercado local.

As transformações que sofre no corpo, chamadas por comodidade de "o desabrochar" pelos demais, é agora um tema recorrente nas conversas. E não fica só nas palavras. Certa noite, após o jantar, eis que aparece Rogier, trazendo uma balança do andar de cima a fim de saber do que "estamos falando".

"Vá plantar batata", diz Katelijne, agressiva. Não está de brincadeira, mas pouco pode fazer quando oito pares de ávidas mãos a levantam e "um e dois e agora!", erguem-na para colocá-la outra vez sobre a balança. O único inconveniente é que estão todos tão amontoados sobre a irmã que não conseguem enxergar o indicador da balança.

"Cinquenta!", grita um deles.

"Sessenta e cinco!", grita outro.

A Katelijne se debate com unhas e dentes e se esgoela tanto que, com certeza, terão-na ouvido lá da aldeia.

"Minha filha, quem vê pensa que você está sendo assassinada", diz a mãe, exaltada. A balança volta para o andar de cima sem ter cumprido a sua função; só depois, porém, de cada um subir nela ostensivamente. "Vocês veem que eu não estou nem aí: subo e pronto". Exceto a mãe, que está lavando a louça.

A Katelijne se tranca no banheiro e tenta acostumar-se ao espaço extra que o seu corpo, de um dia para o outro, passou a ocupar, bem antes do que esperava. Passa por um momento delicado, principalmente por causa dos meninos, que já começaram a procurar entre os vincos dos camisolões extragrande um broto de seio. Dizem-lhe que emporcalhou a camiseta e apontam para uma mancha imaginária perto das axilas e, quando volta de uma visita ao médico da escola, já vêm logo perguntando se teve de tirar a camiseta ou não.

Submete a embalagem de plástico com as almofadinhas de algodão, que a mãe guarda por detrás das roupas de baixo, a uma inspeção detalhada, a fim de verificar se ela realmente as deverá usar agora que está virando uma mocinha. Retira um deles da embalagem e o roça contra o peito, até que descobre nele uma faixa adesiva e o coloca de volta na exata posição de antes a fim de que a mãe não se dê conta de nada.

Não se trata de um desejo. A única coisa que ela quer saber é o que a está esperando. Só lhe causa inquietação o fato de as pessoas dizerem que "ela se parece cada dia mais à mãe".

O pai não para, desde as onze e meia, de entrar e sair de casa continuamente como uma galinha decapitada. Tenta telefonar à empresa de serviços agrícolas que deve vir debulhar o trigo. Faz um tempo esplêndido, e na distância se veem as colheitadeiras amarelas e verde-maçã avançando pela lavoura, deixando atrás de si uma trilha de palha picada e imensas nuvens de poeira. Mas estão fora dos limites da propriedade: pelo visto ainda não chegou a vez deles.

Quando a Katelijne ouve os passos do pai, agarra energicamente o telefone e vai com ele até a porta dos fundos a fim de dá-lo a ele. O cabo é longo o suficiente. Continua conectado à extensão dos tempos em que Rogier ainda namorava Jannemieke, quando ele levava o telefone até a área de serviço, longe dos ouvidos alheios. Dava para perceber que tinham estado pendurados no telefone pelo ranho que ele deixava grudado nos botões da lavadora.

O pai apanha o telefone sem uma palavra de agradecimento. Nem parece notar a presença dela.

"E olhe que eu disse ontem mesmo que, se fizesse bom tempo hoje, eu queria logo depois do almoço", diz o pai, em desespero. Mas, pelo que tudo indica, eles se esqueceram disso, porque já deram as onze e meia, e nem sinal deles."

"O que exatamente você tinha combinado?", a mãe repete a pergunta pela quarta vez. Não tem nada de paciência e não o deixa terminar de falar, exatamente o que o pai lhe diz.

"É pedir muito que você primeiro me escute?"

Katelijne prende a respiração; o que mais deseja é que não haja nenhuma briga. Há pouco tempo alguém lhe disse que os pais que brigam muito acabando se separando. O que seria dela então? Sabe que a igreja da paróquia não aceita o divórcio – mas a verdade é que nunca se sabe.

Nessa hora, felizmente, uma das colheitadeiras entra no começo da rua, e só podem estar-se dirigindo até eles. Todos respiram aliviados, e Katelijne logo sai perguntando se pode ir ao seu lado no basculante quando ele for transportar o trigo. O pai diz que sim, mas que têm de arrancar dali agora mesmo. A mãe ainda lhes dá uma bolsa térmica com bebidas.

"Senão sou eu quem vai ter que sair correndo atrás de vocês", diz.

A colheitadeira tem os dentes da engrenagem de debulho em si própria, e não numa carreta separada por detrás do motor. Não deveria ter, para poder circular sobre o asfalto. "Pai, assim ele não fica grande demais na largura?"

"Não fique reclamando. O que importa é que eles estão aí."

O trigal é perto dali. Dá até para vê-lo pela janela da cozinha. Chegando lá, encontram as bicicletas dos irmãos junto à represa. Os gêmeos e Lourens estão dando saltos para ver se conseguem dar uma volta com o pai.

"Um de cada vez", diz o trabalhador rural contratado para fazer o serviço. "Só tem um único assento."

É quando os outros dois, como não podia deixar de ser, decidem que também querem ir ao lado do pai no trator, mas Katelijne não tem a menor intenção de se deixar enxotar do seu posto.

"Uma volta eu vou dar primeiro", diz, peremptória, mas arrependendo-se de não ter sido menos dócil e dito "duas voltas".

O pai pergunta ao trabalhador o porquê de tanto atraso. Provavelmente queria desperdiçar tempo. O pai sempre quer que tudo vá o mais rápido possível. Como o seu próprio pai. "Aquele lá era outro esquentado", diz a mãe.

A colheitadeira avança sobre a lavoura. Demora um tanto até que dê uma volta completa no terreno. Em espaços mais amplos, o pai ligaria o trator e seguiria ao lado da colheitadeira. Maneja a alavanca até que a carregadeira esteja acima do aparato e possa despejar os grãos debulhados para dentro do caçamba. Levanta-se uma nuvem de poeira enorme e, em questão de segundos, veem-se cobertos de pó, principalmente o pai que, por suar tanto, faz com que partículas negras grudem-se à pele.

Aparece ainda na linha do horizonte um trator com escavadeira, um Fiat. Um dos que foram alugados juntamente com o operário. De repente se aproxima também uma enfardadeira para os feixes de feno; na sua cola, Christiaan e Rogier aparecem cada um com um trator, aos quais têm atreladas carretas para o carregamento da forragem enrolada. Rogier se mantém de pé sobre uma das carretas que avança com solavancos. Mantém o equilíbrio escorando-se num ancinho que fixou contra o estribo. Aprendeu com o avô. Veem-se obrigados a estacionar sobre a berma, porque espaço é por enquanto o que menos há na lavoura, além de que a enfardadeira tem primeiro de dar ela a volta. O que acontece é que chegaram algo cedo demais: mas quem é que conseguiria conter esses aí?

A escavadeira está carregada. O pai está trocando algumas palavras com o controlador da enfardaderia. Trata-se do Cor, um amigo da família, fazendeiro ele também. O pai também o ajuda quando falta algum dos seus trabalhadores, além de que se emprestam mutuamente instrumentos agrícolas. Acontece também de ele simplesmente dar um pulinho até a casa dos Minderhoud para uma cerveja, em geral aos sábados pela noite. Não tem nem esposa nem namorada.

"O problema é que ele vai com tanta sede ao pote", diz a mãe, falando sobre Cor, "que acaba afastando qualquer uma". O pai, ao contrário, justamente diz que querer é poder. "Não existe nada no mundo que, quando se quer, não se consiga", diz também, o que é verdade, porque o pai sabe fazer o que for: constrói fossos com esterqueira, silos e baias de confinamento. Conserta os calefatores quando estragam, sem falar nos óculos de Peter e Rogier, que quebram a cada dois por três. Para esses, nada é difícil.

A avó diz, por sua vez, que é só pedir ao Senhor. "O que para o homem é impossível, para o Senhor não o é". Mas o Cor é um dissidente da igreja. Considera pesado demais o Conselho Paroquial da Irmandade, e a curadoria, ainda mais. Não para de imprecar contra a curadoria. É ela que determina se um candidato a pastor deverá ou não iniciar a sua formação de predicante. É com tal fim que se reúnem uma vez ao ano, depois de toda a região ter rezado nas vésperas por muito juízo e pelo que virá a ser o novo pastor. Mais pelo primeiro, porque de hereges eles já estão cansados.

Cor diz que os novos candidatos deverão ter uma mentalidade tão severa quanto as dos mais severos membros da irmandade.

"Agora você me diga", continua, "você acha que eles algum dia virão a permitir a admissão de um negro? Você acredita mesmo nisso?"

Para o pai e a mãe não faz grande diferença. Dizem que não é que estejam dando pulos, torcendo para o pastor ser negro. Eles acham mais importante encontrar um consenso sobre a essência da questão.

"Você deveria diminuir a potência, senão os ombros deles não aguentam", diz o pai ao Cor. Rogier, que pesca a conversa de longe, grita, indignado, que não são mais crianças. Além de que você paga por feixe prensado, ou não?

Para exasperação sua, ainda é o pai quem tem a última palavra.

O pai, então, põe-se a caminho da cooperativa acompanhado de Katelijne. Agora, a uma velocidade maior do que sobre o campo, o vento refresca mais. Passam pelas pradarias de um verde opaco, onde pastam umas vacas esquálidas, além das novilhas; acima delas, uma revoada de pavoncinos. Passam também por lotes de azevém inglês ainda rentes, cujo verde lhes penetra os olhos.

"Já é o terceiro aceiro", diz o pai, satisfeito. Diz que bem poderia dar uma chovida terminada a debulha.

Ladeiam fossas habitadas por um sem-número de patos, passam por um *bunker* onde, como sempre, brinca um grupinho de crianças, e ainda pela chácara do Jantje de Kikker, que vende em casa dormentes e iogurte fresco.

"Ainda não se vê nunca ninguém , não é?", pergunta o pai. "Nenhum cliente, eu quis dizer. E aí eu lhe pergunto: o que sobra de fresco num iogurte tanto tempo parado?"

Mesmo desviando os olhos do sol, a luz é tão forte e ofuscante que parece o flash de uma câmera fotográfica.

O pai tamborila sobre o volante, enquanto assobia: "o Senhor a que amo", e a Katelijne, que não sabe assobiar, cantarola o mais alto que pode.

Ao chegarem à cooperativa, são recebidos por um homem vestido com uma camisa negra listrada e alguns cabelos grisalhos penteados sobre o crânio já quase calvo, que tem um medidor de umidade em mãos.

"Isso sim é que é um homem vivido!", pensa Katelijne. Vê-se que é um homem que vive ao ar livre, com um rosto curtido pela intempérie: não tem os vincos horizontais usuais, mas antes algo como um estampado quadriculado, como os sulcos no canteiro dos alquequenjes após sobreviverem o inverno. Leva pendurada no cós uma garrafa.

Conhece-o de vista, da igreja.

Sem tomar impulso, ele salta sobre a colheitadeira, esperneando até encontrar apoio para os pés, sobre os quais dispõe duas caixinhas marrom escuras, ergue-se e enfia o medidor em meios aos grãos.

"No que se refere à umidade, está no ponto", diz. Cita ainda alguma porcentagem, mas a Katelijne não a pesca com exatidão. Saca a garrafa do cós, remexe-a enfiada em meio aos grãos, enche-a e a entrega ao pai. Só então vai afrouxando os joelhos com vagar.

"Seu vizinho Sekker não compareceu à igreja no domingo passado", diz ao pai. "Terá acontecido alguma coisa com ele?"

"Na missa da tarde, eu garanto que ele estava", diz o pai. "O sujeito deve ter perdido a hora pela manhã."

"Ah, bom! Então é outra história. Eu até comentei com a minha esposa sobre não termos visto o Sekker nem pela tarde, e, como de noite ele mesmo nunca vai, fiquei com a pulga atrás da orelha. E sabendo-se que a mãe dele também não é das mais jovens..."

"Que eu saiba está tudo em ordem. O problema dele sabe qual é? Este aqui, ó!", diz o pai, agarrando um copo imaginário e vertendo o conteúdo igualmente imaginário vez após outra goela abaixo.

Primeiro, têm de posicionar o veículo com todo o seu peso sobre a báscula de carregamento.

"Quer que eu desça?", pergunta Katelijne.

"Não precisa, mocinha. Pode ficar sentada", diz o pai.

O trigo é descarregado sobre a pilha já volumosa. O armazém egípcio, pensa a Katelijne. Se forem algum dia confrontados com a fome, pelo menos sabem onde podem vir encher os seus sacos de provisão.

Vazia a escavadeira, têm de ser pesados outra vez, agora sem o carregamento. A Katelijne já faz menção de descer do trator.

"Pode voltar. Você tem que ficar aqui dentro, se não é tapeação."

Empreendem outra vez o regresso. Katelijne acena para o homem da garrafa. Ele responde meneando a cabeça.

"Que teor de umidade a gente tinha?", pergunta Katelijne.

"Quatorze por cento", diz o pai, que parece não ter-se dado conta de que os cabelos e o bigode, da mesma cor, estão cheios de fiapos de palha. Aliás, quatorze por cento é um índice excelente, explica o pai. Com menos umidade, o peso do produto diminuiria. Com mais, a gente teria de incluir os gastos de secagem.

Riem dos banhistas, alguns gatos pingados de óculos de sol e calções mais brancos que brancos, que fogem assustados para a berma quando os veem vindo.

"Você viu como eles ficam com esses trajes de Adão e Eva?", diz Katelijne.

Quando voltam para a lavoura, veem que Cor já começou a prensar a palha. Katelijne corre na direção de Christiaan para ir-lhe passando as sacas. Em se tratando de palha e feno, toda e qualquer ajuda é bem-vinda, até mesmo vindo de Katelijne. Rogier se mantém de pé sobre a carreta, apanha as sacas e as amontoa pouco a pouco. Dispõe-nas primeiro numa fila na diagonal, passando pelo meio, em seguida as outras, perpendicularmente às primeiras. A segunda leva segue um padrão diferente e, a terceira, ainda outro.

Assim não escorregam. Jeroen avança ao lado com o trator a passo de tartaruga. Quer passar o volante à Katelijne, porque ele tem mais força para erguer as sacas, mas Rogier não quer nem ouvir falar a respeito.

"Então você não sabe como ela dirige, aos trancos e barrancos?", exclama. "Só poderia dar em acidente, e acidente é a última coisa de que a gente está precisando agora."

"Hora duma cervejinha", diz o pai ao voltar com Lourens da segunda visita à cooperativa. Apanha a bolsa térmica debaixo do assento e grita algo para o operador da enfardadeira. O outro operário, o da escavadeira, e o que maneja a colheitadeira também recebem uma garrafa, mas para levar, porque, se forem fazer uma pausa agora, aí sim é que eles só terminam amanhã mesmo. Os demais se reúnem ao redor das sacas, encostados ou empoleirados nelas.

Para os menorzinhos, trouxe-se suco de maçã, os demais ficam na cerveja. Katelijne não gosta do sabor, mas dá-se por feliz por ter uma garrafa só para ela.

"Esta cerveja pelo menos é boa", diz o Rogier, satisfeito. "Diferente daquela porcaria que a mamãe comprou na semana passada".

"A *shandy*?"

"Você quer dizer aquela mistureba aguada?", diz Jeroen, concordando.

"Nada melhor para você, com esse seu gosto infantil", diz Christiaan.

Rogier dá-lhe um chute na canela.

O ar parece vibrar. Zumbido de máquinas vindo dos quatro cantos. Um dia perfeito para a colheita. Rogier descalça os sapatos para arejar os pés. Katelijne o manda sentar-se "mais para lá, por causa do chulé".

"Eu sei", começa o pai de repente, voltando ao grupo um olhar triunfante, "quanto pesa a Katelijne!" Abre um sorriso de orelha à orelha. Em meio ao rosto coberto de pó escuro, os dentes brilham de repente mais alvos do que nunca.

"Eu passei pela báscula que fica logo à entrada da cooperativa!", diz Katelijne.

De repente todos os olhos a examinam dos pés à cabeça.

"Dá para ver?", pergunta Katelijne, enquanto seu olhar procura nervosamente um ponto em que se fixar. Apanha a sacola de plástico em que foram trazidas as cervejas e a abre sobre o colo. "Agora que já viram, acabou-se o *show*."

"Sessenta quilos", diz Rogier na mesma hora. Tem nos lábios inferiores um fiapo de palha que se mexe enquanto ele fala.

"Nem que a vaca tussa", diz Cor. "Faz pouco tempo, quando fui vender um touro ao açougueiro...". Todos riem entre os dentes.

"Então, quando fui vender o tal touro, tinha calculado de olho o peso do bicho e por pouco não acertei. Eu tinha dito 780 quilos, e ele tinha 790."

"Tsc-tsc-tsc! Isso é o que eu chamo de errar por pouco!", diz o pai.

"E para essa aí quantos quilos você dá?", pergunta Rogier, indicando a Katelijne ao menear a cabeça.

Cor a examina mais uma vez, detidamente.

"Quarenta e cinco quilos limpos."

"Bem se vê que você tem olhar clínico", diz o pai.

"E então, quanto ela pesa?", insiste Rogier.

"Cinquenta quilos com roupa e tudo", diz o pai. "Aproximadamente, porque um quilo a mais ou a menos não faz diferença. Ha-ha-ha! Ela própria me perguntou se tinha de descer. Eu disse: 'Você pode ficar aí descansada no trator.'"

"Espere aí! Se eu fiquei sentada em ambas as vezes você não tinha como saber", diz a Katelijne triunfantemente. "Tudo invenção da sua cabeça." Toma um bom gole da cerveja, engasga-se e começa a tossir.

“Mas se outro dia mesmo eu também estive lá, com Lourens”, diz o pai, os olhos cintilando. “Eu pedi que ele descesse e pesei o trator e a carreta anexa, dessa vez vazios. Ha-ha-ha! Aí é só uma questão de subtrair uma coisa da outra. Ha-ha-ha!”

Como eles se divertem!

“Ela caiu direitinho! Essa sim é uma boa!”

“Ha-ha-ha”, repete a Katelijne, em tom de zombaria, ainda tossindo. “Que engraçadinhos que vocês são!” Esvazia o conteúdo da garrafa no chão.

“Que desperdício!”, diz o pai. “Se você não quer, pode dar aqui.” Mas hoje ela quer é que o pai se dane.

Ajuda com a palha o resto da tarde e da noite, mas calada.

Tendo carregado todas as sacas na carreta, empreendem o caminho de volta. Para entrar no paiol escuro e poeirento precisam passar pela esteira. Quando dão por si, estão grudando e picando por todos os poros, tanto é o suor e tanta a poeira. Dos narizes sai um muco da cor da terra. Interrompem a cerveja para comer um pratão de macarronada com *ketchup*, presunto e queijo, e põem-se rapidamente a trabalhar outra vez. Se ainda não tiver anoitecido quando terminarem, querem entrar no mar para tirar a poeira do corpo e desinfetar os arranhões. Às oito, despacham para cima a última saca. A palha está toda recolhida.

“Essa daí não deixa nada a desejar, se você quer saber”, diz Cor ao pai, quando começam a escalar as dunas. Aponta para Katelijne. “Ela não deixa escapar uma saca, infalível”.

Katelijne, porém, nem mesmo cora com o elogio. Já avança correndo à frente, longe demais para conseguir ouvi-lo, levando os chinelos nas mãos. Quer já ter tirado a roupa e entrado no mar antes que os demais desçam da última duna.

No dia seguinte, logo depois do almoço, é quando aparecem os motociclistas. Como vespas ao redor de uma ameixa madura partida, num piscar de olhos, surgem pelo menos uns trinta deles. Fazem rachas no trecho do terreno em que ontem debulharam o trigo e carregaram as sacas de palha. Uns dez motociclistas estão com os motores ligados, prontos para disparar; entretanto, parece que o trato é que corram não mais de três ao mesmo tempo. Vão com a maior velocidade possível rumo ao pôr do sol rosado, derrapando na curva. Quando aparecem as nuvens de poeira levantada, os gritos da torcida recrudescem. Alguns conseguem fazer todo o percurso empinados sobre a roda traseira.

Rogier também sai que nem louco com a sua moto Zundapp, contornando os restolhos do trigo ceifado, seguido pelo Christiaan, que, apesar de não ter completado dezesseis anos, dirige a Kreidler velha do Rogier.

"Você não se esqueça de jogar o peso do corpo para o outro lado se começar a derrapar, hein?", alerta Rogier.

"Tão idiota assim eu não sou", responde Christiaan. Está de óculos escuros, como se estivesse de férias. Os óculos escondem as veias escarlates no branco dos olhos, irritadas pela poeira e pela salmoura de ontem.

Jeroen pergunta se pode tentar uma vez, mas Rogier, já arrependido de ter dito "sim" ao Christiaan, não quer nem saber disso, de maneira que ele se posta ali com cara de quem nem quer mais participar. É dar um quarto de hora para que ele não esteja mais ali. Os gêmeos, porém, não se deixam afugentar pelo Rogier.

Rogier é o herói deles. Só não sabem que ele o é apenas aos seus olhos. Para os garotos da aldeia, ele não passa de um moleque de bochechas arroxeadas e espinhas na cara e um motociclista que, apesar de andar por aí roncando com o motor, está longe de estar entre os melhores.

Entre eles também há algumas garotas, às quais a Katelijne não quer reunir-se por serem maiores que ela. Da sua classe, só distingue dois rapazes, espectadores da corrida com o queixo caído.

Katelijne desfila na frente deles com ares de importância; afinal de contas, o terreno da competição pertence a ela e à sua família. Irradia orgulho quando os ouve dizer "oi" timidamente. Puxa o Lourens pelo seu bracinho de criança.

"Você vem cá. Vamos ver o que Christiaan está fazendo?"

Com uma pontinha da saia e um pouco de saliva, limpa uma mancha de cocô de passarinho sobre o tanque. Pergunta a Christiaan que tal é a moto e se ele consegue apanhar a velocidade que quiser. Christiaan diz que depende de vários fatores: o vento, o tipo de solo e a quantidade de pessoas na garupa, mas Katelijne percebe que ele está com a cabeça em outra coisa. Nada mais compreensível, já que ele ainda tem de provar que é capaz.

"Por que você não arranca?", anima-o Katelijne, maternalmente.

É dar a primeira volta para que a Kreidler do Christiaan já não aguente mais as pontas. Solavanca a máquina, tentando insuflar-lhe vida, mas ela entrega a alma depois de uns últimos trancos. Os outros caçoam dele, gritando que seria mais fácil se houvesse combustível no tanque.

"Só podia mesmo ser um Minderhoud. A quem mais ocorreria participar de um racha de motocicleta com o tanque vazio!", grita um rapaz que, cúmulo dos cúmulos, está só de bicicleta.

"Seu asno!", exclama Rogier, ao chegar com sua Zundapp.

"Isso se aplica mais a você", rebate Katelijne, exasperada, tomando partido do Christiaan.

"Você, como não podia deixar de ser, estragou a bichinha outra vez".

Quando fica claro que palavra alguma fará arrancar a motocicleta, Rogier se manda de novo dali. Christiaan enrola um cigarrinho com bastante destreza para quem não fuma, já que, de outra maneira, não poderá tirar a sua carteira de motorista. "Um homem que se preza sabe fumar", dizia o avô antigamente.

Nas calças jeans de Christiaan se lê: BRAM PARIS.

"Por que você não pede então para dirigir a Zundapp?", pergunta Katelijne, a fim de animar o irmão. Por que diachos o irmão não entende de uma vez por todas o quão importante é para Christiaan participar das brincadeiras dos outros meninos?

"Ele não vai me deixar mesmo."

"Eu pergunto para você, está bem?", diz Katelijne, indo a passos firmes na direção dos outros, mas logo ouvindo às suas costas que não se dê ao trabalho. É quando lhe pergunta, aliás, por que é que ela tem de meter o bedelho onde não foi chamada.

Katelijne vira o pescoço e vê o irmão encostado na mobilete, as pernas ligeiramente afastadas, o queixo erguido, os olhos escondidos atrás dos óculos de sol.

"Lourens, querido, o que você acha de a gente ir para aquele lado ali? Christiaan está com uma crise de chatice."

Ouve Christiaan dizer a uma garota de calças roxas que não faz muito tempo esteve escutando o programa de rádio com os quarenta maiores sucessos. A menina, desinteressada, nem mesmo pestaneja diante de tal afirmação. Escusa dizer que ela não tem a menor noção de como é na casa deles, onde só às escondidas conseguem escutar algo diferente da previsão meteorológica.

Mas a garota até continua a conversar com ele. Apanha entre as mãos uma madeixa dos cabelos loiros compridos e a penteia com os dedos. Perceberia ela que Christiaan faz parte dos fiéis da igreja? É mais difícil de notar nos meninos do que nas meninas.

Christiaan tem atrativos suficientes até mesmo para uma dissidente. Possui o narigão reto e a boca larga da mãe, e os seus dentes brancos e fortes são tão imaculados quanto a dentadura da última. Os olhos turquesa como o mar não são especialmente grandes, mas possuem longos cílios negros e uma cintilação natural. Além disso, movem-se tanto como o restante do corpo, sempre a postos para descarregar quantas sacas forem necessárias.

Parece que vai ficando mais e mais musculoso a cada dia que passa. Quando está no barracão, faz flexões utilizando como barra fixa um pedaço de cabo de vassoura e, no verão, quando a mãe não está por perto, arregaça as mangas da camisa até as axilas para bronzear os braços, que, expostos ao sol, colorem-se de uma cor marrom-cocô.

Katelijne gosta dos braços dele, principalmente quando estão assim bronzeados. Observa-os quando, ociosos, apoiam-se sobre a superfície da mesa durante a leitura da Bíblia. Christiaan agora os brande pelos ares a fim de indicar à garota loira o tamanho ou a distância de algo – provavelmente da motocicleta que comprará no futuro, quando fizer dezesseis anos.

Mais adiante, na mesma tarde, Katelijne volta a ver Christiaan, dessa vez conversando com Petra Davidse, a irmã mais velha da Eline, uma colega de classe da Katelijne. Tem praticamente a mesma cara da irmã. Os mesmos cabelos negros, cortados rentes. Traja uma saia jeans que chega quase aos joelhos e umas meias curtas com listras amarelas e brancas nas sandálias abertas, por onde a areia seca entra com facilidade. Eu sei, pensa Katelijne, com sede de vingança, de que cor essas meias vão ficar hoje à noite.

Pensa na família Davidse. Eles também moram nos arredores da aldeia, mas do outro lado. O pai de Petra e de Eline mantém contato permanente com o homem do tempo da rádio. Quando chove, ele lhe informa o índice exato de pluviosidade. "Ele telefonou de novo", diz Eline na escola. A aldeia só é mencionada em ocasiões especiais.

Katelijne esteve certa vez na casa deles. No verão passado. Na alta temporada, moram no que havia sido uma velha pocilga por detrás das empas de feijão, que têm forma piramidal e sobre as quais se veem tantos feijoeiros que se é levado a crer que eles não comem nada além disso. A casa deles em si alugam aos veranistas.

Katelijne conheceu o quarto que a Eline divide com a irmã. É do mesmo tamanho que o banheiro na casa dos Minderhoud, e não tem janelas. Nele só se vê um beliche estreito, com colchões finos que cedem ao peso. Do outro lado da parede de gesso se encontra a cama dos pais. Sobre ela, uma coberta de crochê de um amarelo "cheguei" horroroso, na opinião da Katelijne. É como se dormissem sobre um canteiro de dentes-de-leão.

Eline tinha demonstrado também o uso da vassoura mecânica para tapetes da Brabantia. A mesma que eles tinham na escola, mas da qual não deixavam que ninguém se aproximasse. Faz parte das obrigações da Eline passar a tal vassoura com rodinhas sobre cada losango azul-cobalto do carpete. Katelijne tinha sentido uma inveja vergonhosa. Na casa dela, os mosaicos das tijoleiras se limpam com uma vassoura comum e, uma vez por semana – e olhe lá –, com o aspirador de pó.

Vê ao longe Petra rir para Christiaan, expondo grande parte das gengivas e meneando a cabeça ligeiramente. Parece não notar que ele só conversa com ela por ter acontecido de ela estar ali no momento, e não por estar interessado na sua pessoa. Apesar da distância, Katelijne consegue enxergar até mesmo a fenda que Petra tem entre os dentes. Logo depois a vê experimentar os óculos de sol do irmão.

De noite, Christiaan não para de falar de alguém com o nome de Cindy.

"Na casa da Cindy eles têm um detector de metal. A Cindy sempre acompanha o pai quando ele sai à procura de objetos na areia da praia. Às vezes, ele consegue juntar até trinta florins num só dia, além de um monte de outras coisas."

"História para boi dormir", diz o pai. "Trinta florins?"

"Quem é essa Cindy?", quer saber a mãe. "Ela frequenta a nossa igreja?" O nome "Cindy" não soa como se pertencesse a uma moça séria, com saias compridas e chapéu de feltro, assim como o pai não parece ser do tipo de homem que desenterra moedas no valor de trinta florins para o cofre da igreja.

"E que outras coisas ele desenterra?", pergunta Katelijne, que fica enraivecida ao não receber uma resposta do irmão.

"A Cindy não é partido para você", diz Rogier. "Ela pinta a cara com um monte de porcaria."

O dia seguinte é dia de rachas sobre a paisagem restolhada: dois tratores e duas chorumeiras. Rogier, que no meio tempo já tirou a carteira de motorista de trator, enche os tanques e leva os veículos para o terreno de cultivo. Chegando lá, desce deles, que passam ao comando do irmão. Christiaan vai cobrindo a terra com esterco líquido até que fique quase totalmente escurecida. O pai revolve a terra com o arado. As gaivotas, brancas como alabastros, vão bicando as minhocas rosadas que a aragem descobriu.

Sunny Boy

Katelijne ouve ruído de passos junto à porta do quarto. Faz desaparecer debaixo do travesseiro a revista e se debruça sobre o livro que jaz ao seu lado sobre o colchão, *Para ti também, Rianne*, sobre uma menina entrevada na cadeira de rodas que se recusa a acreditar que ela também consiga arranjar um "amigo especial".

É Christiaan. Despenca ao seu lado na cama box.

"Que figura rara que é o Jeroen!", diz. "Eita sujeito estranho." Vira de barriga para cima e se aninha, os braços debaixo da cabeça, sobre o travesseiro dela. O seu hálito lácteo se esgueira na direção da irmã como uma serpente.

"Por quê?", pergunta Katelijne, não muito complacente. O chega-para-lá que o irmão lhe deu durante os rachas ainda está atravessado na garganta. Além do mais, para continuar examinando a fotografia no fascículo da *Os pais contemporâneos*, agora enterrada sob o travesseiro, não precisa em absoluto da presença do irmão.

Tinha encontrado a revista no armário do dormitório dos pais. Nela se vê a fotografia de um recém-nascido, um menino, coberto de sangue em certos pontos do corpo. Um par de mãos enfiadas em luvas o seguram logo acima da barriga exposta de uma mulher deitada. O bebê está preso pelo umbigo a um cordão grosso e viscoso que desaparece em algum ponto entre as coxas da mãe.

Katelijne quer saber exatamente aonde vai parar o tal cordão, ou melhor, onde ele começa. Entende que o bebê é a ponta final, mas quer saber como ele foi parar ali. Agorinha mesmo ela ainda achava ter detectado uma ponta cintilante nas profundezas, perto da virilha da mãe, o que parece indicar que o cordão ainda se prolonga ali. Justamente no momento em que vai segurar a fotografia contra a luz para examiná-la melhor, entra o Christiaan. Se bobear, ele acaba encontrando a revista.

"Pode ir tirando as patas do meu travesseiro", diz.

Christiaan deixa-se escorregar um pouco.

"Qual é a reclamação?"

"O Jeroen quer acasalar ele próprio as vacas."

Do que é que ele está falando agora?

"Da morte do bezerro."

"Infame, essa."

"São as vacas. Ele quer cobrir as vacas sem os touros", diz, rindo nervosamente. "Segundo ele, desse jeito se consegue produzir bezerros melhores e que, uma vez crescidos, acabam dando mais leite. Se forem fêmeas, bem entendido. Ele quer fazer criação de gado assim."

Katelijne vê mentalmente os meninos tirarem uma vaca do curral e atarem-na à cerca. Acompanhou isso de perto não poucas vezes. O pai vai buscar o touro, que bradeja, excitado, quando é solto. É levado à vaca, atado a uma corda. A vaca também muge, sobretudo quando o touro salta para cima dela. O pai lhe segura o rabo para tirá-lo do meio do caminho.

Ela, porém, mantém uma certa distância, porque os touros são imprevisíveis. Já aconteceu de eles se soltarem. Certa vez, o pai ficou mancando três semanas a fio após um touro apertá-lo contra a cerca. O pai sobreviveu a essa por um triz.

"Você está querendo me dizer que Jeroen quer prescindir do touro?"

"E não foi o que eu acabei de lhe explicar? Que anta! Depois é a mim que eles chamam de tapado. Primeiro se esvaziam os testículos do touro e depois se injeta na vaca. Mas só se for um touro certificado."

"Certificado?"

"Sêmen de boa qualidade."

"E em seguida?", pergunta ela, com um interesse repentino.

"Em seguida cresce o bezerro na barriga da vaca."

Expressões todas que ela já ouviu um sem-número de vezes, mas atrás das quais ela desconfia haver um outro significado, como se tratasse de uma carta repetida do jogo *Descubra*[42].

Ela se levanta.

"Outra tentativa, Chris: o que é exatamente que o Jeroen pretende fazer?"

O touro preferido do Jeroen chama-se Sunny Boy.

"Esse aí está todos os dias de prontidão", diz ele, "ao passo que a maioria dos outros só umas duas vezes por semana". Quer que o pai compre um tubo de sêmen para levar a cabo a operação.

"Unzinho já dá para o gasto", diz o Jeroen. "A gente não perde nada por tentar". Mas o pai acha perda de tempo, além do preço excessivo.

"Nesse caso, ainda teria de vir alguém especialmente para fazer a inseminação. Você sabe o custo disso?", responde o pai.

Outra objeção do pai é que o Sunny Boy seja um exemplar branco com manchas negras da raça Frisian-Holstein, e ele quer justamente eliminar tudo o que é negro da genealogia das vacas. Prefere bem mais as vacas MRIJ, que, além disso, rendem mais. Produzem menos leite, mas, relativamente, mais proteínas, que é o que conta.

"As vacas ruivas ficam prenhas com mais facilidade", diz. Mais um argumento em favor das MRIJ.

"E preto não é mais bonito?", pergunta Jeroen. A mesma ladainha de sempre. Todos ali são partidários do ruivo, mas Jeroen insiste que a cor negra é superior, e que o Sunny Boy, nesse ponto, é, por excelência, o melhor exemplar imaginável. Põe fé nas vacas que produzem mais leite, de modo que rendam em poucos anos o seu valor de custo.

Pelos seus padrões, é o que efetivamente acontece. Afirma que, se quiserem cobrir os gastos com a ordenha, deverão passar à inseminação artificial. E que o negócio acabará perdendo a sua rentabilidade se prosseguirem dessa maneira antiquada. O pai retruca que já vem produzindo um leite de qualidade superior há vinte e cinco anos. As duas técnicas de momento são equiparáveis, diz Jeroen, mas não em longo prazo, porque eles próprios seguramente ficariam para trás se não a adotassem, o que ainda seria uma pena, tendo-se em conta que a cria do Sunny Boy brevemente estaria a caminho.

A mãe é a Pietje 175.

"O Sunny Boy é bastante arisco", diz Jeroen. "Só deixa se aproximarem dois encarregados que, assim sendo, nunca podem tirar férias ao mesmo tempo. Além disso, ele só curte vacas de verdade."

"Como ele faz, então?", quer saber Rogier.

"Escolhe outro touro para acasalar. Ele enlouquece. Salta sobre ele, enquanto seguram um pote bem perto dele para receber o sêmen. Produz a cada vez entre sete e oito centímetros cúbicos, o que equivale a umas centenas de tubos de sêmen."

"E quanto exatamente custa um tubo?" E não é que o Jeroen conseguiu passar ao pai um pouco do seu interesse?

"Depende. Se a gente comprar regularmente, cada um custa quinze florins. Grande parte vai parar no exterior. Mas isso pode render uns bons cem florins."

"Parece ser um bom '*bizniss*'", diz o pai. "Rapaz!" E, após alguns momentos de reflexão: "A história é assim bem diferente do que acontece atualmente, em que a gente tem de se esfalfar para obter os meros vinte centavos por litro de leite."

É quando a discussão recomeça do zero, até que o pai diz de chofre que considera o método grotesco demais.

Grotesco. A Katelijne ensaia a palavra no paladar. Tem o mesmo subtom perigoso de "aventuresco", como se ambas palavras tivessem naquele "-esco" um denominador comum.

"Não se deve mexer na ordem natural das coisas, na criação", diz o pai.

A mãe acode em seu auxílio: "Só Deus pode unir ou separar as vacas. O que Deus uniu, o homem não pode separar". Juntos concluem que um método tão ominoso não pode trazer nada de bom. Diante de tanta unanimidade respaldada pela Bíblia, os argumentos de Jeroen perdem a sua força.

O fato de o pai ser contra a inseminação artificial para o Jeroen não põe um ponto final na história. O seu segundo touro favorito se chama F16, ainda que não chegue nem aos pés do Sunny Boy.

"O F16 e o Sunny Boy estão lado a lado", diz ele. "A monta do F16 pode se dar até mesmo em vagina artificial." Ao dizê-lo, o rosto assume a expressão de quem não entende como um touro possa prestar-se a algo tão baixo.

"Quando o F16 sai de manhã para a monta, o Sunny Boy fica todo agitado. Ele só sossega quando volta o amigo. Ele próprio não precisa ser levado até a sala de acasalamento. Faz o que tem que fazer na baia mesmo, e a presença do F16 só o anima ainda mais."

Christiaan aparece no quarto da Katelijne com cada vez mais frequência. Xereta na gaveta que antigamente guardava talheres, onde ela também não mantém mais as meias e as calcinhas, mas sim o pente, os elásticos e os alfinetes. Parece estar constantemente à procura de artigos femininos.

A Katelijne não o impede de fazer essa busca, mas também não lhe dá atenção.

Às vezes, Christiaan pega nas mãos a caixinha de joias laranja com os soldadinhos chineses pintados nas laterais. Dentro está guardado um colar de contas, para o qual ela começa a sentir-se crescida demais, e o anel que tinha escolhido no dia em que fora ao dentista, mas que não lhe serve mais.

"Eu acho que pode servir no dedo anelar da Cindy", diz Christiaan, enquanto desliza o anel sobre a ponta do mindinho, e o remove outra vez. "Ela tem uns dedinhos de fada, não essas salsichas que você tem em lugar dos dedos."

"Quantas oportunidades você teve de examinar a mão dela?", ironiza Katelijne, ao que o irmão lhe garante que mais vezes do que ela imagina.

"Ela tem umas mãozinhas finas de menina que só com muito custo conseguem segurar garfo e faca. Eu aposto que ela nunca na vida teve de colher batata."

Christiaan suspira.

"Poxa, nesta casa não tem mesmo ninguém com que se possa levar uma conversa normal. Você já vai arrasando com os seus comentários ácidos, Rogier só tem boca para falar de um novo modelo da Ford com os encostos forrados de bolinhas de ar, e para Jeroen o mundo se constitui de touros brancos com manchas negras."

"Chegue aqui", diz Katelijne. "Você está com um cravo no nariz do tamanho de um bonde." Crava as unhas na pintinha escura e, fascinada, observa o cobrelo amarelo gorduroso que vem à tona. Christiaan permanece imóvel sob as garras da irmã. Exala um cheiro quente.

Estão deitados lado a lado, de barriga pra cima.

A Katelijne, imaginando que lhe possa interessar, conta sobre o beliche das irmãs Davidse.

"O quarto é tão pequeno que mais parece uma gruta", diz. "Não tem janela, a não ser por uma portinhola minúscula. Parece uma claraboia secreta, como a que tinha o Louw na carroça do padeiro, na série *Na casa do padeiro*[43], sabe?, que elas só abrem de noite para ventilar, e se podem ouvir os passos curtos com que os ratos passeiam de um lado a outro. Não podem ir ao banheiro de noite porque teriam de passar por onde dormem os pais, que proíbem a intrusão. Quando acontece de elas ficarem com a bexiga apertada, têm de fazer xixi no penico que fica embaixo da cama. A Eline mostrou para mim: um daqueles brancos bem antigos." Desenha, então, com a ponta do dedo um círculo sobre a colcha para assinalar que se trata de um objeto de dimensões consideráveis.

"Às quintas pela tarde, os pais delas sempre vão à cidade, e aí elas tiram a roupa e se enfiam na cama de casal deles. Ela é mais ou menos deste tamanho", diz, estendendo o braço sobre a cama box. "A colcha é de um amarelo chamativo que se distingue. Elas se acham brancas demais e acreditam que, ao se enfregarem na colcha, pelo menos pegam uma corzinha. Você nunca reparou que às sextas elas estão sempre com uma cor amarelada?"

"Não prestei atenção", diz Christiaan, engolindo as palavras da irmã como se fossem compota de pêra líquida. "Amanhã é sexta. Eu vou prestar atenção."

"Teve uma vez que elas ficaram sozinhas numa quinta pela tarde e um carro velho subiu a rampa e parou na frente da casa delas. O passageiro era um homem com um chapéu esquisitíssimo, um toxicômano que tinha ido ver o que eles tinham de interessante para roubar. Primeiro, olhou de fora por todas as janelas, mas elas estavam mesmo na cama dos pais. Depois, mexeu na maçaneta da porta e acabou conseguindo entrar." Hesita.

Imobiliza a cabeça e aguça os ouvidos, tentando ouvir passos na escada. Uma mosca varejeira dá voltas ao redor do mosquiteiro. Christiaan respira pesadamente. Que cheiro mais peculiar o dele, pensa Katelijne. Vira de barriga para baixo.

"E daí?", pergunta Christiaan, impaciente.

"Daí que só lhes ocorreu começar a latir. Elas soltaram uns latidos tão fortes como se fossem dois cachorrinhos falsos. O ladrão saiu por onde entrou em questão de segundos. Quando os pais chegaram em casa, elas ainda estavam latindo." Katelijne se espanta com as próprias palavras, que parecem vir uma atrás da outra como não fossem de sua autoria e estivessem apenas sendo despejadas pela sua boca. Como quando se soltam as galinhas esvoaçantes ao se abrir a portinhola do galinheiro.

"Elas continuaram peladas?", pergunta Christiaan.

"Quando?"

"Quando os pais voltaram da cidade, quando mais?!"

"Eu imagino que sim, mas não tenho certeza."

"É o que me parece mais lógico", diz Christiaan. "Afinal, está claro que elas deviam achar que o ladrão continuava lá. Com certeza elas também não se atreveram esse tempo todo a se mover um segundo que fosse."

Que esquisito!, pensa Katelijne. Do jeito que eles estavam falando, ela quase chega a acreditar que esse episódio efetivamente ocorreu. Como se nesse mesmo instante as irmãs Davidse ainda estivessem na cama recuperando-se do susto.

É isso o que Deus deve ter sentido ao dizer "Faça-se luz", e a luz se fez.

De onde lhe vem agora o calafrio que percorre a espinha?

"E agora você pode se mandar daqui", diz. "Xô, fora da minha cama!"

Christiaan desliza para fora da cama.

"Elas estavam deitadas de bruços ou de costas?", pergunta da soleira da porta.

"E como você quer que eu saiba disso? Por acaso eu estava lá?"

Katelijne se endireita na cama e espera até o irmão sumir de vista. Quando ouve os seus movimentos no espaço reservado às bicicletas, agarra os próprios tornozelos. Ouve os cascalhos da trilha rangendo sob os pneus da bicicleta do irmão, desliza as mãos ao longo das coxas até o ponto em que as pernas começam.

Não sei e tenho raiva de quem sabe.

Deo volente

Nas noites de quarta-feira vem a Petra à casa deles, e a cada visita ela se parece mais com uma grávida do que com uma garota. Fala sobre aborto e sobre essas saias largonas de grávida, e sabe tudo sobre a capacidade de limpeza dos sabões em pó. Dá para ver nos seus olhos quando está pensando no bebê.

Já que Christiaan e ela viraram "uma só carne", ou algo do gênero, sem serem casados, tiveram de confessar-se diante do conselho paroquiano. Agora, se Deus quiser – *Deo volente* –, em um mês estarão casados. É quando Petra fará dezesseis anos, requisito exigido pela lei holandesa, assim como a autorização dos pais de ambos e um atestado médico.

É por casualidade o mesmo mês em que se casará o professor Wisse. Esse manda brasa nos preparativos, provavelmente por já ter passado tempo demais sozinho e solteiro. De acordo com o pai, porque tem medo de que a pálida Ria mude de ideia no último momento.

Não se precisa nem dizer como ficaram perturbados quando os pais da Petra apareceram em casa certa noite. As crianças foram enxotadas da sala de estar. "Por que vocês não jogam bola?", disse o pai, nervosamente, quando a porta se fechou atrás deles. Era a primeira vez que fazia uma tal sugestão. Detesta o barulho de bola chutada contra as paredes do curral ou contra a canaleta de água da chuva. Katelijne também acha uma grande besteira. Na sua opinião, o futebol foi inventado por gente desprovida de outras qualidades.

Ninguém entendia o que os Davidse tinham ido fazer ali, porque, de resto, eles nunca fizeram qualquer visita. Nem mesmo para comprar leite.

Katelijne tinha ido brincar de amarelinha com os menorzinhos; Jeroen estava com os bezerros; e Rogier, diante do barracão com as motocicletas, onde já se encontrava Christiaan. Este último se tinha trancado ali e não queria saber de deixar Rogier entrar. É claro que isso contrariava o combinado, porque o barracão, antes de passar a ser de ambos, pertencia só a Rogier. Em troca de um par de notas de dez florins, Christiaan tinha comprado a Kreidler do irmão, que ele já vinha tentando arrumar à força havia alguns meses. Por mais que enfurecesse Rogier, Christiaan simplesmente se recusava a abrir.

Quando o pai o chamou da porta dos fundos para que entrasse em casa, Christiaan se fez de surdo. Ele dirigiu-se então até o barracão e encontrou um Rogier que se esgoelava como um touro já há muito não alimentado. Despejou toda e cada uma das suas queixas sobre o pai que, entretanto, não parecia ter ouvidos para ele.

Todos eles foram postar-se ao redor do barracão quando o pai ordenou a Christiaan que saísse. Foi quando o rapaz se viu obrigado a levantar a tranca. Que alguma coisa não ia bem com ele, todos começaram a suspeitar, sobretudo quando o pai o arrastou para dentro de casa agarrando-o pelo cangote.

A poeira assentou rapidamente. Já no mesmo dia, o pai tinha recobrado o caráter resoluto de quem está acostumado a trazer bezerros ao mundo e, da mesma maneira que conserta na mesma hora tudo que se tiver quebrado, já foi logo pensando na solução do problema.

Nos primeiros meses depois do matrimônio poderão ocupar a antiga pocilga, transformada em residência de verão, da propriedade dos pais da Petra. Querem comprar ainda um calefator. Petra, como não podia deixar de ser, preferiria um sofá novo e louçaria branca – acha linda a da Wedgewood – em vez das antiguidades que se viam pela casa, mas tem mesmo é de agradecer pelo arranjo conseguido. Quando o verão chegar, terão de pensar numa alternativa, porque o pai da Petra não pode perder os seus rendimentos "só porque esses marmanjos não conseguem conter suas mãos bobas."

"A questão não é o dinheiro", diz a mãe da Petra. "Sabe como é, os hóspedes, claro, contam com a casa no verão."

Existe uma pequena possibilidade de que eles se mudem, então, para a casa da família Minderhoud. O pai entregou na prefeitura uma petição escrita para que lhe autorizem a construção de alguma espécie de anexo como solução temporária. A Katelijne até mesmo corrigiu os erros de ortografia e desinências verbais, acrescentando uma frase em que expressa a sua esperança em relação à boa vontade do funcionário e à compreensão da situação. Um deputado, porém, já o tinha avisado para que não contasse com os ovos dessa galinha, porque uma solicitação tal é tida como pretensão a uma casa com fins comerciais, ponto em que as autoridades são extremamente severas.

Logo que tirar o diploma do MAVO, Petra quer começar a trabalhar. Só terá de ir uma vez por semana à escola para tirar o grau intermediário[44], e o resto do tempo ela vai ter mesmo que passar detrás do caixa do centro de jardinagem Moesbosch, por indicação de um primo que também trabalha lá, como gerente ou algo que o valha.

"Para dizer a verdade, no verão eles não estavam pegando ninguém", diz Petra. Mas o proprietário tinha dito que, se ela precisasse muito mesmo, talvez pudesse trabalhar alguns dias por semana para situar-se no negócio. Podendo, se assim o quiserem Deus e o proprietário, ser "uma mão na roda" para ela.

"Mas vamos com calma", diz Petra, "que ainda tem muito chão." Quem a ouve falar dificilmente suspeitaria que ela não tirou ainda os seus diplomas.

Christiaan encontrou um posto numa empreiteira, onde já trabalha aos sábados. De vez em quando tem de construir um muro de suporte ou aplainar um terreno com um rolo compressor. No caso de morrer alguém na região, tem de cavar a sua cova no cemitério com um miniguindaste. O trabalho lhe agrada, e ficará contente quando puder trabalhar período integral. O que mudou nele é que passou a ficar mais calado que antes. Se a Petra o segura pelos ombros, ele vai logo tirando a mão dela. "Está fazendo calor demais", diz. Ou então: "Faz cócegas."

Todos começam a afazer-se à ideia.

Katelijne sabe que Petra bateu o pé que não queria ir à escola na segunda-feira em que se ficou sabendo na igreja que o Christiaan Minderhoud e a Pieternella Cornelia Davidse tinham-se confessado diante do conselho paroquial por infringirem o sétimo mandamento. A Katelijne tinha ouvido a mãe contar a alguém pelo telefone. Além disso, parece que ela tinha aberto o maior berreiro e que a mãe a teve de levar à escola à força, diante de cuja entrada ficou esperando até ter certeza de que a filha estava do lado de dentro. Ainda não se notava a barrigona por conta dos camisões largos, mas todo mundo estava sabendo do acontecido.

Entretanto, Katelijne não sabe se o irmão enfrentou as mesmas dificuldades. Ele não demonstra nada, o que talvez faça uma baita diferença. Se alguém pergunta se tem vontade de ir morar no centro, responde: "Você não imagina o quanto". Ou ainda: "Não interessa".

O trato é que a Petra venha as quartas à casa deles, ao passo que ele vai passar com os Davidse a noite do sábado e o domingo. Ele só volta para casa a fim de dormir, voltando a bater à porta deles no domingo pela manhã para o café da manhã.

Diz que o pai de Petra não bate bem da cabeça. E que só anda de tamancos de madeira, debaixo dos quais prendeu com pregos uma tira de pneu de borracha para que durem mais, e também que, quando o Christiaan aparece nas noites de sábado, ainda está ocupado na tarefa de desentortar os pregos e selecioná-los por tamanho, pondo-os de volta no lugar de onde saíram.

"Teve uma vez, à mesa, que eu fui pegar o queijo, uma quantidade normal, três fatias, como aqui em casa. Foi quando o pai dela botou mais pão no meu prato. Eu agradeci e disse que já tinha pão, mas ele disse que era para terminar o sanduíche que eu estava fazendo."

"Que melindroso", opinam todos.

"Quando eles põem um ovo no prato, têm de se satisfazerem com duas fatias de pão, além do que só têm em casa uma margarina rançosa, e nunca frios ou patê."

É principalmente por esse tipo de coisas que o Christiaan sobe no conceito dos irmãos.

A avó diz que dos males o menor: pelo menos ela não é uma dissidente[45].

"Não me estranharia nada", diz Katelijne, sonhando acordada com a imagem de uma Cindy de calças cor-de-rosa.

"É claro que ele é homem, mas ela é que deveria se adaptar a ele. Para você é ainda muito mais importante. Quando você encontrar marido vai ter que se acomodar a ele."

"Você acha por acaso que eu ficaria com um reformado?", diz Katelijne. "E eu lá sou louca?"

"*Aquele, pois, que cuida estar em pé, olhe não caia.*[46]"

Petra ainda tem avós morando mais adiante, em Schouwen, que é de onde vem a mãe. Certa vez, Christiaan ficou lá para comer. O avô tinha estado à porta de casa, esperando que eles chegassem para levá-los para dentro. A avó tinha-o cumprimentado com um meneio da cabeça antes de servir o chá. Não disse durante a refeição outra coisa além de "amém", e o fez com tal simpatia que Christiaan se perguntou como era possível que de um doce de mulher tivesse saído a megera da sogra, apesar de ter impressão de que ela virou o que é só bem depois, com o tempo. E, pensando bem, ela também tinha momentos em que era um encanto. Todos ficaram perplexos com o *insight* psicológico de Christiaan, mas ele, durante a semana seguinte, praticamente não voltou a abrir a boca.

Às sextas pela noite, Christiaan e Petra ainda se veem nas aulas de catequese para a confirmação do batismo[47], que tiveram de começar a frequentar da noite para o dia, algo que se costuma fazer só com a idade de vinte anos. Porque, se bobearem, não vão poder batizar o bebê, se não professarem a fé antes.

Menos mal que Petra vai bem no MAVO, porque mal tem tempo de estudar para as provas.

Christiaan, no meio tempo, deixou de visitar a irmã no quarto.

"Você não quer dar uma virada?"

A Katelijne obedece e sente os dedos da Petra agarrando as tiras cruzadas, entre as omoplatas, da sua saia largona. Como se já frequentasse a casa há séculos.

"Eu acho que, se fosse eu, puxaria isso aqui um tiquinho mais para cima, porque, como está, falta um pouco para a saia se ajustar nas cadeiras". Pronuncia "cadeiras" como "cadelas".

"Fica – ó – no jeito em você, viu?", elogia a mãe. "Boa escolha, além de que essas listras azul-escuras fazem você parecer mais magra."

"Pois veja só!", diz o pai, ao cruzar a soleira da porta. "Valha Deus tanta elegância!"

"Pode tirar o vestido outra vez para eu ajustar melhor os botões", diz Petra, puxando para cima as tiras pela parte dianteira. Calcula a distância certa entre os botões.

"Fica legal", diz Katelijne. Os botões são de madeira, como numa fotografia do catálogo da *Knip Mode*.

No instante em que apanha a saia pela bainha para puxá-la pela cabeça, Petra a detém.

“Só um minuto”, diz, “que eu tenho de pôr os alfinetes para deixar marcadas as medidas, senão fica difícil.”

Fascinada, Katelijne observa Petra enquanto esta vai pegando os alfinetes da boca um por um para enfiá-los no tecido tosco de algodão. As mãos brancas e finas com os dedos entortados em volta dos alfinetes lembram duas estrelas do mar.

Quer ir ao casamento com essa mesma saia. Tem um casaquinho azul-escuro que combina, além de uma camiseta branca que comprou na loja de artigos têxteis do centro, e que ainda tem aquele frescor de novo, de arrasar. “Esse material é dos bons”, tinham-lhe dito na loja. “A esposa do pastor também compra sempre dessa marca. E adora usar estas meias-calças aqui”. Foi quando Katelijne insistiu com a mãe para que levassem a camiseta e as meias-calças Denier 40 cor de pele. Quer parecer-se à mulher do pastor. A sua presença basta para que as pessoas se comportem com mais recato, escutando-a, afáveis e com paciência, sem usar qualquer expressão dialetal. De alguma maneira, perdem um pouco da sua autoconfiança e, de repente, põem-se a pensar em comprar um casaco novo, apesar de o que trajam ter sido comprado nas liquidações do ano passado.

“Contanto que você não fique convencida como a mulher do pastor, tudo bem”, disse a mãe, do lado de fora. “Porque isso não vai lhe valer nenhum elogio.”

Para ir à igreja, Katelijne tem de pôr o pequeno chapéu de sempre. A cor não chega a combinar, mas tudo bem, é só por uma hora e meia. A mãe não achou que ela precisasse de um novo, além de que o tecido para a saia não foi dos mais baratos.

No início, Petra estava pensando em fazer o próprio vestido de casamento, até que reconheceu que não era tão fácil assim de se fazer e acabou comprando um. Teria conseguido praticamente de graça o vestido de uma prima, casada no ano passado. Mas o vestido era, infelizmente, de um branco imaculado, e o de Petra tinha de ser ou azul ou amarelo ou cor-de-rosa. Qualquer um daria para o gasto, contanto que não fosse de um branco puro, pensando-se na barriga que deveria ocultar.

Não quer revelar a cor: só o viram mãe, futura sogra e a irmã dela própria, a Eline. Acrescenta que quer utilizar o vestido mais tarde para forrar o berço do nenê por vir.

"Ainda assim, você não vai poder respirar fundo", diz Suzanne, calmamente, quase como se estivesse falando consigo mesma.

Demora para que caia a ficha na Katelijne sobre o que acaba de ouvir.

"O quê?", pergunta, desconfiada.

"Isso mesmo que você ouviu: não respirar fundo."

"Como assim?"

"Se você respirar fundo, consegue sentir o cheiro de curral".

Encontram-se as três refesteladas na larga cama de Katelijne: Eline, Suzanne e ela própria. Usam um furador de folhas para perfurar revistas velhas.

"Pois eu não sinto cheiro de nada. E você, Eline?".

Eline hesita. "Um pouco sim, se você inalar fundo", diz com cautela. Essa tem de ficar alerta. É na escola uma das que menos amigas têm. Não pode permitir-se brigar nem com uma nem com a outra. Caçoam dela na escola por ter dado uma espichada no ano passado. Perguntam-lhe se o pai mistura no iogurte dela adubo artificial.

Retomam a atividade, caladas. Ouve-se *krrr*, *krrr*, o tempo todo. De resto, o único ruído é o do vento assoprando as copas das árvores, assim como o de um trator a distância.

"É uma pena que praticamente todo confete seja de cor branca", diz Katelijne, após um intervalo. "Seria bonito que fosse colorido." Ela já tinha ensaiado essas duas frases no dia anterior, na cama. Espera intimamente que as duas digam ter também em casa revistas em cores. Está cansada de ver na casa da Suzanne, no armário do porão, pilhas e mais pilhas de papel colorido.

"Pois é", diz Eline, "ficaria mais legal. Mas assim também está ótimo."

Suzanne não abre a boca, e Katelijne espera, ansiosa. Será que vai passar pela cabeça dela trazer as revistas coloridas? Talvez a Katelijne precise dar outra indireta.

Mas Eline é uma estraga-prazeres. Muda o assunto. "Ontem mesmo a gente foi experimentar um vestido de casamento", diz, com um olhar de encanto. A gente. Como se ela própria o tivesse vestido. Agarra nos últimos tempos, com ambas as mãos, qualquer oportunidade de reforçar que é irmã de sangue da noiva, conhecedora de todos os seus segredos. Deixa frequentemente transparecer, o máximo que pode, principalmente na presença da Suzanne, a sua opinião de que ser irmã do noivo não tem nem a metade do esplendor.

"É um vestido assim que eu vou querer no futuro, só que branco", prossegue ela, suspirando como se tivesse de refazer-se de tanto fausto junto. "No toque, o tecido é mesmo muito suave."

"Tem desses aros?", quer saber a Suzanne.

"Eu não vou adiantar nada. Não posso. Só posso mesmo dizer que ele é lindo..."

"A cor?", pergunta Suzanne.

"Roxo, com as orlas brancas."

"Pois eu vou querer um vestido sem mangas e com decote bem baixo", diz Suzanne. "As minhas irmãs querem me copiar, mas não vão conseguir." Suspira exageradamente.

"Ai! Eu estou ficando com a mão paralisada", interrompe Katelijne, indignada com tanta conversa jogada fora sobre vestidos, ao passo que ela própria tocou num assunto tão mais importante. Deixa o furador ao lado dos restos do que tinha sido um exemplar da *Boerderij*[48], reduzido ao seu esqueleto de grampos e rodeado de tiras de papel. Abre com cuidado a tampa de plástico transparente na parte inferior do furador e despeja os cortes redondinhos para dentro de uma caixa de sapatos. Enfia em seguida a mão na caixa a fim de verificar o volume do seu conteúdo. Faz isso a cada dois por três. Quando são as outras que repetem o gesto, Katelijne fiscaliza que na mão retirada da caixa não tenha grudado nenhum confete. Não se podem dar o luxo de desperdiçar um só deles que seja.

Tanto Eline como Suzanne trouxeram de casa um furador. Ambos aparatos são do tipo que faz quatro perfurações a um só tempo. O de Katelijne só tem dois, mas ela, em compensação, trabalha com quatro vezes mais agilidade, já que assim fica menos difícil posicionar as folhas no devido lugar. Ainda tem muito trabalho pela frente. Até agora só conseguiu encher uma única caixa de sapatos de confete, e olhe que já vem trabalhando há quatro dias.

No início, esteve perfurando os confetes na sala de estar, até que a mãe cortou "o seu barato". "Daria para parar com esse fura-fura indiscriminado?", disse ela, usando a mesma expressão de que se serve para reclamar de tudo o que lhe parece inútil. Proibir, porém, ela não proíbe.

"E você acha que alguém vai reparar se você só encheu duas caixas em vez de três?", pergunta Suzanne.

"Se você quiser parar, pode parar, que aí me encarrego eu dos confetes", diz Katelijne, com cansaço.

Ela sabe muito bem o que está fazendo: já está mesmo quase na hora de comer. Ainda que não tivessem dito nada, logo Suzanne e Eline precisariam ir embora para casa. Acena-lhes enquanto pedalam rampa abaixo; ela tem coisa melhor para fazer. Deseja é ver em alguns dia a eira toda cheia de confetes.

Ao procurarem um espaço para a cerimônia, só um estava dentro do orçamento: a quadra de ginástica da prefeitura. Até que se descobriu que já estava alugada no dia em questão para um grupo de ginastas juniores, que fariam um treino geral antes de uma ou outra competição entre duas municipalidades.

"E por que é que a gente não celebra o casamento na eira?", havia sugerido a mãe. "É só dar uma boa enfeitada com bandeirinhas e grinaldas."

"Você está bem da cabeça?", perguntou o pai. "No mês de janeiro?" Opunha-se categoricamente à ideia. Foi quando a mãe saiu para ver o quão frio fazia na eira e se poderiam arranjar-se com um radiador elétrico. Voltou então para arrastar consigo o marido, e ambos chegaram à conclusão de que a ideia era factível, com a condição de que conseguissem isolar um pouco mais o ambiente. Com ou sem radiador, porque um aparato desses faz um barulho dos diabos. Uma fileira de sacas de palha encostadas contra a porteira quebraria o galho. O único problema era que no patamar inferior ainda se encontravam bezerros. Mas isso não seria empecilho, porque poderiam improvisar alguma baia com as sacas de palha no espaço reservado aos touros. Os meninos ficaram com a tarefa de lavar o brete com mangueiras de alta pressão para deixar tudo no jeito. Katelijne se propôs a limpar com uma vassoura todas as teias de aranha.

Christiaan é que agora não liga para nada. "Virem-se vocês!", diz. "Eu vou fingir que não é comigo". Petra é quem não pode com a sogra, que se vai entusiasmando mais e mais, já que a ideia veio dela. A família Davidse está é mais do que satisfeita por não lhes sair nada do próprio bolso.

No convite de casamento consta que os pais de ambas as partes dão a conhecer que as núpcias por vir e a recepção e festa se darão no endereço dos Minderhoud.

"E nós comemos também aí?", tinha perguntado o pai.

"Sim, por que não? Você tem outra sugestão?", rebatera a mãe. Num abrir e fechar de olhos lhe vieram os detalhes do arranjo. Os meninos montariam uma espécie de cavaletes escorando tábuas de madeira à guisa de mesas. As respectivas mães e a avó fariam cada uma um panelão de sopa. Teriam também uma variedade de pães doces, desde bisnaguinhas com uva passa a bolinhos caramelizados.

“Só entram aí umas oitenta pessoas”, calcula o pai. “Mais que isso, não.”

“E você não acha mais do que suficiente?”, rebate a mãe. “No nosso casamento compareceram umas setenta pessoas.”

A avó é a única a levantar objeção. Acha que o concreto do chão se deformará.

“Como está é fácil alguém se machucar”, diz. Nunca foi muito amiga de concreto.

Há aproximadamente seis anos o pai começou a pavimentar com concreto pouco a pouco o terreno de toda a propriedade, após combinar com o motorista do caminhão betoneira que ele trouxesse o excesso de concreto e o despejasse ali no terreno pela metade do preço.

Para o pai, tratava-se de um ótimo negócio para ambas as partes, já que o homem não tinha mesmo como se desfazer daquele excedente.

“É tanto concreto que sai até fumaça”, diz.

O terreno da propriedade está dividido em diversas seções, cada uma com uma tonalidade diferente de cinza, das quais algumas com cascalhos. Só depois que o terreno se converteu, na sua totalidade, numa colcha de retalhos de concreto, foi que o pai se lembrou também da eira com solo de terra.

Não se pode dizer que a avó seja contra essa espécie de novidades – há novidades bem piores que essa –, o caso é que, na época, simplesmente não contava com ela. Bem tinha visto o caminhão betoneira entrar no terreno da propriedade, mas é que isso acontecia tantas vezes nesses tempos que ela nem mais prestava atenção. Foi quando, a caminho do galpão, no escuro, pisou com as botas de salto em cheio naquela mistura fervendo. Não é nem preciso dizer que logo afundou até a altura dos joelhos: também, com as pernas que tem!

O pai só ouviu nessa ocasião um “Êi!”, sem perceber que era a mãe que gritava, e que chamava a ele. Não foi antes de uma boa meia-hora que se deu conta de que ainda ouvia aquela voz chamando, ao que foi inspecionar o que acontecia, arrancando a mãe dali. "Eu devia é ter ficado onde estava para todo o sempre!", dizia, com os pelos eriçados, a todos aqueles que, com um olhar cintilante e uma expressão de inocência, perguntassem-lhe como ela estava. Mas as sequelas ainda se fazem ver: um campo de batalha minúsculo esburacado e desnivelado, e a arraigada opinião de que uma eira deixa de ser uma eira com um piso de concreto "tão medonho".

No final das contas, resolveu-se que mudariam o capacho de sisal vermelho da copa para debaixo da cadeira onde, durante a festa, se sentaria a avó.

Os dias que antecedem as núpcias dão-se sob o baluarte "do furador e do papel". A Katelijne esvazia a quinta caixa de sapatos cheia de confetes em uma embalagem usada de torradas. Acompanha com os olhos os recortes redondos caindo e sacode os que ficaram presos a meio caminho do saco plástico. Já dão para cobrir boa parte do solo. Ela já está bem adiantada na execução da tarefa.

Inspeciona a caixa com o papel velho, de onde já se pescou o melhor que tinha a oferecer. Começa com um fascículo da *Saambinder*. Branco com letras negras, mais uma vez. Gasta oito minutos na tarefa. Já passaram tanto papel pelas suas mãos que até o furador começou a perder um pouco do seu grume.

A voz da mãe. "Você não dá um descanso, hein? Que garota mais insaciável!"

Biscoitos com manteiga

A mãe começa a queixar-se que os Davidse saíram ganhando com tal arranjo, e que todo o trabalho acabou indo parar nas mãos dela. Parece esquecer-se completamente de que foi ela quem veio com a ideia de celebrar a festa na eira, além de que pode contar com o auxílio da filha. Acha que a mãe de Petra podia ao menos oferecer-se para arranjar o número suficiente de copos e taças. Entretanto, quando a senhora Davidse telefona na véspera do casamento para dizer que terão de prescindir da ajuda dela porque não quer pedalar até ali com a ventania que está fazendo – não se importaria de ajudar a deixar tudo no jeito se o marido não tivesse saído com o carro –, a mãe diz, com uma voz mais doce que mel, que não faz mal.

Menos mal que a Katelijne tenha sido precavida, fazendo o grosso do trabalho com antecedência, já que não sobra mais tempo nem para comer; e menos ainda para a fabricação do confete.

"Será que alguém podia dar uma limpada nos assentos do jardim?", pergunta a mãe, que bem sabe que Katelijne é a única que consegue ouvi-la.

"Mais limpo do que isso, impossível", diz Katelijne, ao finalizar a tarefa. "O vento e a umidade se encarregaram de estragar as cadeiras, e as marcas não saem nem com tira-manchas." Em seguida se manda para a casa da avó. Hoje à noite, na cama, terá a última oportunidade de produzir mais confetes, mas falta-lhe papel usado.

A avó se alegra com a visita. Diz que não ouviu outra coisa além do vento soprar durante o dia inteiro e o matraqueado do suporte do guarda-sol emperrado. Que não vê viv'alma desde a tarde de ontem, e que a Katelijne saiba que ela não gosta nada dessa situação. O silêncio é, para ela, tão ruim como as caminhadas prescritas pelo médico.

"Vai uma fatia de pão doce?", oferece, estendendo o braço com uma fatia já partida. "Não sei se ainda está bom, que ele já tem alguns dias."

"Por favor."

A avó deposita a fatia sobre um pires e a aperta com o indicador.

"Acho que ainda dá para o gasto. Você não quer untar com um pouco de manteiga?"

Põem-se a falar dos preparativos para amanhã. Sobre o que já está no jeito e o que ainda falta fazer. A avó pede-lhe que a ajude a escolher entre dois casaquinhos cinza-escuros. "Combina com o chapéu?" Comparando-se com a azáfama que reina em casa, estar ali tão tranquila na companhia da avó é um alívio, e ela nota como está desfrutando. Se pudesse fazer um pedido especial, pediria para que tudo continuasse como está agora: elas ali juntas, a fatia de pão doce untada com manteiga, o calor úmido emanando do calefator, as janelas embaçadas, o odor que ela já conhece e a ventania ameaçando soerguer a casa pelos quatro cantos.

"O terreno já foi varrido de cabo a rabo", diz Katelijne. "Mas venta tanto que nem mais se nota."

A avó responde que é mesmo uma sorte já terem feito isso, nem que seja só por dizer.

"Você está animada?", pergunta.

"Estou", diz Katelijne. Limpa as últimas migalhas do pão doce em volta da boca. Levanta o olhar ao perceber que a avó não reage e nota os seus lábios frementes, apesar do esforço sobrehumano que faz para se conter.

"Minha filha", diz a avó, ao que lhe escapa um soluço, "e pensar que o seu avô não viveu para ver o Christiaan casando, o neto por quem ele tinha tanto carinho."

Katelijne reflete sobre o que ouviu. Todos sabiam perfeitamente que Rogier é que era o seu xodó. "Ele é a cópia viva do avô", diziam ao pai, para orgulho do avô, do pai e do Rogier. O avô o elogiava pelo espírito aplicado e empreendedor, o mesmo dele próprio. Christiaan dele só tinha puxado os pezões, o que não era exatamente uma benção, já que nunca se encontram sapatos para o seu tamanho. Katelijne, porém, não quer contradizer a avó, vendo diante de si a expressão dela de aflição.

"E aí, Katelijne, é quando eu paro para pensar", diz, "e me pergunto: onde será que ele se encontra agora? Se ele está bem. Evito ao máximo pensar no fim que o coitado teve. Não se pode dizer dele nem mesmo que tivesse um gênio difícil, você não acha?"

Olha ansiosa para a Katelijne que, por falta do que mais dizer, faz que não com a cabeça.

"Ele nunca poupou esforços para ajudar o próximo", prossegue a avó. "Apesar de que esse raciocínio é humano, e não divino", corrige a si mesma. "O que conta mesmo é se ele em vida procurou ao Senhor."

As lágrimas vão pingando dos seus olhos lentamente, como a água derramando-se de uma pia com a torneira aberta. Deslizam pelo nariz em direção às rugas ao redor dos lábios, onde hesitam, em dúvida sobre se mergulhar a pique sobre o colete azul-escuro ou enviesar pela rota mais longa, escorrendo pelo pescoço e entrando pela gola da blusa. "Ah, Katelijne, se ele pelo menos me mandasse algum sinal, por ínfimo que fosse...".

Tristeza isenta de acusações. Katelijne fica surpresa. Pensava que a avó nos últimos tempos se tivesse afeito ao luto, desmistificando-o.

Que acalentasse receios em relação às paragens do marido, de tanto prazer que tinha em se lamentar. "O Ro teve uma vida fácil demais", dizia às pessoas. "Deixou passar ao largo o tempo de graça." Foi isso o que levou Katelijne a pensar que a avó ama mais a própria tristeza do que havia amado o marido em vida. Mas tais lágrimas vêm do fundo da alma, não há como negar. A Katelijne de repente fica incomodada. Levanta-se e vai ao banheiro.

"Não", diz, ao voltar com papel higiênico em mãos, "eu também não acredito que o vovô não esteja em paz." Enquanto a avó se assoa com as tiras de papel branco, a Katelijne se sente inclinada a emendar algo que ainda escapa à sua compreensão e que ela ignora aonde a poderá levar.

"Para ser sincera, eu acho é que o vovô deve estar muito melhor do que você imagina", diz.

Por que é que tinha de começar? A Bíblia deixa muito claro que quem não se converte ao Senhor acaba se perdendo, e quaisquer opiniões em contrário não serão tidas em consideração pela avó.

A mesma leva a ela um olhar inquisitivo, as pupilas turvadas, rasas de lágrimas.

"Você se lembra de que certa vez eu acompanhei o vovô até a cidade, pouco antes do acidente?"

"Quando vocês foram até o tal café?", pergunta a avó, com a mente aguçada demais para alguém com uma tristeza tão visível.

Katelijne faz de conta que não a ouviu. "Foi no verão", diz. "Na volta, a gente veio por Hoogelande. Você sabe a que eu me refiro: nesse trecho os carros circulam a altas velocidades, o que muitas vezes é possível, já que dali se tem uma visibilidade excelente. Mas no trecho da encruzilhada, aí sim é que a vegetação furta a vista da estrada, como você bem sabe.

"Sei mesmo", diz a avó. "Onde está o bosque, não é?"

"Pois é, a gente estava passando por ali", diz Katelijne. Gostaria de dispor de mais tempo. Nem que fossem só alguns minutos para que ela não precisasse desembuchar a primeira coisa que lhe viesse à cabeça. "A gente estava ali quando, de repente, deu com uma velhinha andando no meio da avenida. Quando ouviu o carro se aproximando, ela deu a volta e me olhou no fundo dos olhos. O rosto dela estava todo encarquilhado, como uma ameixa seca. Ficou olhando um bom tempo antes de passar para o lado. 'Essa aí quem é?', perguntei ao vovô, mas ele também não conhecia a mulher. Dava para perceber pela voz que ele também tinha achado a mulher estranha."

Enquanto fala, Katelijne ouve a própria voz, que parece vir de outra pessoa, de um dos quartos. "Eu não curti nada aquele olhar penetrante dela, mas, enfim, a gente deixou a mulher para trás. A encruzilhada estava quase ali. Foi então que o vovô perguntou de repente: 'Você também está escutando isso?'. Paramos os dois para ficar ouvindo. Eu não estava ouvindo nada de especial, além de pombos arrulhando. 'O que é que eu deveria estar ouvindo?', perguntei, e ele respondeu: 'Mais parece um coro de vozes'. Só que eu não distinguia som nenhum. O vovô desacelerou para a gente poder ouvir melhor; mas eu ainda não ouvia nem coro, nem meio coro. De brincadeira, eu disse: 'Por acaso você acha que é a velhinha cantando?', mas ele me garantiu que estava ouvindo um cântico de verdade. Eu ainda imaginei que ele pudesse estar se referindo às pombas nos arbustos. Foi aí que apareceu um carro em carreira desabalada, vó, atravessando o cruzamento. E nos demos conta de que, se o vovô não tivesse desacelerado, teríamos trombado de frente com ele."

"O que você me está contando, minha filha!", diz a avó, assustada.

"Não é espantoso?", pergunta Katelijne à avó, com as bochechas coradas por conta da mentira.

"Mas o Ro nunca me disse nada! Mas enfim, ele, no geral, nunca contava nada mesmo. Eu tinha era que arrancar as informações dele com fórceps."

Katelijne prossegue o relato, encorajada pela reação da avó.

"Quando a gente chegou ao cruzamento, ficamos olhando até perder o carro de vista, e foi quando me veio à cabeça aquele versículo: '*O Senhor livra a alma de seus servos...*'"[49]

Tirou o verso do Livro dos Salmos. Um serviçal do campo não parava de repeti-lo mentalmente enquanto, no último minuto, conseguiu salvar uma dezena de cavalos da fazenda consumida pelas chamas.

"*O Senhor livra a alma de seus servos; não será punido quem a Ele se acolhe*", emenda a avó.

"Esse mesmo. Contei para o vovô o salmo que tinha me ocorrido, e foi aí que ele me disse: 'Minha filha, eu, na verdade, não estranho, porque é exatamente o que eu achei estar ouvindo ainda agora. O mesmíssimo versículo'. Diante disso, a gente emudeceu. A partir desse momento, a gente foi voltando devagar para casa, sem dizer uma palavra. Aliás, essa foi a última vez que eu estive sozinha com o vovô."

Isso era verdade. O acidente ocorreu logo depois de a Katelijne ter acompanhado o avô à cidade, uma das raras vezes em que teve o avô – no carro – tanto tempo só para si. Ele costumava contar as suas histórias sobre caçadores furtivos e guardas florestais enquanto alimentava as vacas secas ou quando, na primavera, a família se reunia para capinar erva daninha, já que essa vinga e espicha com o sol tanto quanto o milho e o trigo. Ou então, no outono, ajoelhados na lama, arrancando as beterrabas-sacarinas. Mas daquela vez tinha sido diferente. Antes, ela pescava palavras em realidade destinadas aos ouvidos de um público bem maior, e que ela deveria compartilhar com o pai e os irmãos.

A Katelijne se alegra de poder dizer algo que faça sentido. Como se esse naco de verdade pudesse atenuar o embuste do restante da sua história para boi dormir.

Olha para o rosto da avó, no qual se alternam a esperança e a descrença. Percebe que está quase lá, mas hesita antes de continuar. O quão errado seria o que ela estava fazendo?

Mas vinho servido é vinho bebido, não tem mais volta.

"Foi durante o discurso que o pastor fez na igreja depois do acidente que o salmo me voltou à cabeça. '*Não será punido quem a Ele se acolhe*'. Comecei eu a cantarolar sozinha, e nessa mesma hora o pastor apontou para dentro da cova. Foi aí que senti novamente aquela sensação de paz, igualzinho à que eu tinha sentido no carro. Desde então é que eu venho dizendo a mim mesma que devia contar isso a você. Não me pergunte o porquê, mas, por alguma razão que desconheço, nunca tive coragem de abordar o tema."

Katelijne abaixa o olhar e se remexe, inquieta, sobre a cadeira. Teria ido longe demais?

Os assuntos pertinentes ao Senhor são sagrados; não se deve brincar com eles. Arranca uma folha da begônia rosa-amarela e a rasga em inúmeros pontos. Cada pedaço corresponde a um rasgo na sua consciência.

Fita a avó, sem coragem de enfrentar o seu olhar. Percebe como ela manuseia nervosamente a bolota que fez do papel higiênico com as mãos, de onde saltam veias azuis. A bolota é levada em direção aos óculos. Katelijne vai-lhe acompanhando o movimento com o mesmo olhar fixo de um gato diante de um filete de arenque. O semblante da avó se desenruga, a primeira pontada de dor já o abandonou. Endireita os óculos e olha para a neta, que ainda lê no seu olhar algo de dúvida, imposta pela razão, mas que não deseja nada mais do que se deixar convencer pelas palavras que de tanto consolo lhe serviriam para o coração.

Abre-se a porta. É a mãe. "Quer dizer que era aqui que você estava?", diz ela, fingindo estar espantada. "Será que você perdeu mesmo o juízo? Não é hora de você estar aqui, com tanto arranjo ainda por fazer!"

Levanta-se, obediente. Ao passar pela avó, esta apanha a sua mão com um aperto.

"Obrigada pelo pão doce", diz Katelijne.

"Eu é que agradeço, meu bem!"

A eira cheia de confete

Foram contadas todas as cabeças. Excetuou-se a do bebê a caminho, ainda que, não fosse por ele, não se celebraria festa alguma, como bem sabem todos. Vão em dois carros à prefeitura. Quem leva os noivos é um tio da Petra, que tem uma BMW, do qual se limpou toda a caca de mosca especialmente para a ocasião.

"Pois eu acho que o vestido é rosa", diz Katelijne no caminho. Faz de conta que mal pode esperar para ver o vestido. A mãe ri de mansinho, misteriosa.

Está linda, a mãe. Na visão dos irmãos, Katelijne não tem bom gosto para apreciar a beleza de outras garotas, e mesmo das mulheres, mas a própria não entende o porquê. Acha que a mãe fica linda de chapéu e com o rosto untado de um creme que lhe empresta mais suavidade. Um creme procedente de um potinho bege lindo, que exala cheiro de amêndoas ao desenroscar-se a tampa. Um cheiro denso, quase solene, que ela associa com missas.

A mãe está trajando uma saia azul-escura recém-comprada, idêntica às que já tinha, mas que, diferente das outras, não está cobertas de bolinhas de algodão desfiado. Para combinar, uma blusa azul-clara que veste em ocasiões especiais e, às vezes, até para ir à igreja, com um casaquinho por cima. O casaquinho vem no meio tempo parar no regaço da Katelijne, porque a mãe já começou outra vez a consumir-se em calores. A Katelijne tem de cuidar para que o casaquinho não vinque. A mãe só compra roupas que vincam com facilidade. De linho ou de algodão, e não de poliéster, porque esse sim é que dá a maior suadeira. Sempre que mãe está de visita na casa de alguém, pede para deixarem uma janela semiaberta. Quando é ela quem está com visita em casa, alguém se queixa de que faz muita correnteza na casa.

Os noivos são esperados pelos convidados na praça em frente à prefeitura. Aparece a mãe da Petra com uma bandeja cheia de cravos desbotados, à ponta de alfinetes. Os cabelos outra vez frisados ficaram um espetáculo. Rejuvenescem-na. Algo que ela própria, naturalmente, não tem como enxergar o tempo inteiro; basta-lhe saber que assim o é.

"Os cavalheiros com as flores apontadas para cima; as damas, voltadas para baixo", diz uma tia da Petra em meio aos risinhos. Já lhe balança o próprio cravo na lapela do casaco roxo-escuro. Combina maravilhosamente com a fina descamação sobre os seus ombros.

Katelijne percebe que o pai está lutando para manter o raminho na lapela do terno azul-escuro, que lhe dança no corpo. Aparou o bigode para a ocasião. Um pouco demais, na opinião de Katelijne. Ajuda o pai e os irmãos a acertarem a flor na lapela, mas, no final, ajeita a da mãe também, que vai destruindo a sua, entretida como está conversando com o avô da Petra. Falam sobre coníferas e sobre o melhor modo de podá-las.

Passa-se um bom tempo antes que apareçam os noivos, e o vento gelado atravessa as meias-calças finas de Katelijne, mordendo-a nas panturrilhas. Já estava mesmo com os pés molhados antes de sair de casa, porque, pela manhã, tinha pisado com elas sobre a toalha molhada.

Os meninos encontram-se numa estreita faixa da calçada, ao longo dos canteiros de flor, e não param de se dar umas vigorosas cotoveladas, de maneira que têm de contrair todos os músculos para não se espatifarem sobre os pequenos arbustos. A avó chama-lhes a atenção para as poças de água suja. "Vocês não me inventem de cair nelas!" E, em tom de segredo, à Katelijne, que bate os dentes: "Parecem um bando de turcos."

"Olá, olá, quem é que está fedendo tanto?", exclama Lourens, desatando a rir das próprias palavras. Vem usando e abusando dessa frase nos últimos dias; não parece saciar-se nunca.

"Eu também estou sentindo", diz Katelijne, jogando o jogo do irmão. "Olá, olá, quem é que está fedendo tanto?"

"Um palhaço!", exclama um Lourens triunfante.

"Aí vêm eles", diz Rogier.

Com grande velocidade, estaciona um carro bege diante da praça. No banco dianteiro se vê não a noiva, mas Eline, a tão importante irmã da noiva. Traja uma saia larga de cor indefinida, que esvoaça quando ela desce do carro. Menos mal que ainda falta o cravo na lapela para dar-lhe um toque de solenidade. É quando aparece a BMW, dobrando a esquina. Sobre o capô se vê um arranjo floral, cujas fitas brancas chegam até os espelhos laterais. O fotógrafo só se posiciona ali com a câmera no último momento.

A BMW para diante da calçada da prefeitura. A mãe de Petra se adianta a fim de ajudar a filha a descer do carro. A tia solta gritinhos de encanto, como só as tias sabem fazer nas leituras da Katelijne. Enquanto isso, o fotógrafo vai tirando as primeiras fotos: mãe e filha juntas.

"Pronto?", pergunta a senhora Davidse, ainda fazendo pose.

Nos anúncios da *Gezinsgids* e da *Terdege*, as noivas se parecem todas à esposa do pastor: lindas, os cabelos presos, altas, delgadas e empertigadas. A Petra, porém, não é alta, e os seus ombros caem para frente de maneira que o vestido lhe cubra a barriga o máximo possível. Não se parece com uma noiva de verdade. Continua sendo a mesma Petra, só que num vestido brilhante e de decote alto, da mesma cor das suas gengivas, que ela expõe abertamente, provavelmente por combinarem com o vestido e talvez também como reação ao nervosismo. O chapéu sem abas é da mesma cor e apresenta uma espécie de tule sobre um par de penas pintadas de cor-de-rosa.

"Eu não disse que seria rosa?", diz Katelijne à mãe.

"E agora vocês endireitem as costas", diz o fotógrafo.

Christiaan está postado justo ao lado, de terno pela primeira vez na vida, com um sorriso forçado. Provavelmente uma reação às palavras do fotógrafo, que lhe disse que ainda dava tempo de voltar atrás, mas em questão de meia hora já não daria mais. Todo mundo sabe que isso não é verdade, inclusive o próprio fotógrafo, mas deve tratar-se de um gracejo do seu repertório para descontrair noivos incapazes de rir por si mesmos. O terno de Christiaan também é azul-escuro e lhe senta como uma luva. Os cabelos, ainda úmidos de gel, apresentam uma coloração mais escura que o normal. Os sapatos negros de cadarços são sociais e esportivos a um só tempo, com as solas de borracha canelada. Poderá usá-los nos primeiros tempos para ir à igreja, mas depois disso os usará mesmo para bater, no trabalho.

Fazem a sua entrada na prefeitura e aí, em dois tempos, a coisa se resolve: esposo e esposa para o resto de suas vidas. Agora só lhes falta a bênção do Todo-Poderoso, além, claro, da festa e dos presentes, na sua maioria artigos domésticos.

Circundam a igreja por volta de umas trinta paroquianas mulheres curiosas, algumas ainda de avental. Vêm para pasmar diante do vestido da noiva e, sobretudo, do volume por baixo dele. Querem verificar se já está visível. Um ou outro gato-pingado ainda comparece à missa.

Katelijne dá um braço à avó, que fala de tempestade no ar: ela a sente nos ossos. "Isso para não falar destes sapatos massacrantes", diz, mas, uma vez dentro da igreja, para de vez de reclamar.

Katelijne está sentada na fileira seguinte à dos pais da noiva. Por conta do chapéu da mãe de Petra, que impossibilita qualquer visibilidade, escorrega para o lado do senhor Davidse, o qual, porém, mexe-se constantemente, justamente quando a Katelijne encontra a melhor posição para enxergar. Ele tem o lóbulo da orelha esquerda anormalmente grosso, como se houvesse dentro uma bola de gude. O da orelha direita é chato. Vá saber se não é um tumor!, pensa Katelijne. Na sua imaginação, fantasia que é um dos malignos, que vão inchando a cada dia um milímetro a mais, até que se transforma numa espécie de almôndega áspera, pendurada ao lado da cabeça. Sobressalta com tais indignos pensamentos, e logo dentro da igreja. Tenta prestar atenção.

O pastor lê em voz alta a ata do casamento: diz que a mulher é "a parte mais fraca da corda", e que o homem, na condição de "cérebro da mulher", tem perante ela a obrigação de "ensinar, consolar e proteger."

Será que ela tomou a decisão acertada?, pergunta-se Katelijne. O que cargas d'água teria ela de aprender com Christiaan? Como untar as mãos de graxa? Ela estaria mais interessada é em como tirá-la outra vez das mãos. Com solventes de querosene. Ou esfregando-se com um punhado de borra de café e algo de detergente.

Teria a esposa do pastor aprendido algo com o marido? Esse, pelo menos, tinha feito faculdade. Aliás, a esposa do pastor também está presente, além de que comparecerá pela noite à festa na eira, acompanhando o marido. Quem os convidou foi a mãe da Petra, que faz faxina na casa deles uma vez por semana.

A Petra, na condição de mulher, deverá calar-se, prossegue o pastor na leitura da ata, "porque foi criado primeiro Adão, e depois Eva, portanto à disposição do primeiro". Deverá ser submissa ao marido, "ao exemplo de Sara em sua submissão a Abraão, ao qual chamava de 'patrão'". Katelijne por um triz consegue refrear a gargalhada que ia soltar diante da ideia de que Petra pudesse chamar o irmão de "patrão". "Patrão, o que diria de jantarmos às cinco e meia? Ainda temos couve-flor de ontem. Só me falta uma carreira de bicicleta até o supermercado para comprar o toucinho para os enroladinhos de carne."

Da mesma maneira, continua o pastor, Petra "deverá circular sempre em trajes desprovidos do mínimo fausto mundano, em toda a sua probidade e decoro", de modo a dar "às outras esposas o bom exemplo de decência."

O "sim" tênue do Christiaan soa muito indistintamente, ao passo que o da Petra se ouve em alto e bom som e deixa transparecer o seu entusiasmo de estar casada com o Christiaan. Recebe o que sempre pediu: ele, uma casa, um berço. A vassoura para tapetes vem de brinde, temporariamente, se ela não a estragar. Nesse caso, o pai exigirá uma nova.

Katelijne abre a porta do carro e dispara em direção ao galpão. Quer chegar antes dos demais para poder apreciar a admiração dos convidados quando virem a eira enfeitada. Já quer pôr-se na posição de onde deverá lançar os confetes.

Entra através das baias dos touros, atalho que os convidados desconhecem porque os anfitriões não podiam pedir que eles margeassem os touros com as suas roupas de festa. Isso sem contar que a invasão só perturbaria os bichos. A entrada oficial da noite é pelo lado em que costumavam ficar os cavalos, mas onde agora está apenas uma mesa de trabalhos manuais, que o pai fez o favor de retirar para a ocasião.

As chaves de fenda, os serrotes, as chaves inglesas e de porcas, tudo pendurado ordenadamente em pregos diminutos, abaixo dos quais se vê empilhada toda aquela madeira que ele coleciona de todo e qualquer lugar. O pavimento junto à mesa e no corredor foi varrido com esmero. Sobre ele, com um fragmento de telha vermelha, a Katelijne escreveu BEM-VINDOS, ponto a partir do qual surge uma trilha de coraçõezinhos desenhados conduzindo à eira.

Quem precisar ir ao banheiro pode fazê-lo na casa da avó, de onde sai uma caminhozinho de concreto até o galpão; uns bons dez metros. É aí que Rogier ensaia dar curvas de marcha-ré. Não há lampião nenhum, mas, por ser o chão tão nivelado, é difícil tropeçar no escuro sobre os ladrilhos.

A eira é iluminada por uma única lâmpada, e Katelijne tateia à procura dos interruptores de todos os abajures soltos que conseguiu achar em casa. Diz a si mesma que enrolou em perfeita ordem, furtando-as à vista, todas as extensões que trouxe, ainda que o elogio seja de si e para si. Serviu-se até mesmo do globo terrestre do Rogier, que ilumina a mesa sobre a qual os convidados podem deixar os casacos.

As paredes exteriores foram reforçadas com um tabique de palha, ao longo da porteira, como uma barreira extra contra correntezas de ar que, podendo, abaúlam as saias mais retas e os vestidos de alças. A única abertura ali é uma portinhola inserida na porteira – um postigo –, que, como último recurso, faz as vezes de saída de emergência. O raciocínio por detrás da ideia: basta um único louco ou uma única bituca de cigarro mal apagada para armar-se a maior encrenca.

Ao longo do tabique se vê uma fileira de mesas com todas as cadeiras que haviam na propriedade, no jardim e na cozinha. Sobre cada mesa se vê um arranjo de bico-de-papagaio e, para cada lugar, uma xícara e um pires.

A Katelijne olha ao redor de si com aprovação, e ocorre-lhe que em breve celebrarão algo parecido a uma festa: trinta anos de leite classe A que, porém, por conta da presente festa, será mais modesta. Assim como cinco anos antes, deverão ter pão doce e talvez até panquecas, após o que aparecerá outra miniatura de vaca sobre a consola da lareira. De prata.

Entram os convidados. Têm nas mãos uma folha de papel. Trata-se da letra de uma canção de boas-vindas, distribuída pelos gêmeos.

Katelijne os observa com surpresa. Não estava sabendo disso. Só pode ser um arranjo da mestre de cerimônias, a tia Mattie.

A mãe considerava tanto bafafá desnecessário. Onde já se viu, mestre de cerimônias? "A gente improvisa algo", dissera. Segundo ela, não havia ensejo para se fazerem de chiques, porque "aquele casamento já era em si uma reviravolta". De repente, eis que a avó solta dois vocábulos contendo a palavra "vira": a sua repetição causa ainda mais estranheza.

"Agora você escute aqui", tinha dito a senhora Davidse. "Eu só tenho dois filhos e, quando se casam, quero que tenham uma festa de núpcias merecedora do nome", com o que deseja dizer que há uma programação a seguir-se minuto após minuto. No final das contas, a mãe cedeu quando ficou sabendo que o pastor havia sido convidado: teve então de arranjar em dois tempos o mestre de cerimônia, já que a senhora Davidse não conhecia ninguém; a família deles é mesmo bastante fechada, isolados como são. Acabou sendo designada a tia Mattie, por já ter experiência na área e, além disso, não ter grande medo de falar em público. Quando a mãe foi perguntar-lhe, cuidou, mais por encargo de consciência, de não mencionar que estaria presente o pastor, o que levou a tia Mattie a aceitar o convite, mais por consideração e piedade do que qualquer outra coisa.

"Aqui, ó!", indica tia Mattie. "De pé sobre esta tulha baixa, em duas fileiras, de costas para a parede."

"Esqueci de trazer os óculos", diz o pai da Petra.

"Então você cantarola", diz a esposa. "É a mesma melodia do salmo quarenta e dois."

"Um, dois, três e já!", diz a tia Mattie.

Enquanto cantam os convidados, felizes em saber que só algumas estrofes os separam de uma boa xícara de café, abrem alas para deixar passar o casal de noivos. Exibem agora, mais que antes, um sorriso de orelha a orelha. Estão pisando novamente em terreno conhecido.

Katelijne prende a respiração. Os noivos já se encontram nas proximidades da caixa de confetes, que Rogier, inclinando-se na transversal, dispôs sobre a última viga da tulha baixa. Quando avançarem mais alguns passos, ela já pode puxar o cordão, que derramará os confetes, mas ainda falta muito para o cântico terminar, e trata-se de uma estrofe de grande deferência. Esvaziar a caixa de confetes num momento assim seria tão inadequado como soltar um peido em alto e bom som durante a liturgia, ainda mais se considerar que, no caso dos confetes, haveria deliberação. As pessoas levariam a ela um olhar de horror e repreensão.

Mas nesse ponto ela tinha tomado as suas precauções.

O cântico vai-se arrastando. Cantam *a cappella*, dilatando cada nota e tão vagarosamente como na igreja, de maneira que têm de parar no meio de uma estrofe para tomar fôlego. Força do hábito. Cada vez que um organista se atreve a tocar mais rápido na igreja, é convidado a dirigir-se ao consistório dos seus irmãos na fé.

Katelijne faz sinal ao casal para que não prossiga. Petra refreia o passo, mas o Christiaan continua andando. Vai começar a confusão, pensa Katelijne, desesperada. A noiva seguindo atrás do Christiaan como uma cachorrinha de colo.

É agora ou nunca, pensa Katelijne. Esteve trabalhando semanas a fio para esse momento. A ideia de atar a caixa de confetes no desvão tinha vindo do Rogier. Bem bolado, concordaram os demais. Teria sido tanto esforço em vão? Ou será que ela deveria simplesmente...

Katelijne hesita. Agora sim o casal se encontra no lugar exato. Ontem mesmo ainda ensaiaram, com feno em lugar de confetes: fez os gêmeos passearem ali embaixo de mãos dadas umas tantas vezes até que o Peter saiu correndo, furioso (ela o tinha chamado de paspalho porque não conseguia apanhar o feno, deixando-o vez após vez cair por entre as mãos). Na sequência, Korné recusou-se a fazer de noivo, sozinho. Não que importasse muito. Ela já estava convencida de que funcionaria.

Puxa ou não puxa?

Não puxa.

A tia Mattie introduz a última estrofe:

Tendo o Senhor como companhia,
No sendeiro desta vida,
Jubilareis para todo o sempre.
Ele jamais vos abandonará.
Deixai-O ser o Primeiro!
Por piores as vicissitudes,
Ele jamais, jamais vos abandonará.

Katelijne não consegue acompanhar. A garganta não quer saber de afinar, e os caracteres do texto mimeografado se convertem numa sopa de letras. Vai engolindo em seco até a música chegar ao fim. Só então percebe que algo lhe caiu sobre o pé. Abaixa-se para pegá-lo. Trata-se do cordão que deveria estar atado à caixa. Provavelmente se soltou no ensaio de ontem. Ou seja, mesmo que ela quisesse esvaziar a caixa, não teria funcionado.

Ouve que vem vindo gente por detrás de si. Christiaan e Petra já vão pela metade da eira, observando as mesas enfeitadas. Petra aponta, encantada, para alguns laços de ráfia. Christiaan faz que sim. São agora uma "entidade dupla". Um bolo de casamento gigantesco faz a sua entrada nas mãos de duas amigas da mãe, que ela e os meninos chamam de tias. Trajam saias lisas e longas de brim e um colete forrado. Enquanto os outros assistiam à missa, elas já haviam ido até ali, trazendo garrafas térmicas enormes com café e chá. Para as crianças, tem Coca-Cola e suco de maçã.

Após um dia de tanta azáfama, o bolo parece sorrir-lhes. Katelijne ajuda a distribuir os pratos, mas está com a cabeça em outra coisa. Oferece pela terceira vez um pratinho à tia Mattie.

"Para mim, não, obrigada", recusa a tia, tão amável como antes. "Eu tenho de ficar de olho na balança."

"Fiquem alerta com o café, porque um fiapo de palha acabou de vir parar entre os meus dentes", ouve a mãe de Petra dizer.

Katelijne avança na direção da avó, algo perdida na cadeira em que está sentada, sobre a faixa de carpete vermelho.

"E você, como está?", pergunta Katelijne, apática.

"Indo", responde a avó. "Eu estava aqui justamente matutando e me ocorreu que o vovô não teria aprovado em nada uma coisa dessas: casamento numa eira. Ele também não gostaria de passar a noite sentado comigo sobre um pedaço de tapete."

Ri, afagando Katelijne nos cotovelos. Está claro que ela o diz como se fosse chiste sobre si própria, mas Katelijne ouve a desaprovação que lhe transparece na voz.

"O que foi que você achou da missa? Ou não estava escutando?"

"Eu gostei", diz Katelijne, em tom neutro. Espera que a avó não dê continuação à conversa de ontem. Quer é contar-lhe sobre os confetes e dizer que não puxou o cordão por uma questão de deferência e que teme que tanto trabalho tenha sido em vão. Mas acaba por não fazê-lo porque teria de explicar-se demais.

Observam, juntas, o momento em que a Petra tenta enfiar um pedaço do bolo na boca do Christiaan. Ele ainda resiste, tentando evitar que o bolo lhe entupa o nariz. Todos desatam a rir, e a gargalhada da Petra é a mais espalhafatosa.

"Pois é, minha filha. Às vezes as coisas não são bem como a gente queria", diz a avó.

Katelijne, porém, acha que o curso das coisas se decide parcialmente num esquema de ação e reação. Precedido por atos ou momentos em que se fizeram determinadas escolhas.

Terminado o café, Rogier e Jeroen se mandam da eira, como previamente combinado. A Katelijne os vê e sai correndo atrás.

"O cordão se desprendeu da caixa. Seria legal se vocês arrumassem de novo." Diz que ainda encontrarão a ocasião de virar a caixa. Nem que seja na despedida dos noivos. Tendo-o dito, sente voltar-lhe a esperança. Ela só tem de ficar alerta para escolher o momento adequado.

"Daqui a pouco eu dou uma olhada", promete Rogier, "mas antes a gente tem que ajeitar o presente."

Encostado na parede do estábulo está o pai, fumando um cigarrinho. Deixam-se ficar um tempinho ao lado dele. Katelijne inspira os círculos de fumaça exalados pelo pai. Acha gostoso. Mal consegue imaginar que ela esteve antes dentro do seu corpo.

O pai aponta para o céu: "Vocês estão vendo aquela nuvem escura linda mais para lá?"

Elevam o olhar. Katelijne olha primeiro para a nuvem, e depois para o pai.

Sente-se comovida pelo fato de ele querer olhar para o céu num dia tão especial.

"Eu vou pegar o bezerro", diz Jeroen.

Olham na sua direção enquanto se afasta. "Quando vocês forem fazer a ordenha", diz o pai ao Rogier, "não se esqueçam de que o leite da Lina não pode ir junto. A vaca estava com as tetas inflamadas pela manhã, e eu lhe dei penicilina."

"Já sei", diz Rogier. "Eu estava do seu lado."

"Você, sim; mas o seu irmão, não, e eu não fiz nenhuma marcação no bicho."

No bicho, não; na vaca! Marcação na vaca. Sempre usam "o bicho" para falarem das vacas, isso simplesmente porque no mundo deles tudo é masculino.

"Pode ter certeza de que eu reconheço a Lina."

"Se fosse assim tão fácil..."

Chega o Jeroen com o bezerro.

Já têm tudo preparado. No banco traseiro da caminhoneta velha já se encontra uma saca de palha e, no momento em que Rogier abre a porta da caçamba, ela percebe um saco de serapilheira.

É a primeira vez que o animal, um bezerro belga[50], sai ao ar livre, e não sabe para que lado ir. Num momento dá saltos loucos, para encabritar-se no seguinte. É só com muito custo que conseguem enfiar o bezerro na caçamba. Mais um pouco, não entraria.

"É só para ir daqui até ali, rapidinho", diz Rogier.

Katelijne ainda desliza as mãos algumas vezes sobre o pelo do animal e tira um fiapo de palha da boca. Ela mesma foi quem deu o banho e passou a escova nele ontem à noite. No anexo que construíram à guisa de copa junto à pocilga para onde Christiaan e Petra vão se mudar, o que eles farão é cobrir o solo de palha antes de deixar o bezerro entrar. Quando os recém-casados chegarem em casa, terão primeiro de passar pela palha e pelo animal antes de irem para a cama.

Sobre as sacas paira um cheiro de sabão e feno. Provavelmente o mesmo das antigas pensões de beira de estrada, pensa Katelijne. Daqueles lugares dos quais se diz por costume: "Como vocês se ajeitaram bem aqui, hein?"

"Como vocês se ajeitaram bem aqui, hein?", exclama a esposa do pastor. "Uma coisa bem rústica", diz, ainda sem, porém, ter tirado o casaco. "Que privilegiada você é de ter nascido numa fazenda!", diz à Katelijne. Também é a única vez que lhe dirige a atenção. Fica toda corada de vergonha.

O pai encabeça o cortejo. Profere o Pai Nosso. A voz tem a mesma tonalidade de sempre, com a diferença que emperra de repente a meio caminho. Salta de "O pão nosso de cada dia nos dai hoje" para "Não nos deixeis cair em tentação", estrangulando o texto pela metade. O rosto fica da cor de um pimentão, e todos olham para o pastor por detrás das mãos espalmadas, mas esse não pisca um segundo.

"Amém", diz a avó da Petra – a avó lá de Schouwen – o que arrecada um sorriso geral. O mesmo tipo de sorriso que provoca Lourens, quando diz alguma trapalhada engraçada sem saber.

Os convidados esticam os braços na direção dos pratos de sopa. Todos com uma aparência boa. À mesa do pastor nunca falta quem saia chispando a fim de buscar-lhe sal de outra mesa, ou mais manteiga, ou mais coisas que ele nem pediu. O pai da Petra descobre de repente que acabou o molho Maggi. Deixam a Katelijne ir buscar mais da mesa da avó.

A mãe é a última a terminar de comer. Enfia os dentes na sua sexta bisnaguinha com frios ("são das pequenininhas") no momento em que a tia Mattie diz estar chegando a hora do discurso. A mãe deixa cair a mão que segura o sanduíche e faz que sim. Remexe dentro da bolsa até retirar uma folha de papel.

Começa contando o que o avô tinha dito quando o Christiaan nasceu, que era a cara da mãe. Mas que as suas molecagens só podiam vir mesmo do lado Minderhoud.

O primeiro dos seus grandes feitos foi quando, de pequeno, soltou o freio de mão numa ladeira, ao que o carro, de marcha-ré, encalhou numa fossa, o Christiaan dentro. Tinha tentado empurrá-lo para cima outra vez, e foi assim que o pai o encontrou: traseiro espevitado no ar, as mãozinhas pressionando o para-choques e os pés escorregando na lama negra.

Começou a falar tarde demais para idade. Foi só no terceiro aniversário que disse a primeira palavra: "cocô". Aprendida do Rogier, que ele tinha começado a imitar em tudo. Com efeito, "cocô" sempre foi característico da relação entre eles. É claro que a mãe não precisa confirmar aos convidados o que qualquer um pode deduzir por si só.

O seu desempenho na escola primária foi pouco menos do que péssimo: uma verdade tácita, que se prefere ocultar em ocasiões assim, tão especiais. A mãe fala da vaca pintada em uma placa de madeira compensada, que ele queria porque queria colocar acima da porta de entrada do estábulo. Mas, quando foram ver, já estava a de Rogier, que recebera as mesmas instruções um ano antes.

"Você que leve o seu para a escola", tinha dito o pai, de brincadeira. No dia seguinte, lá está o painel de madeira, pintado de preto e branco, sobre a porta de entrada do edifício da escola. O Christiaan tinha simplesmente fixado-a com parafusos e chave de fenda. "Com *prmição* do meu pai", lia-se em letronas de lápis sobre uma das manchas brancas nas suas costas – "permissão", sem o primeiro "e" e "ç" no lugar de "ss".

Agora é a vez da mãe de Petra, que se põe diante dos demais, muito à vontade. Enrola com uma mão os novos cachos de cabelos atrás das orelhas.

"Ela adora ouvir o som da própria voz", sussurra Rogier.

"A nossa querida Petra", começa a senhora Davidse, após inspirar profunda e ostensivamente, "veio ao mundo dois meses antes do esperado."

Ouvem-se algumas risadas reprimidas. Todos escorregam para a beirada da cadeira, porque o que se segue será chato e prolixo: uma narração com riqueza de detalhes sobre as doenças da filha de criança, sobre como recortou na idade de sete anos um vestido da revista que estava prometida ao vizinho, e como vomitou durante uma excursão escolar, para depois acabar comendo a sua porção de batatas fritas, para o espanto da professora.

A senhora Davidse ainda não havia concluído a enumeração dos eventos da vida da filha, quando chegaram mais convidados: Kees Koppejan com a esposa, Wannes e Sekker. A porta se fecha com um estrondo por conta da correnteza.

"O que é que você me diz, Wannes: será que rola por aqui alguma coisa com álcool dentro?", ouve dizer Kees.

"Tudo indica que sim", diz Wannes. "Apesar de que, se depender do Davidse, a gente pode ir sentando, que a espera vai ser longa. Marque bem as minhas palavras!"

"Me-me-metade á-á-água... Me-me-metade gene-ne-bra", gagueja Sekker. As gargalhadas reverberam pelo chão de concreto do estreito corredor.

Todos ouviram, e nem mesmo o pastor consegue deixar de rir. Quando os convidados dobram a esquina e percebem que estão sendo ouvidos, a mulher do Kees tapa a boca com a palma da mão. Pela maneira de andar, Katelijne se dá conta de que ela está grávida outra vez.

O pai da Petra enrubesce até o seu lóbulo grosso. Levanta-se e abotoa o casaco.

"Falta ainda acabar", diz ele.

"Exato", diz Kees, ao que vão sentar-se sobre as sacas de palha.

"Tentemos", diz o senhor Davidse nervosamente. "Tentemos enxergar o semblante do Senhor numa prece comunitária."

As mulheres retiram os pratos das mesas. Até mesmo a avó anda de um lado para o outro com um paninho úmido, só para fazer bonito. Rogier e Jeroen trocam de roupa para ir ordenhar as vacas. A noiva precisa ir ao banheiro e, por algum estranho motivo, a acompanham tanto a mãe como a irmã.

Os confetes, pensa a Katelijne. Rogier ainda não deu uma olhada.

Encontra Rogier e Jeroen na sala de ordenha, discutindo sobre qual das vacas produz mais leite.

Katelijne pede ao Rogier que siga com ela.

"Eu estou ordenhando."

"Nada que o Jeroen não possa fazer sozinho."

"Pode ir, que eu me viro", diz Jeroen.

Rogier hesita.

"É um minuto só."

"Tá, você venceu."

Uma vez na eira, a Katelijne entrelaça as mãos como alavanca para o irmão subir sobre o paiol inferior. Questão de um minuto. Ninguém tomou nota.

"Pronto. Já está arrumado", diz Rogier.

"Katelijne do céu, onde foi que você esteve?", pergunta-lhe Petra com um olhar de censura. "A gente não tinha combinado que você iria recolher os presentes e pôr neles as etiquetas com os nomes dos convidados?"

"Muito cuidado quando você for desembrulhar os presentes para não rasgar as etiquetas", diz a mãe de Petra, "que a gente ainda pode reaproveitar."

A fila de presentes é bastante longa.

"Obrigado, obrigado, e que você ainda possa ser testemunha do nosso feliz enlace por muitos e muitos anos", Katelijne ouve o irmão dizer, ao receber os cumprimentos.

O presente da Kee se encontra dentro de uma meia remendada. Desde que ouviu sobre o casamento do Christiaan, passou a economizar cada centavo que tinha na carteira. Diz esperar que façam bom proveito do dinheiro e que, se estiverem qualquer dia com vontade de comer peixe, é só dar um grito de socorro que aí ela pede para o Wannes trazer mais peixe da "cidade".

"Obrigada", agradece Petra. Responde que não faltará a ocasião. Mas se nem ela nem o Christiaan comem peixe!

Eis que, de repente, dá as caras a Jannemieke. Essa o que veio fazer ali? Está com uma cara ótima, mas isso pode ser efeito da luz fraca. Os cabelos bem mais longos. As madeixas mais curtas alcançam o pescoço. Desde que terminou o namoro com Rogier, ligou algumas vezes para falar com Christiaan e até mesmo lhe enviou um cartão de dois cisnes com os pescoços voltados um para o outro. Crivado de erros de ortografia. Por que é que o Christiaan foi convidá-la? Trouxe aos noivos um *kit* de engraxe e um chaveiro em que cabe uma foto tamanho passaporte, que ela tinha ganhado de brinde.

Atrás dela se vê Levien Flikkermachien. Agora é companheiro de Christiaan no trabalho novo. No sábado ainda tinham esvaziado um fosso séptico, com auxílio da mangueira, na presença do professor Wisse. A mãe considerava que o homem tinha mais gastos que renda por fazer esse tipo de bicos aos sábados, mas o Christiaan explicou que o professor não tinha ninguém em casa e por isso que ele trabalhava no fim de semana. Christiaan se dá bem com ele. Diz que ele até hoje não entendeu a tal referência à sua casa quando falam dele.

A última a aparecer é Cindy. Só quando vai cumprimentar o noivo é que a Katelijne a vê. A Cindy está parcialmente oculta por detrás da clívia enorme que tem nos braços e que estende, desajeitada, na sua direção. A mãe solta gritinhos de encanto. Se essa realmente gosta tanto assim de plantas, quem sabe não tivesse sido melhor... A Katelijne olha para as mãos dela. Uns dedos finos, tinha dito o Christiaan. Acha que o irmão exagerou tremendamente.

Algo está acontecendo.

Será que a festa já se encerrou?, pensa Katelijne. Aí estão de volta Rogier e Jeroen. De volta da ordenha, banhados e de roupa trocada outra vez, mas os rostos macambúzios. Ficam timidamente postados junto à tulha inferior. O pai, que já tinha estado consultando o relógio para ver se a ordenha não se havia concluído, dirige-se até eles.

Katelijne tenta acompanhar a conversa.

"Eu saí, mas foi menos de um minuto", ouve dizer o Rogier. "Nem dez segundos, juro! A Katelijne pediu a minha ajuda."

Chega a mãe, seguida do Christiaan e dos menorzinhos. Pelo susto estampado no seu rosto, Katelijne conclui que ocorreu algo de funesto.

"Você me diga por favor que isso é mentira", diz a mãe, esperançosa.

O pai anda de um lado para o outro, os nervos à flor da pele. Dá pontapés contra as sacas de palha, berrando que não "se esfalfa" trabalhando para que se desperdice leite bom com a maior cara de pau do mundo, e que voltou "à estaca zero" e coisas afins. Quer sair para controlar a sala de ordenha, mas a mãe lhe diz que é bobeira, que ele não pode mais fazer nada mesmo. E que acabaria estragando o terno. Fala com ele como se falasse a uma criança. Chove no molhado. Que amanhã é outro dia e que hoje está casando o seu filho. Que só se casa uma vez na vida (lançando à Petra um olhar de esguelha). Ou melhor, assim é que se espera. O pai quer desvencilhar-se da esposa, mas se contém, sabendo-se na presença de mais gente.

"E olhe que isso já tinha passado pela minha cabeça, do nada", diz. "Se você quer uma coisa bem feita, faça você mesmo, não é assim?"

Katelijne começa a entender. "Senhor, que não seja verdade! Eu vos imploro, a Vós que sois tão-poderoso!" Dá-se conta de que nos próximos tempos não haverá nenhuma vaca nova sobre a consola da lareira. Avança na direção dos demais.

"E você quer me dizer o que era tão importante que você tinha que pedir para Rogier se ausentar durante a ordenha?", pergunta-lhe o pai.

Katelijne abaixa o olhar.

"Dá para desembuchar, por favor, que o seu pai lhe fez uma pergunta?", exclama a mãe.

Katelijne se encolhe com a consciência da culpa. Não deveria nunca ter atrapalhado Rogier. Não por causa de uma besteira, como os confetes.

"Que pandemônio é esse?", pergunta a avó, que vai arrastando os chinelos até o foco da desordem.

"Um tanque inteiro foi para a cucuia", diz o pai. A voz lhe sai em falsete, tamanha a sua ira. É a primeira vez que Katelijne o vê bravo desse jeito.

"Um tanque de leite? Isso é tudo?", pergunta a avó.

"Se isso é tudo? Você tem ideia de quanto dinheiro isso representa?"

"Mas o que é isso, Arjaon? Há coisas piores no mundo! Eu tenho certeza de que você tira de letra. A gente já não teve problemas maiores na vida? Você não se lembra daquela vez em que a gente teve que sacrificar todas as vacas? Ou não: acho que você era novo demais na época. Não deve estar lembrado. Mas o importante é que a gente superou a situação". Dá umas palmadinhas nos ombros de Petra e Christiaan. "Vamos indo, meninos? Não deixem esse episódio estragar a noite de vocês. Só se casa uma vez na vida."

Encerramento da festa. Os menorzinhos foram mandados para a cama, os convidados já estavam longe dali. O professor Wisse e a sua prometida foram os que mais tempo ficaram. Só se despediram quando os pais da Petra tiraram demonstrativamente do carro algumas caixas de papelão para ver se cabiam nelas os presentes.

Na eira, Eline recolhe as rolhas de garrafas de cerveja. Ninguém morreria se deixasse para fazer isso amanhã, pensa Katelijne, mas mantém-se calada. O pai diz que está indo dar uma olhada no curral. Rogier segue na sua cola. A mãe grita que ele volte.

"O papai agora só quer é ser deixado em paz. Eu tenho aqui ocupação suficiente para você", diz ela.

"O que é que você quer que eu faça?"

"Arrumar, arrumar e mais arrumar."

A tia Mattie entrega-lhe um saco de lixo. Segura também uma vasilha de Tupperware para os salgadinhos que tiverem sobrado.

Trabalham em silêncio. Quem dá as instruções são ambas as mães e a tia Mattie. "Isso aqui ainda cabe aí", ou "é melhor guardar ali". Quando se faz silêncio, ouvem o vento investindo contra a porteira.

Jeroen já providencia de levar uma cadeira à casa da avó, senão a coitada não tem onde sentar-se amanhã. Rogier diz que ele também quer comer o seu mingau de aveia de café da manhã com a avó e leva a sua cadeira e outra mais, esbarrando em tudo no seu caminho, de volta para a cozinha dela.

O pai da Petra assobia a melodia de "*Já ouviste falar da Frota de Prata*[51]?", e a filha o manda calar a boca. Diz que, pela primeira vez, volta a sentir o nenê lhe chutando na barriga, depois de ter deixado de sentir durante o dia, felizmente. Coloca-se de pé, com uma mão sobre a barriga de maneira a chamar a atenção.

Aposto que ela passou o dia inteiro fingindo que não havia nenê nenhum, pensa a Katelijne. E agora quer estar de novo no centro das atenções.

Katelijne e a mãe recolhem os copos vazios e põem-nos no engradado de plástico, todos juntos, apesar de haver entre eles os que são da avó e dos Davidse.

"Amanhã a gente separa", diz a mãe.

Sobre a mesa se vê uma garrafa de genebra. Christiaan faz menção de enfiá-la num dos sacos de lixo, mas descobre ainda um fundinho nele.

"Viva!", exclama entre um arroto e outro, levando o gargalo à boca. Torce a cara como se de vinagre se tratasse. "Era disso que eu estava precisando!"

Enxuga as gotas do queixo e coloca a garrafa de novo sobre a mesa com um baque. Chuta para o lado os frutos secos que deixou cair no chão e tenta agarrar Katelijne pelas canelas, mas acaba segurando é as pernas afastadas da mãe, curvada, à procura do interruptor de um abajur pequeno.

"Pessoal, daria para deixar de jogar tudo para o chão?"

"Ha-ha-ha! Eu agora posso fazer o que quiser. Ninguém mais manda em mim", diz Christiaan, olhando ao redor de si e percebendo que ninguém reage.

"Eu tenho que ir tirar a água do joelho", diz Christiaan, em alto e bom som, para que todos escutem mesmo. Olha de relance para a mãe.

Suspira. “Moleque...”, diz, sem conseguir reprimir um sorrisinho.

A tia Mattie diz que tinham calculado bem o número de cumbucas.

“Pois é, modéstia à parte, eu tenho bom olho.”

“Foi você que fez tudo isso aí de confete, minha filha? Que trabalhão deve ter dado!”, diz a tia Mattie, chutando confete pelos ares.

Os confetes.

Tinha sido assim: quando a avó disse que antigamente tinham passado por momentos piores, Katelijne começou a explicar, com muita verborréia, que bem sabia que os assuntos dela própria, comparados aos da produção leiteira, não contavam, mas que tinha sido ela a responsável por dar um “toque mais festivo” à celebração da noite, e que isso não podia ser desmerecido.

“O que você quer dizer com ‘um toque festivo’?”, quis saber o pai, algo menos alterado.

“Isto aqui”, disse Katelijne. Enroscou os dedos no cordão e puxou.

Uma cortina esvoaçante branca furtou o rosto de cada um deles à vista dos outros. Uma cortina de *voile,* composta de consonantes e vogais, desceu diante deles nas mais diversas combinações, para em seguida pousarem-se, numa sequência inteiramente nova, sobre uma saia cor-de-rosa ou a coronária empetecada de alguém; sobre a lapela de ternos baratos, metendo-se por detrás das golas e nos sulcos de rostos indignados; sobre o chão de concreto, onde, a intervalos cada vez mais longos, o volume das letras foi-se incrementando, criando uma linguagem que encerrava em si apenas o possível, em vez do registro perpétuo do que quer que fosse.

Corpos entortando-se, pontapés propinando-se, mãos aplaudindo. Todas as combinações que, não havia ainda um instante, se haviam assentado, são desfeitas às pontas dos sapatos. Um torvelinho de confetes espiralando pelos ares, como as gotas espirrando de um cachorro que, tendo andado por algum charco, torce o corpo de um lado para o outro a fim de secar-se. Houve um momento em que pareceu que a noiva realmente casou-se de branco.

Katelijne solta uma risada. Que espetáculo!

De repente, tudo e todos pareceram calar-se antes de soarem as risadas sonoras dos convidados. Tinham achado até que se tratasse de alguma apresentação, e alguns até mesmo viraram as cadeiras para poder ver melhor. A tia Mattie, que já tinha estado consultando o relógio, decretou então que a recepção já tinha praticamente chegado ao fim e que, em cinco minutos, teria início a cantoria de encerramento, na qual os convidados oferecem os primeiros alimentos da nova casa do casal. Dispôs um cesto sobre uma saca de palha para os artigos próprios trazidos e começou a distribuir folhas mimeografadas indiscriminadamente.

No meio tempo, tudo já foi parar em caixas outra vez. A família Davidse foi-se embora com o carro carregado de presentes. Quando Petra e Eline se sentaram no banco traseiro, ao lado da torradeira, do ferro de passar, o cesto cheio até a boca e o abajur grande, descobriu-se que Christiaan não cabia no carro.

"Podem deixar que eu vou pedalando. A minha bicicleta está mesmo aqui", diz Christiaan.

"A tia Mattie se esqueceu do chapéu", diz Katelijne. Aponta para a sacola plástica pendurada no apoio de braços de uma das cadeiras do jardim.

"Ela comprou especialmente para a ocasião, mas daí a dizer que é lindo..."

"O que ele tem de errado?", pergunta o pai. "Ela não estava impecável?"

"É, pode-se dizer que o casaco era bonito."

"Ela hoje se saiu bem com tudo, não acham?"

"Acho sim", concorda a mãe." Isso eu não nego." "Não é por aí."

“Está vendo?” Por onde é?”

“Êi! Só para avisar que eu achei a bicicleta e estou indo”, diz o Christiaan, enfiando a cabeça pelo postigo entreaberto da porteira. A rajada de vento que penetra pela portinhola faz esvoaçar os confetes. O papel picado começa a redemoinhar dentro da eira. Acompanham com o olhar enfeitiçado.

“Nossa!”, exclama Jeroen.

“É, pode ter acabado tudo bem, mas amanhã eu quero toda essa porcaria limpa.”

“O amanhã já é hoje”, diz Christiaan. Gira o punho de modo a que todos vejam o relógio. Meia-noite e dez.

Eis que, de repente, uma revoada de confetes avança na direção do corredor na forma de uma serpente branca e espiralante. Alguém havia aberto a porta da outra extremidade.

Notas do tradutor

1. Walcheren, onde se desenrola a narrativa, foi drasticamente afetada pela presença dos alemães durante a Segunda Guerra Mundial. Para expulsarem os alemães entrincheirados em *bunkers*, perfuraram-se os diques para inundar a ilha. Isso resultou em muito prejuízo e mortes entre a população civil. Finda a guerra, os alemães passaram a voltar a Walcheren na qualidade de turistas de veraneio, para desgosto dos habitantes locais.

2. Revista semanal das congregações de igrejas reformadas da Holanda.

3. Idem, com a exceção de serem quinzenais.

4. Expressão antiquada, conservada no meio reformado holandês, com referência ao Livro de Isaías, 44:3: Porque derramarei água sobre o sedento..., ou seja, quem quer a bênção (água) de Deus tem de ir tomá-la na igreja. A isso se acresceu também a noção de "ir à igreja faça sol, faça chuva".

5. Referência ao Livro dos Números, 11:31: E o Senhor mandou um vento que trouxe codornas do mar, e elas caíram em volta do acampamento.

6. Números, 20:11: Moisés levantou a mão e bateu na rocha duas vezes com a vara: a água jorrou em abundância, e a comunidade e os animais puderam beber.

7. Números, 22-24.

8. Josué, 2:18-19.

9. Trata-se da primeira tradução holandesa da Bíblia diretamente do grego e do hebraico, subvencionada pelo Parlamento (Estados Gerais), publicada em 1637.

10. Gíria francesa internacionalizada após a Primeira Guerra Mundial para designar pejorativamente os alemães.

11. Romance holandês de tonalidade religiosa sobre a verdadeira compaixão cristã: *Elske van de orgeldraaier*, de Sj. Van Duinen, editora Den Hertog, 1987.

12. Salmos 137:1: "Junto aos rios da Babilônia, ali nos assentamos e pusemo-nos a chorar, recordando-nos de Sião...", referência à destruição do templo de Jerusalém pelos babilônios.

13. Referência ao Livro de Isaías, 1:8, do Antigo Testamento.

14. Conceito popular nos anos 60 na Holanda, criado pela SRV (Samen Rationeel Verkopen, Co-venda Racional), de mercados sobre rodas, sobretudo em aldeias com grande número de idosos.

15. Referência à estátua em ferro forjado do almirante Miguel de Ruyter (1607 – 1676), nome que derivou para o diminutivo e agora designa todo o bulevar na cidade de Vlissingen.

16. Provinciale Zeeuwse Courant: um dos jornais locais mais antigos do Estado da Zelândia.

17. A Igreja Reformada possuiu, depois de duas importantes cismas no século XIX, diversas congregações diferentes, independentes umas das outras. É de 1816 o surgimento da denominação Nederlandse Hervormde Kerk (à qual se refere a avó), em oposição às conhecidas a partir de 1892 como Gereformeerde Kerken van Nederland (a uma das quais pertence a família da Katelijne). Só em 2004 essas as correntes se juntaram, incorporando também a Igreja Evangélica Luterana, no que viria a ser chamado de Protestantse Kerk in Nederland (Igreja Protestante na Holanda).

18. Trata-se de, em alemão, Ulrich Zwingli (1484 – 1531): teólogo e principal líder da Reforma Protestante na Suíça.

19. Também conhecida como vaca holandesa ruiva e branca, ou MRIJ, denominação que se deve ao fato de esses animais terem sido criados nos vales dos rios Mosa, Reno e Yssel (MRIJ).

20. Bíblia Estatal, cuja tradução foi encomenada por uma decisão do sínodo da Igreja Reformada. A primeira remonta a 1637. A edição de Jongbloed, de 1888, é atualmente a mais usada nas igrejas reformadas mais conservadoras.

21. Brinquedo alemão popularizado no Brasil na década de 1970, formado por telas de plástico em diversos tamanhos, com furos para o encaixe das pecinhas coloridas.

22. Salmos 131:2.

23. Nome do Estado indonésio Papua, como era conhecido entre 1966 e 2000.

24. A festa de São Nicolau (Sinterklaas, em neerlandês), que acontece no dia 5 de dezembro, equivale em certa medida à nossa véspera de Natal no que diz respeito à distribuição dos presentes. Segundo a tradição, ele traz os presentes num barco a vapor, provindo da Espanha e acompanhado de seu cavalo branco e de um assistente chamado Pedro, o Negrinho (Zwarte Piet). Após a rebelião dos Estados holandeses contra a coroa espanhola no século XVI, os calvinistas tentaram eliminar

a festividade, que continha demasiados elementos pagãos, mas não conseguiram, devido à popularidade da comemoração inclusive entre os protestantes.

25. Também conhecido como Combate, jogo de tabuleiro cujo objetivo é o de capturar a bandeira do adversário, substituída por um prisioneiro.

26. Cito Eindtoets Basisonderwijs (Exame de Conclusão do Ensino Primário): exame realizado por alunos do grupo 8 (equivalente à nossa quarta ou quinta série), cujo objetivo não é ser aprovado ou reprovado, mas a aquisição de uma imagem global das inclinações e aptidões de um aluno que lhe permitirá ser encaminhado a um modelo ou outro de ensino secundário.

27. Ou seja, para definir o encaminhamento em uma ou outra direção de estudos. MAVO é a abreviatura de Middelbaar Algemeen Voortgezetonderwijs e HAVO de Hoger Algemeen Voortgezetonderwijs respectivamente Ensino Médio de Caráter Geral e Ensino Médio de Caráter Geral Avançado.

28. Abreviação de Voorbereidend Wetenschappelijk Onderwijs (Ensino Científico Preparatório, científico entendido como acadêmico): trajeto escolar que pressupõe um bom número de pontos no exame da Cito, frequentemente como plataforma de entrada na Universidade.

29. Pedagogische Academie Voor het Onderwijs: trajeto escolar preparatório para o magistério.

30. Nome (abreviado) de Klaas Jan Mulder (1940-2008), organista, pianista e maestro holandês .

31. Trata-se aqui do famoso fietspuzzeltocht ou circuito quebra-cabeças; um circuito de bicicleta em que os participantes não têm a rota predeterminada, mas se deslocam de um ponto ao outro por meio de pistas e indicações a serem descobertas durante as etapas.

32. O zelandês é por muitos considerado um dialeto com diferenças apreciáveis do holandês padrão, tanto na pronúncia como na gramática e no vocabulário. Atualmente tem o status de língua regional.

33. Aqui se faz referência ao Estado administrativo que leva um dos nomes do país (o outro, claro, é "Países Baixos") e que se subdivide em Holanda do Norte e Holanda do Sul, respectivamente "Noord-Holland" e "Zuid-Holland".

34. É assim que os protestantes "gereformeerd", como a família de Katelijne, se referem aos da congregação "hervormd".

35. Trata-se aqui de uma série de livros infantojuvenis cujo autor é Piet Prins, e os protagonistas, o cachorro Snuf e seu dono Tom Sanders.

36. Referência a Lucas 18:13: O publicano, porém, estando em pé, de longe, nem ainda queria levantar os olhos ao céu, mas batia no peito, dizendo: Ó Deus, tem misericórdia de mim, pecador!

37. Segundo a doutrina dos reformados, são quatro as categorias da fé: a fé nos milagres, que visa apenas à onipotência de Deus, não à fé na verdadeira bem-aventurança, crença de que os milagres se operam em e por nós; a fé no tempo é o conhecer e professar a verdade, com um comprazimento exterior em relação ao tempo, além de que é a fé sem conversão; a fé histórica, da qual o rei Agripa da Judeia é um exemplo, é o consentimento a uma verdade conhecida, a crença nos fatos e ensinamentos da Sagrada Escritura, o que, porém, não representa a comunhão com Cristo, de maneira que não possui força libertadora; a fé na verdadeira bem-aventurança, uma fé viva, não cega, constitui-se de: conhecimento, aquiescência e confiança.

38. Em latim no original: "Se Deus assim o quiser".

39. Eclesiastes 12:12

40. Lucas 3:17

41. Bolacha à base de especiarias, tipicamente holandesa.

42. Kom er maar eens achter, em holandês: primeira transmissão televisiva na Holanda em forma de jogo, a meio caminho entre um rébus e um jogo de memória.

43. In den soeten suikerbol, em holandês; do autor de livros infantis e didáticos (amiúde de tonalidade religiosa) W. G. Van de Hulst (1879-1963).

44. Tal diploma, chamado em holandês de "middenstandsdiploma", é requisito para quem quiser abrir um negócio no país.

45. Dissidente aqui como tradução de "Hervormd" e não "Gereformeerd". Cf. nota 23.

46. 1 Coríntios 10:10.

47. Trata-se aqui de uma preparação, comum ao protestantismo, para a reafirmação da profissão de fé.

48. *Fazenda*, revista.

49. Salmos 34:22.

50. Como é conhecida a raça "Witrik" ou "Ruggegelde", nome que se refere à listra branca que os seus exemplares têm ao lango da espinha dorsal.

51. Referência ao texto de J.P. Heije, escrito em 1844, sobre a captura da Frota Espanhola de Prata (1628) pelos holandeses, por ocasião de uma batalha naval durante a Guerra dos 80 Anos entre os holandeses e os Habsburgos. Esteve ao comando de várias frotas, com que alcançou os espanhóis tão longínquos como Salvador da Bahia, Rio de Janeiro e Cuba.

Impressão e Acabamento
Bartira
Gráfica
(011) 4393-2911